O CAMPEÃO DE LADY ISOBEL

Carol Townend

O campeão de
Lady Isobel

Tradução de
Silvia Moreira

HARLEQUIN®

Rio de Janeiro, 2018

Título original: Lady Isobel's champion

A Harlequin é um selo da HarperCollins Brasil.

Contatos:
Rua da Quitanda, 86, sala 218 – Centro – 20091-005
Rio de Janeiro – RJ
Tel.: (21) 3175-1030

CIP-BRASIL. CATALOGAÇÃO NA PUBLICAÇÃO
SINDICATO NACIONAL DOS EDITORES DE LIVROS, RJ

T673c

Townend, Carol

O campeão de Lady Isobel / Carol Townend ; [tradução Silvia Moreira]. - 1. ed. - Rio de Janeiro : Harlequin, 2018.

256 p. : il. ; 23 cm.

Tradução de: Lady Isobel's champion

ISBN 978-85-398-2558-5

1. Romance inglês. I. Moreira, Silvia. II. Título.

17-45594 CDD: 823
CDU: 821.111-3

Capítulo 1

Outubro de 1173
Torre leste de Ravenshold
Condado de Champagne

Com a ponta da adaga, Lucien Vernon, conde d'Aveyron, cutucou o que suspeitava ser um pardal morto.

— Isso é o que estou pensando? — perguntou ele, inspecionando a mesa suja de restos.

Havia uma porção de ossinhos, várias asas de borboleta em um pote de barro e em outro, uma casca de árvore retorcida, que Lucien achou que não veria em nenhuma outra cozinha ou enfermaria. O pilão estava lascado e mal se podia ver a superfície da mesa, tão repleta de insetos mortos, cabos de folhas, castanhas e frutos de carvalho.

— Seria um morcego seco? — sugeriu o amigo, *sir* Raoul de Courtney. — Ou talvez um sapo?

Ele estava examinando um jarro de vidro repleto de um líquido turvo com uma expressão de curiosidade no rosto que beirava o nojo. A luz do dia se esgueirava pela janela adornada por teias de aranha.

— *Mon Dieu!* — exclamou Raoul ao examinar o líquido contra a luz e, logo em seguida, bater o vidro contra a mesa, levantando uma nuvem de poeira. Curvou os lábios para baixo, o nojo tinha vencido a curiosidade.

— Deus do céu, Luc, você já não viu o suficiente? Vamos sair daqui.

Lucien passou a mão no rosto, tocando levemente com os dedos a cicatriz áspera na têmpora esquerda. A marca vinha latejando desde que soubera da morte prematura de Morwenna ou sempre que pensava nela.

— Desculpe-me, Raoul, pensei que poderia encontrar alguma coisa aqui, ou uma explicação para a morte de Morwenna. Eu contei a você que precisei subornar o padre Thomas para que me permitisse enterrá-la no cemitério?

Raoul meneou a cabeça, entendendo a dor do amigo.

— Ouvi rumores de que estavam praticando bruxaria. Você imagina quem começou com isso dessa vez?

— Não. Eu esperava encontrar respostas aqui, mas... — Lucien balançou a cabeça, invadido por uma onda de arrependimento.

Se tudo tivesse sido diferente... Ele não via Morwenna há cerca de dois anos. E agora ela se fora. A culpa apertou-lhe o coração, e o arrependimento deixou um gosto amargo na boca.

— Apesar de tudo o que você está vendo aqui, Morwenna não era uma bruxa — disse Lucien, inclinando a cabeça na direção da mesa.

— Eu sei que não.

— Ela era apenas... obcecada. — Lucien respirou fundo. Aquele lugar rescendia a mofo. Cheirava a morte. Era como se o tempo tivesse parado na torre leste e tudo tivesse congelado a ponto de se dissolver. — Morwenna não estava tão obcecada no começo...

— Ela era bonita nessa época?

— Uma deusa. Ah, Raoul, se você a tivesse visto antes do nosso casamento...

— Sei que você não se envolve com bruxaria, Luc, mas fico impressionado como ela o enfeitiçou.

— Eu tinha 15 anos... — Lucien riu e encarou o jarro de vidro sobre a mesa. — Muitos jovens ficam enfeitiçados nessa idade. Se bem me lembro, você mesmo...

— Já entendi — interrompeu-o Raoul, levantando a mão. — Não precisa trazer meu passado à tona. — Ele olhou para um punhado de nozes mofadas e deu de ombros. — Por Deus, você não vai descobrir nada aqui. Eu o aconselho a queimar tudo o que há nesta sala. Não seria bom que *lady* Isobel visse.

— Não há pressa — disse Lucien. — *Lady* Isobel só chega daqui a um mês.

— Ah, Luc... Sobre isso... — Raoul alargou as narinas. — Deixe para lá, eu conto quando sairmos.

— Minhas prioridades são o salão nobre e os quartos — disse Lucien, relembrando tudo o que tinha que ser feito antes de a noiva chegar. — Depois tenho que ver os estábulos...

— Não se esqueça das cozinhas — lembrou-lhe Raoul. — Vamos embora, o ar aqui está fétido. Espero que queime tudo isso.

— Não enquanto eu ainda tiver dúvidas se a morte de Morwenna foi acidente ou não — disse Lucien, meneando a cabeça.

— Foi um acidente. Arthur foi bem claro. Luc, talvez seja melhor você aceitar que não é sempre que encontramos respostas. Você pode procurar por toda esta torre, se desejar, mas não encontrará nada de concreto além dos sonhos de Morwenna. — Raoul levantou a trava da porta. — Como você mesmo diz, há muita coisa mais interessante por aí.

Lucien assentiu com um sinal de cabeça, Raoul tinha razão. *Lady* Isobel de Turenne, sua noiva, chegaria em um mês, e não havia lugar em Ravenshold para um pedinte, muito menos para sua futura amante.

Os estoques precisavam ser repostos; as vigas e chão do salão nobre precisavam ser polidos; os estábulos estavam infestados de ratos; a horta da cozinha tinha de ser semeada; o pomar precisava de uma poda... Lucien só costumava ir até a adega. Ele chegou a estremecer ao pensar no que ainda encontraria. Ao seu redor, o caos e a negligência imperavam. Cuidar da casa não estava entre as prioridades de Morwenna.

Lucien deu uma última olhada pela torre que a falecida esposa chamava de quarto de trabalho. A tinta das paredes estava descascando, havia uma pilha de entulho debaixo da mesa, uma cadeira quebrada, um rolo de pergaminho amarelado...

— Este não é um lugar feliz. — Lucien fechou a porta com firmeza. — Certamente Morwenna se apegou aos seus sonhos. É uma pena que não tenham passado deste quarto. — *Pena não terem sido baseados na realidade.*

Raoul desceu as escadas em espiral correndo, praticamente fugindo, para chegar logo ao pátio do castelo. Por um instante, a voz demorou a voltar.

— Vamos dar uma volta pelos muros do castelo, Luc. Preciso de ar fresco.

— Louvado seja, mas ainda preciso inspecionar a cozinha e a adega.

— Deixe para conferir seu estoque de vinhos mais tarde.

Na muralha, Lucien foi deslumbrado pela luz do sol de outono. Respirou fundo, distraindo-se um pouco da tristeza da torre. Mas infelizmente o sol revelou que o pátio também estava em péssimo estado. Havia pilhas de folhas por todos os lados. O chão estava repleto de buracos, que ele podia jurar que havia mandado pavimentar na última vez que estivera ali.

Raoul estava conversando com o sargento Gregor mais à frente e Lucien subiu as escadas para encontrá-los. De cima da muralha, a maior parte das propriedades que Lucien possuía em Champagne podia ser vista.

Ele passou os olhos pela igreja e pelo vilarejo, vislumbrando também o vinhedo e os campos impecáveis. Tinha sido uma bênção que a influência de Morwenna não tivesse passado para além dos portões da muralha. O contraste entre a desolação no castelo e a organização do lado de fora era impressionante. A colheita nos campos tinha sido feita havia pouco tempo e as uvas tinham sido recolhidas. As ovelhas tosquiadas pastavam nos campos e as aves voavam em bandos perto das árvores.

À distância, Lucien viu que o sol iluminava alguns elmos. Alguns cavaleiros se aproximavam pela estrada, vindos da direção de Troyes. Na certa era um mercador na esperança de vender suas mercadorias. Encostando-se em uma parede de pedra fria, Lucien cumprimentou com um aceno de cabeça o sargento Gregor, que voltou em seguida para seu posto.

Raoul estava com uma expressão grave no rosto. Grave demais. Lucien cruzou os braços e levantou uma das sobrancelhas.

— Você tem algo a dizer?

Raoul hesitou por um momento.

— Não vá me dizer que o ferreiro não consertou seu elmo e você quer um dos meus emprestado para o torneio.

— Não é nada disso.

A postura de Raoul demonstrava o quanto ele estava tenso, o que preocupou Lucien.

— Raoul?

— O sargento Gregor acabou de confirmar algumas notícias de Troyes.

— Ah...

— Ela está aqui, Luc.

— Ela quem? — perguntou Lucien, contraindo-se.

— *Lady* Isobel de Turenne. Sua noiva.

Numa fração de segundo, Lucien voltou à fria e sombreada abadia em Conques. Ele estava com 15 anos e tremia dos pés à cabeça por causa da enorme mentira que o pai o forçara a dizer. Se bem lembrava, *lady* Isobel de Turenne tinha 11 anos. De tão envergonhado, mal olhou para ela. Isobel era esguia. Uma criança.

Lucien havia sido forçado a fazer um juramento sagrado de que a desposaria. Um juramento que ele próprio não tinha certeza se poderia cumprir.

— Isobel? Ela está em Troyes? — perguntou, entremeando os dedos pelo cabelo escuro como a noite. — O que diabos quer dizer com isso? A chegada dela estava prevista para o mês que vem.

— Ela chegou à cidade ontem à tarde — murmurou Raoul. — Acredito que queira vê-lo assim que possível.

Lucien blasfemou baixinho. *Não!* Aquilo era a última coisa que desejava. Não estava pronto para cumprimentar sua noiva. Além disso, Ravenshold não estava pronto para ser visto.

O tilintar das ferragens e o barulho dos cascos sobre as pedras avisavam que o mercador e seu grupo estavam quase chegando ao portão.

— Ela não pode vir aqui. Olhe para este lugar — disse Luc, gesticulando na direção das pilhas de folhas espalhadas pelo pátio, depois mostrou também o salão e a muralha que mal podia ser vista por causa da quantidade de hera nos muros.

— Você é quem decide, claro. Mas achei que gostaria de saber que *lady* Isobel e seu séquito estão hospedados na abadia de Notre-Dame-aux-Nonnains.

Lucien encarou o amigo com os nervos à flor da pele.

— Maldita seja, ela está muito adiantada.

— Você enviou uma carta mandando chamá-la logo depois da morte de Morwenna — lembrou-lhe Raoul, confuso. — Que diferença faz um mês antes ou depois?

— Quando escrevi ao visconde Gautier, deixei bem claro que Ravenshold não estaria pronto para receber a filha dele antes do Advento.

— Creio que não se trata apenas do fato de Ravenshold não estar pronto — disse Raoul com calma.

— O que está querendo dizer com isso? — indagou Lucien, estreitando os olhos para encarar o amigo.

— Luc, seu período de luto por Morwenna já acabou. Isso é passado. Você merece se casar de novo e ter filhos. Como seu amigo, quero vê-lo feliz.

— Você, um homem solteiro, está me dizendo que casamento é sinônimo de felicidade? Em que se baseia para dizer isso?

— Você fez o que podia por Morwenna — disse Raoul, colocando a mão no ombro de Lucien. — *Mon Dieu*, você fez mais do que qualquer outra pessoa faria. Vá para Troyes, e que seja hoje. Encontre com *lady* Isobel e, então, veja que não se trata de outra Morwenna. Longe disso... *lady* Isobel tornou-se uma jovem adorável.

Lucien franziu a testa.

— Como é que você sabe?

— Eu a vi na abadia em Conques no ano passado, antes de a mãe dela falecer. Eles estavam lá para prestar homenagem a Santa Fé.

— Você nunca mencionou isso.

— E por que deveria? Você jamais abandonaria Morwenna.

Lucien tinha a mente tomada por pensamentos confusos. Precisava de um herdeiro e, apesar de Raoul duvidar, sentia-se pronto para um segundo casamento — embora admitisse que talvez fosse melhor esperar um pouco mais. Na certa, Isobel exigiria uma explicação para um noivado tão longo.

Passaram-se nove anos! E ele ainda não tinha pensado em uma boa maneira de explicar. Se contasse a verdade, seria o mesmo que estar traindo Morwenna.

— Amor está fora de questão, claro — disse ele, pensando alto. Lucien já tinha sido traído pelo amor antes e não permitiria que acontecesse de novo. — Vou me casar com essa moça, conforme a vontade de meu pai. Honrarei o acordo de noivado e ela me dará herdeiros. Isso é o máximo que vai acontecer.

— Acredito que ela queira vê-lo hoje — disse Raoul, observando o amigo.

— Hoje? Meu Deus, Morwenna mal foi enterrada.

— Nem tanto.

— Não fui cuidadoso com *lady* Isobel. Menti para ela.

— Então, compense-a. Você tem charme, ou, pelo menos — Raoul sorriu —, tinha.

O som dos cascos de cavalos estava próximo aos portões do castelo. Pelos risos femininos, Lucien percebeu que o mercador trouxera a esposa. Parecia um riso leve. Livre.

— Obrigada, Pierre — disse a mulher. — Gostei muito do passeio. Foi muito revigorante, principalmente depois do passo lento ao que o capitão Simund nos submeteu durante a viagem de ontem.

Depois de uma breve pausa, o mercador, Pierre, respondeu:

— A senhorita é bem-vinda, *milady*.

Milady? Então, aquela não era a esposa do mercador. *Milady?*

— Este é o castelo de Ravenshold?

— Sim, *milady*, estamos em Ravenshold.

Um dos cavalos resfolegou alto.

Raoul e Lucien se entreolharam.

— Parece que sua hospitalidade está prestes a ser testada.

— Não se eu puder fazer alguma coisa. Este castelo não está pronto para abrigar nem um porco.

Raoul se apoiou num vão da muralha e se contraiu por inteiro.

— Ah, meu Deus.

— O que foi? — perguntou Lucien, apoiando-se na muralha para ver o que assombrara o amigo.

Não havia sinal algum de mercador, apenas uma jovem acompanhada por quatro pessoas.

Quatro soldados? Para apenas uma garota. Ela devia ser importante.

A moça examinava as muralhas com muita atenção, como se nunca tivesse visto nada semelhante. Ela era loira e dona de uma beleza incrível, num vestido vermelho e uma capa que cobria-lhe os ombros. Havia enrolado o xale no pescoço e na cabeça, mas algumas mechas de cabelo loiro emolduravam o rosto delicado. Os lábios da cor de cereja madura contrastavam com a pele clara e as bochechas rosadas.

Lucien viu os olhos dela de relance, mas foi o suficiente para notar que eram verdes como esmeraldas, realçados por longos cílios escuros, raros numa pessoa tão clara. Aqueles olhos mereciam ser observados com mais atenção.

Ela montava uma égua preta, toda empoeirada, mas que parecia ser de linhagem árabe.

Raoul o puxou de volta à muralha pelo cinto, com os lábios trêmulos.

— Raoul, que diabos...?

— Se não estiver pronto para receber visitas, é melhor ficar fora de vista.

O alto da muralha terminava em ameias, com várias aberturas. Por uma delas, Lucien ouviu a voz da moça aproximando-se.

— Pierre, por favor, pergunte ao guarda do portão se lorde d'Aveyron está aqui.

— Sim, *milady*.

Os cavalos se movimentaram inquietos.

Libertando-se de Raoul, Lucien debruçou-se na ameia para olhar para baixo. A moça estava sentada de lado e cavalgava com a naturalidade de alguém que fazia aquilo desde criança.

— Deixei ordens para os soldados não admitirem visitantes.

— Foi uma atitude muito sábia, dadas as circunstâncias — disse Raoul, tentando conter o riso sem muito sucesso.

— O que houve?

— Nada. — Raoul arregalou os olhos, mas não conseguiu mais conter o riso.

— *Raoul?*

Raoul revirou os olhos e, como não respondeu, Lucien voltou a se apoiar num dos vãos da muralha para olhar para baixo.

A moça e os soldados tinham terminado de falar com os guardas do castelo e voltavam para a estrada na direção de Troyes.

— Essa moça é dona de uma beleza rara — disse Lucien, ocorrendo-lhe que o mais atraente nela seria a alegria inocente que transmitia.

Raoul soltou uma gargalhada tão alta que provocou uma revoada de pombos, escondidos ali perto.

— Você não concorda comigo? — perguntou Lucien, franzindo a testa.

— Você não a reconheceu, não é, Luc? Nem faz ideia...

— Do que você está falando?

— Aquela jovem não é uma moça qualquer, ou melhor, não é uma *lady* qualquer.

— Você a conhece, Raoul?

— Claro que sim. E você deveria tê-la reconhecido também.

Lucien logo percebeu que não iria gostar do que estava prestes a descobrir.

— Ela é sua, Luc. Aquela era *lady* Isobel de Turenne. Sua noiva. Quando a conheci, supus que ela se tornaria bem... direta.

Luc colocou a cabeça numa das ameias em tempo de ver uma nuvem de poeira que os cavalos levantavam, seguindo na direção da floresta além dos vinhedos. Mesmo longe, ele teve a impressão de ter visto o tecido vermelho do vestido dela esvoaçando.

— Isobel... — murmurou ele, suspirando. — Inferno! Onde você disse que ela estava hospedada mesmo?

— Na abadia de Notre-Dame-aux-Nonnains — respondeu Raoul sorrindo. — Sua noiva está ansiosa para encontrá-lo.

Empurrando Raoul para o lado com o cotovelo, Lucien olhou para a estrada, mas o pequeno cortejo já tinha sido engolido pela floresta.

— Esqueça-se da culpa, você pode compensá-la honrando-a. Afinal, ela está esperando há um bom tempo.

— Admito que estou surpreso em vê-la tão antes do esperado — disse Lucien, passando a mão na nuca.

— Acho que desde que você escreveu para o pai dela, ele não perdeu tempo em mandá-la para cá. Deve estar ansioso para se livrar da filha.

— O que há de errado com ela? — perguntou Lucien, sentindo os dedos frios tocarem-lhe a pele do pescoço. *Oh, Deus, não me diga que terei outro desastre como esposa... Outra Morwenna.*

— Se você tivesse mantido contato com Turenne, saberia por que *lady* Isobel é *dispensável.* O visconde Gautier se casou de novo. Acredito que a nova senhora esteja ansiosa para tomar conta de Turenne sozinha.

— Entendo.

— Pobre moça, foi mandada embora pela madrasta. — Raoul estalou a língua. — E pensar que você deu as costas para ela no portão de Ravenshold porque a propriedade não está em boas condições.

— *Boas* condições? — perguntou Lucien, exasperado.

Lucien não gostava de ser pressionado, e *lady* Isobel tinha feito exatamente isso ao chegar mais cedo do que o esperado.

— Imagino que você vá a Troyes esta tarde, não?

— Sim, maldição! Preciso ir.

Conde Lucien d'Aveyron deu meia-volta e desceu ao longo das ameias para a muralha. Não precisou olhar para trás para saber que Raoul estava rindo.

Capítulo 2

— Não é justo que você me faça companhia enquanto estou de castigo — murmurou *lady* Isobel de Turenne para sua acompanhante, Elise. — Não foi você que saiu de Troyes sem permissão.

Isobel e Elise estavam sentadas em uma varanda ensolarada no meio do claustro da abadia de Notre-Dame-aux-Nonnains, consertando uma toalha azul do altar para o Advento. A costura era bem intrincada, com milhares de nós e pontos torcidos complicados. A madre superiora tinha dado o trabalho como penitência por seu comportamento rebelde.

Isobel notou que o azul da toalha era igual aos campos azuis do brasão do conde Lucien. Será que era apenas uma coincidência?

— Você deveria ter pedido meu consentimento, *lady* Isobel — dissera a madre superiora, Úrsula. — Bem, e quanto a sair da cidade... Você precisa tomar mais cuidado. Podia ter acontecido alguma coisa. Estamos muito próximos do Festival do Solstício de Inverno... Champagne está fervilhando de pedintes e gatunos.

Mesmo tendo garantido à madre superiora que estava segura com a escolta, e que tampouco tinha visto algum pedinte ou gatuno, no fundo, Isobel sabia que ter cavalgado até Ravenshold tinha sido uma grande contravenção... Mas, afinal, fora o próprio conde Lucien que a chamara a Troyes.

Ela queria encontrá-lo, ou pelo menos queria ter visto Ravenshold. Mas a madre Úrsula tinha achado melhor que ela esperasse o conde vir procurá-la.

A madre superiora era diretora de uma escola para meninas na abadia e sabia muito bem como manter a disciplina. O comportamento de Isobel não tinha sido digno de uma *lady*, por isso ela precisou ser punida.

Isobel e Elise estavam costurando havia horas. No entanto, permanecia um mistério a razão de a pobre Elise, que teve o azar de procurar abrigo na abadia pouco depois da chegada de Isobel, precisar ser punida.

Por sua vez, Isobel estava feliz por ter companhia, pois sua criada, Girande, estava na enfermaria se restabelecendo de uma doença que tinha pegado a caminho de Troyes.

— Sinto muito, Elise. Gostaria que você não precisasse pegar em uma agulha para pagar por meus pecados.

— Gosto de costurar, *milady*. Acho relaxante.

Isobel não soube o que responder. Elise podia achar a costura relaxante, mas ela já estava com cãibras nos dedos depois de horas segurando uma agulha. Além do mais, odiava ficar parada.

A madre superiora a tinha aconselhado a aproveitar o tempo para refletir sobre as responsabilidades que o conde Lucien esperava que ela assumisse depois do casamento. Mas os pensamentos de Isobel estavam voltados para o caráter do noivo e as razões pelas quais ele levara tantos anos para chamá-la.

Foram nove anos. Porque esperei nove anos por esse homem? Será que ele me detestou à primeira vista?

No entanto, não foram poucas as vezes que Isobel tentou se convencer de que Lucien não podia tê-la detestado logo de início, pois mal tinham se falado durante aquele primeiro encontro e os anos seguintes. Mesmo assim, as dúvidas persistiam.

O guarda dos portões negou a presença do conde Lucien no castelo, mas eu vi uma movimentação nas ameias. Claro que podia ser outro guarda, mas eu sei que o conde está em Champagne. Quando ele virá me ver? Quando...?

As dúvidas rodopiavam na mente de Isobel, intrincavam-se umas nas outras como as voltas da costura da toalha do altar.

Será que ele não tem sentimentos a ponto de ignorar sua noiva completamente? Será que ele soube da dificuldade da minha mãe em ter um filho? Será que está me rejeitando porque talvez eu não possa lhe dar um herdeiro?

— Encontrou-se com lorde d'Aveyron, *milady*? — perguntou Elise baixinho.

Com o sol incidindo diretamente sobre elas, a agulha de Isobel reluziu quando ela deu um ponto com a linha prateada e puxou-a da seda.

— Não o vejo há anos.

— Você e o conde ficaram noivos quando crianças?

— Eu tinha 11 anos na época.

— Não ficou lisonjeada por ter sido escolhida por um campeão de torneios? — perguntou Elise, com a cabeça baixa.

— O acordo foi feito pelos nossos pais. O conde Lucien não era um grande campeão na época. Isso foi bem depois. — Isobel suspirou e flexionou os dedos para livrar-se das cãibras. — Mas a verdade é que fiquei feliz na época.

Elise fez um sinal com a cabeça como se quisesse encorajar Isobel, que relutava em verbalizar seus sentimentos por Lucien Vernon. Logo após o noivado, Isobel fora enviada ao convento Santa Fé para ser treinada para ser esposa de um conde.

Os sentimentos de Isobel foram crescendo conforme o tempo passava, numa época em que as moças se casavam cedo. E mesmo ciente de que não sabia de todos os aspectos da vida de casada, ela desejava que a cerimônia não tardasse.

— Minha amiga, *lady* Jeanne de Maurs, casou-se aos 12 anos — murmurou Isobel. — Ela deixou o convento Santa Fé pouco depois. Outra amiga, *lady* Nicola, casou-se aos 13. O casamento só foi consumado tempos depois, mas elas estavam casadas e tinham *status*. Helena e Constance se casaram com 15 anos, Anna com 16...

— O conde Lucien a deixou esperando...

Isobel focou a atenção nas sombras produzidas pelo sol ao incidir sobre os pilares adornados.

— Tenho 20 anos, Elise. Eu não estava destinada a servir à Igreja, então, é uma vergonha ser a mais velha no convento Santa Fé. — Isobel ficou em silêncio. Na verdade, ela sentia muito mais do que vergonha.

Sentia-se esquecida. Rejeitada. Sem amor. *O que há de errado comigo? Por que ele não me chamou antes?*

Alguém tossiu perto das duas.

— Com licença. *Lady* Isobel?

A irmã Christine tinha chegado ao jardim e parado perto de um dos pilares.

— Sim, irmã.

— Você tem um visitante. Ele está esperando no saguão de entrada.

Um visitante? Seria ele? Isobel percebeu que Elise a fitava.

— Quem? Quem quer me ver? — perguntou, apesar de o frio em sua barriga já lhe dizer a resposta.

— Trata-se do conde d'Aveyron, *milady*. Seu noivo.

Assim que ouviu o nome dele, Isobel sentiu a boca seca e colocou a parte da toalha que estava costurando no colo de Elise.

Finalmente! Para sua surpresa, não estava com as mãos trêmulas. Seus pensamentos foram dominados por um par de vívidos olhos azuis. Nunca se esquecera daqueles olhos.

— Elise, pode me acompanhar? — pediu Isobel, depois de uma tossidela.

— A irmã Christine estará com você — respondeu Elise, relutante. — Precisa que eu vá também?

— Seu apoio será bem-vindo.

— Então claro que vou. — Elise dobrou a toalha do Advento e a colocou com cuidado em cima da cesta de costura.

No corredor, a caminho do saguão de entrada, Isobel parou diante de um espelho em formato de trevo.

— Um momento, irmã. — Ela ajeitou o véu do cabelo antes de prosseguir.

Lucien Vernon estava andando de um lado para outro, com as botas batendo ruidosamente no piso de pedra. Uma nesga da luz do dia incidia sobre ele, dando a Isobel a sensação de estar diante de um homem de pernas e braços longos e cabelo reluzente, negro como azeviche. Bastou um olhar para perceber como ele estava impaciente. Ali estava um homem que não estava acostumado a esperar por ninguém.

Isobel reconheceu o rosto de maxilar acentuado, mas não a cicatriz na têmpora esquerda. *Conde Lucien deve ter se ferido em algum torneio, pois essa cicatriz não existia no dia em que o vi.* Por mais estranho que pudesse parecer, a cicatriz não o deixava menos atraente, ao contrário, realçava-lhe o rosto. Ele não era um rapaz ingênuo, mas um homem experiente. Um poderoso e belo homem.

— *Lady* Isobel — chamou-a para o saguão a irmã Christine.

E antes de se dar conta, Isobel estava diante do conde d'Aveyron, campeão de inúmeros torneios. Seu noivo.

— Lorde d'Aveyron — cumprimentou ela, curvando o corpo em uma mesura.

Lucien se aproximou e segurou a mão dela com firmeza. Isobel sentiu um frio na espinha quando ele se curvou e beijou-lhe a mão. *Finalmente.* O conde podia não estar acostumado a esperar por ninguém, mas não hesitara em fazê-la esperar tanto tempo.

Esperei nove anos por este momento.

— O guarda do meu portão me informou que *milady* foi a Ravenshold esta manhã — disse ele. — Peço desculpas pela viagem perdida, mas eu não a esperava antes do Advento.

Isobel percebeu o tom de reprovação e sentiu o rosto corar.

— Quando meu pai recebeu sua carta, ficou ansioso para que eu viesse para cá sem demora.

— Espero que sua viagem não a tenha sobrecarregado — disse ele, estudando-a com seus olhos azuis. — A *milady* já se recuperou?

— Ah, sim, obrigada, milorde. Gosto de cavalgar.

Lucien era um homem alto e, por um momento, pareceu um completo estranho, e não aquele rapaz de quem Isobel tinha ficado noiva há tanto tempo. Mas quando os olhares dos dois se encontraram, ela teve a certeza de que era ele. Não tinha se esquecido daqueles olhos azuis que lembravam o céu de verão. Não era de se esperar que alguém tão moreno tivesse olhos tão claros. *Inesquecíveis.*

No entanto, o calor do olhar fora se esvaindo da mente de Isobel com o passar dos anos. Mas, notando um breve lampejo de ternura na voz dele, sentiu-se mais corajosa para acrescentar:

— Faz muito tempo.

— É verdade, sei que faz e peço desculpas. Por outro lado, fico feliz em revê-la. — Lucien segurou no braço dela, conduzindo-a para um lugar mais claro, sempre cortês. — Eu a teria chamado antes, mas...

— Suponho que milorde estivesse ocupado com suas terras e os torneios.

Isobel mantinha-se de cabeça erguida, apesar do rosto corado, enquanto Lucien a observava de cima a baixo... Cabelo, boca, seios...

Apesar de fazer tanto tempo que eram noivos, ele a deixava nervosa e ansiosa de um jeito incompreensível. Por que ficava tão constrangida quando Lucien a fitava? Se possível, gostaria de poder ler a mente dele. O que estaria pensando?

E por que Elise estava distante, no corredor, quando Isobel havia enfatizado que gostaria dela próxima?

— *Milady* se tornou uma mulher muito bonita — disse Lucien, com a voz terna. — Estou arrependido de ter me deixado ocupar por tarefas e ter me afastado por tanto tempo.

Isobel lançou-lhe um olhar direto. Tinha sido um alívio quando soubera que o chamado conde d'Aveyron *finalmente* havia chegado em Turenne. Além do mais, queria que ele soubesse que não gostara da espera. Ele precisava saber.

— Que tarefas, milorde? — perguntou ela, baixinho, ciente de que a irmã Christine estava perto da porta. — Foram *nove* anos. Sei que milorde se tornou um grande campeão nos torneios, mas foi mesmo necessário participar de todos?

Isobel percebeu que Lucien fez uma careta, mas logo mudou a expressão.

— Peço-lhe mil desculpas, *milady*. O rei Henry e o rei Louis não aprovam torneios, o que significa que por vezes precisei viajar longas distâncias para participar. — Ele deu de ombros: — Os prêmios eram bons.

Isobel o encarou. Sabia que Lucien Vernon tinha muitas terras, por isso era difícil acreditar que precisasse lutar para levantar fundos. Era dono de propriedades em Champagne, na Normandia e em Auvergne... Devia ser o suficiente, não? Havia alguma coisa errada. Será que era tão ambicioso, tão mesquinho, que precisava ganhar todos os prêmios da Cristandade? Se fosse assim, por que não a tinha desposado antes? Afinal, ela era uma herdeira.

Numa outra hora vou questioná-lo sobre isso. Não posso fazer perguntas reveladoras com a irmã Christine ouvindo cada palavra que digo.

O conde Lucien sorriu e ela sentiu um arrepio que lhe chegou aos pés. Os olhos dele não eram apenas azuis, tinham traços de cinza e preto que os tornavam ainda mais penetrantes. Desconcertantes, na verdade. Isobel não se lembrava de ter se sentido assim antes.

Ela enrijeceu o corpo para se proteger. Era atormentador fitar aqueles olhos com cílios espessos e se lembrar de que Lucien nem sequer se importara em visitá-la durante os últimos nove anos. Poderia ser apenas um casamento arranjado pelos pais de ambos, mas, desde o momento em que o conhecera, Isobel se sentira atraída.

Mas conforme o tempo passava sem nenhuma notícia, ela concluiu que o conde não sentia o mesmo. Dessa forma, tinha se preparado para esconder o seu deslumbramento. No entanto, a atração continuava viva em seu coração, apesar dos anos de silêncio.

Além do mais, o conde Lucien d'Aveyron tinha algo de diabólico, que estava mais forte naquele dia. Isobel sentia aquele efeito devastador toda vez que Lucien a tocava ou se dirigia a ela com um sorriso ou um olhar. As freiras nunca haviam mencionado que os homens possuíam tamanho poder. Era algo difícil de conter... Desconfortável e excitante ao mesmo tempo, que a fazia tremer por inteiro.

Aquele poder era perigoso e precisava ser contido, principalmente porque se tratava do homem que a havia decepcionado. *Ele me ignorou durante anos! Não permitirei que tenha tamanho domínio sobre mim.*

Estava sacramentado que o conde Lucien era seu noivo. Isobel nunca pretendera fugir do casamento, mas desejava manter o amor-próprio e, principalmente, proteger o coração. Aquele homem logo iria reivindicar seu corpo, pois era seu direito como marido. E ela sabia que, mesmo que quisesse, não poderia deixá-lo esperando. Entretanto, não permitiria que lhe tocasse a alma.

Nove anos, ele me ignorou por nove anos...

— A *milady* deve saber que mandei chamá-la porque está na hora de casarmos. A cerimônia será em breve. — Lucien acariciou a mão dela, deixando-a lânguida mais uma vez.

Isobel notou um movimento atrás de onde estavam. O rubi no centro do crucifixo sobre o peito da madre superiora brilhava como brasa. Elise entrou logo atrás da madre, movendo-se pelas sombras.

— Conde Lucien, presumo que tenha vindo para dar início aos preparativos de seu casamento — disse a irmã Úrsula, inclinando a cabeça. — O milorde tem alguma data em mente? Acredito que seja mais conveniente depois do Ano-Novo, não?

— Depois da virada do ano? Deus, não. Já que *lady* Isobel está aqui, não vejo razão para a demora.

— Conde Lucien, estamos quase no início do Advento — lembrou a madre superiora, levantando a cabeça. — O milorde deve saber muito bem que não se pode casar durante o Advento, e será muito difícil organizar tudo antes disso. Sei que *lady* Isobel já está cansada de ficar confinada aqui, mas sua chegada antecipada nos deixou sem saber o que fazer e...

— Estou ciente disso tudo — disse Lucien, seco. — Pretendo assumir a responsabilidade de cuidar de *lady* Isobel assim que possível. Nosso casamento será antes de o Advento começar. — Ele olhou para Isobel e perguntou: — Quer escolher o dia, *milady*?

— Eu gostaria de casar na noite do Solstício de Inverno — respondeu ela, escolhendo um dia aleatório.

— Na noite do Solstício de Inverno? — Lucien ficou pensativo. — Vou participar de um torneio local no dia seguinte, mas acho que podemos dar um jeito.

— Mas, milorde, para essa data... — interveio a madre, franzindo o cenho. — Não teremos muito tempo para os preparativos.

— Estou certo de que o bispo pode fazer alguma coisa. E se isso for difícil, espero que a senhora, irmã Úrsula, como prima do rei Louis, use sua influência.

Isobel estava com a mente em turbilhão. A bem da verdade, estava em estado de choque, pois em nenhuma vez no passado Lucien havia demonstrado interesse nela. Acostumou-se a ser negligenciada. Mas agora, ele parecia bem interessado em se casar. Se bem que estaria mais feliz se seu futuro marido não tivesse deixado claro que logo no dia seguinte teria de partir para um dos torneios tão importantes...

— O Solstício de Inverno não é o melhor dia para se casar, milorde. Talvez não se lembre, mas em alguns lugares é conhecido como a Noite das Bruxas — disse a madre, depois de um suspiro.

— É mesmo? — perguntou Lucien, enrijecendo o corpo.

Talvez Isobel estivesse sendo otimista demais, mas tinha a impressão de que Lucien não havia gostado da maneira como a madre rejeitara sua sugestão.

Será que ele vai ficar do meu lado e contra a madre superiora? Será ele o meu campeão? Isobel experimentou um sentimento novo e passou a ver Lucien com outros olhos.

Sua tola, será que esses anos passados não lhe ensinaram nada? Você não significa nada para ele.

— Reverenda madre, é proibido se casar na noite do Solstício de Inverno? — indagou ele.

A irmã Úrsula balançou a cabeça negativamente.

— Não, milorde, mas...

— Então será na noite do Solstício de Inverno.

— Como quiser, milorde — concordou a madre, meneando a cabeça.

— Milady, imagino que saiba que o casamento acontecerá antes que seu pai receba a notificação — comentou Lucien, fitando-a com aqueles olhos azuis expressivos. — O visconde Gautier não testemunhará nosso casamento.

— Não faço nenhuma objeção — disse Isobel. — Faz tempo que estou ciente de que meu pai não participaria da cerimônia.

— Ah, sim?

— A saúde dele já não está tão boa.

— Fiquei triste em saber da morte de sua mãe no último verão — disse o conde Lucien, pesaroso. — Mas não sabia que seu pai também não está bem de saúde.

Isobel assentiu com a cabeça e desviou o olhar. A dor a invadiu, e a janela atrás de Lucien ficou fora de foco por causa das lágrimas que se represaram em seus olhos. As feridas eram muito recentes para falar sobre sua pobre mãe.

— Meu pai se casou de novo. Estou certa de que ele mencionou o fato na troca de correspondências.

— Sim, eu me lembro.

O coração de Isobel lhe dizia que o pai tinha traído a alma de sua mãe casando-se tão rápido. Mas preferiu não falar no assunto.

Não era a melhor das sensações saber que, depois de ter prevaricado por tanto tempo, o conde Lucien só precisou estalar os dedos para ela vir correndo. Entretanto, *lady* Angelina, a nova madrasta de Isobel, tinha ficado exultante com o chamado, tanto que se mostrou muito prestativa em ajudá-la a fazer as malas.

Isobel podia ter ficado em Santa Fé, mas o convento era perto demais de Turenne para a tranquilidade de *lady* Angelina. Não obstante, Isobel sentiria que estava traindo o pai se reclamasse de ter sido dispensada tão facilmente.

Mesmo assim, seria bom se o visconde Gautier tivesse ido até o convento Santa Fé, ao menos para se despedir. Conques não era tão longe de Turenne. Isobel considerou que talvez a doença o tivesse impedido de viajar, mas teria ficado feliz de receber uma carta com uma bênção. Mas, em vez disso, o visconde limitara-se a transmitir à irmã Edina a carta de Lucien, chamando Isobel. E a irmã Edina não perdera tempo em informar Isobel sobre a novidade, avisando que o acompanhante a aguardava nos portões do convento, portanto era melhor que fizesse as malas sem demora.

— Milorde, apesar do casamento, meu pai não está bem de saúde — disse Isobel, depois de uma tossidela. — Ele ficará em Turenne.

— Espero que ele se recupere logo — disse Lucien.

Lucien estava com uma expressão sombria, o que levou Isobel a considerar que, se seu pai e Angelina tivessem um filho, o que não era impossível, mesmo levando-se em conta a enfermidade, ela não seria mais uma herdeira. Logo imaginou se Lucien tinha se arrependido de se comprometer com uma mulher que podia estar desprovida de bens.

Lucien precisa me querer tanto quanto o desejo! Não quero que me rejeite por me considerar um mau investimento.

Era deprimente demais sentir-se assim.

— Podemos falar a sós, conde Lucien? — A madre superiora gesticulou para que ele a seguisse.

Os dois seguiram até a janela, e, apesar de a irmã Úrsula falar num tom mais confidencial, estava também preocupada.

— Temo que *lady* Isobel precise de... disciplina. Acho que o pai lhe concedia muita liberdade em Turenne.

Lucien moveu a cabeça, surpreso.

— *Lady* Isobel passou a maior parte da vida no convento Santa Fé, por isso me arriscaria a dizer que as boas freiras de lá, muito mais do que o visconde Gautier, são as responsáveis pela criação dela. *Lady* Isobel não irá abusar de sua hospitalidade por muito tempo. Estou providenciando para que ela fique hospedada no palácio do conde Henry.

— A criada de *lady* Isobel está doente, milorde. *Lady* Isobel terá de ficar aqui até que a moça se recupere.

Sem que nenhum dos dois se desse conta, Isobel se aproximou e interrompeu a conversa.

— Sou perfeitamente capaz de fazer minhas malas, reverenda madre.

— E eu ficarei feliz em ajudar — ofereceu Elise, saindo das sombras.

— Muito bem, eu não esperaria menos do que isso — disse a madre, erguendo uma das sobrancelhas.

— O que quer dizer?

— Lady Isobel, desde o momento em que chegou, a *milady* não demonstrou ter muita responsabilidade — disse a madre, bufando e franzindo a testa para o conde. — Sua noiva precisa de rédeas curtas, milorde. Esta manhã, por exemplo, ela saiu do convento sem permissão. Fico pesarosa em confessar que ficou andando por aí como filha de um mascate.

Lucien reparou que Isobel estava com o rosto vermelho e os olhos fixos numa cruz na parede.

Ela foi me procurar.

Isobel podia ter chegado a Troyes um mês antes do esperado, mas ele não permitiria que a irmã Úrsula a intimidasse.

— *Lady* Isobel foi até Ravenshold. Infelizmente eu tinha dado ordens a meus homens para não permitirem a entrada de ninguém, e ela precisou voltar.

— Seja como for, *lady* Isobel não deveria ter deixado o convento sem o meu consentimento.

— Fui com meu acompanhante — defendeu-se Isobel e virou-se para Lucien. — Os soldados de meu pai me escoltaram de Turenne até aqui e não saíram do meu lado nem um instante sequer.

Irmã Úrsula estalou a língua antes de repetir:

— *Lady* Isobel não deveria ter saído sem a minha permissão. Quanta desobediência. E que teimosia! Lamento dizer, lorde d'Aveyron, mas o senhor descobrirá que *lady* Isobel precisa de uma rédea *bem* curta.

— Estou certo de que há algum exagero.

Para sua própria surpresa, Lucien estava gostando da mulher que sua noiva se tornara. E talvez fosse mais além, começava a crer que sua sorte podia ter mudado. Ao menos era o que parecia.

Isobel era bonita... não, bonita não era o suficiente para descrever a beleza estonteante dela. Além disso, era discreta, a julgar pelo vestido simples, o que contrariava a descrição que a madre superiora fazia dela. Isobel era exatamente o tipo de esposa que ele procurava, dócil e boa. Uma *lady*, definitivamente. Alguém que tinha sido criada para obedecer e cumprir com os deveres, diferente de Morwenna.

Isobel de Turenne lhe daria filhos e cuidaria deles muito bem. E Lucien estaria livre para lidar com sua vida e propriedades como sempre fizera. Bastava olhar para ela. O cabelo loiro, escondido pelo véu, parecia ser mais macio e sedoso que o da rainha Guinevere.

Seriam aqueles lábios cor de cereja tão doces quanto pareciam?

— Posso lhe garantir que não exagerei, milorde — afirmou a madre. — De um jeito ou de outro, saiba que coloquei um ponto-final nesse tipo de comportamento. Dispensei os acompanhantes dela.

Lucien ficou imóvel. Isobel não era mais uma criança e logo seria sua esposa. Uma coisa era a madre tê-la punido enquanto estava sob sua proteção, mas chegar ao ponto de dispensar os acompanhantes do visconde Gautier era inadmissível.

— Acho que não entendi direito. O que a senhora fez?

— Mandei os guardas para o castelo de Troyes.

— A senhora não tinha esse direito, reverenda madre — disse Lucien com respeito. — O visconde Gautier mandou esses homens para proteger *lady* Isobel.

— Meu convento é a casa de Deus e não um acampamento!

— Mesmo assim, não deveria ter dispensado a escolta dela. Estou certo de que, se o visconde Gautier confiou em seus homens para acompanhar a filha desde Turenne, eles devem ser mais do que competentes para protegê-la num passeio por Champagne.

Irmã Úrsula olhou para *lady* Isobel com expressão fechada.

— Faça como quiser, milorde. Já que *lady* Isobel se mostrou uma convidada tão cheia de vida para ficar no meu convento, fico feliz em lavar minhas mãos. Não permitirei que ela influencie as outras moças daqui. — A madre suspirou fundo e dirigiu-se para a porta. — Conde Lucien, não diga que não o avisei do quanto ela é voluntariosa. Espero que goste. Venha, irmã, quero discutir sua ideia para a barraca do convento na Feira do Solstício de Inverno.

Lucien a observou afastar-se.

— Que dragão — murmurou ele.

— Como, milorde? — perguntou Isobel, sem saber se tinha ouvido direito.

— Devemos nos casar daqui a pouco mais de uma semana. Ficarei honrado se me chamar de Lucien e eu a chamarei de Isobel. Você acha aceitável?

— Eu... Sim, claro — respondeu Isobel, feliz por ter aquele privilégio depois de anos de esquecimento.

Havia muitas mulheres que não tinham aquela liberdade nem depois de casadas. *Ele me ignora durante anos e de repente me pede para chamá-lo pelo primeiro nome?* Aquilo não fazia muito sentido.

Lucien virou-se para Elise, que estava petrificada de tanta timidez e nem sequer tinha direcionado o olhar para ele.

— Quem é ela?

— Uma amiga, mi... Lucien. Esta é Elise... Elise, este é meu noivo, conde Lucien d'Aveyron.

— Bom dia, *mon seigneur*. — Elise o cumprimentou fazendo uma vênia, mas sem levantar a cabeça.

— Bom dia, Elise. — O conde olhou para a porta e para Isobel de novo. — Sua criada está muito doente?

— Não acho que seja sério, mas ela está na enfermaria.

— O que ela tem?

— Não tenho certeza, mas acho que deve ter comido alguma coisa que não lhe fez bem. Ela tem enjoado muito.

— Ela pode ser transportada? Caso contrário, posso mandar buscá-la quando estiver recuperada.

— Quer dizer que sairei daqui *antes* do nosso casamento? — perguntou Isobel com o coração aos pulos.

— Se estiver de acordo, não vejo por que não partir hoje. Mas o castelo de Ravenshold não está... preparado para sua chegada. Pedi ao conde Henry para hospedá-la no palácio dele na cidade. Estou esperando uma confirmação de que há acomodações disponíveis.

Isobel se sentiu tão animada que se pegou sorrindo. Não queria demonstrar o quanto estava feliz por Lucien finalmente tê-la vindo buscar. Sua intenção era permanecer indiferente, mas ele a tinha tomado de surpresa com a oferta de tirá-la do convento naquele dia mesmo.

Hoje! Passei minha vida inteira trocando de convento e agora...

Liberdade!

Preciso me acalmar. Não posso deixar que ele perceba o quanto ansiei por este dia. Também não posso ignorá-lo. Devo fazer o melhor para agradá-lo.

De repente, seu humor mudou. Não podia se esquecer de que sua mãe tinha morrido ao dar à luz. *A menos que eu queira o mesmo destino de minha mãe, como posso convidá-lo para partilhar da minha cama?*

Como se a preocupação não fosse suficiente, ela se lembrou da amiga, *lady* Anna. Não fazia nem um mês que Anna tinha saído do convento Santa Fé, sorridente e feliz para se casar, mas voltara correndo.

Anna tinha chegado pálida e bem mais magra. Puxando Isobel para o lado, passara a murmurar sobre os horrores... Sim, "horrores", tinha sido essa a palavra que ela usara... sobre o leito nupcial. No entanto, mal ela havia começado a contar quando um alto clamor ressoou dos portões do convento. O noivo irado de Anna viera buscá-la. E num piscar de olhos ela saíra de Santa Fé uma segunda vez. Isobel só ouviu falar da amiga um ano depois, quando soube que tinha morrido dando à luz uma criança. Exatamente o que tinha acontecido com sua mãe.

Talvez eu nunca possa dar um herdeiro a ele. Mamãe tentou várias vezes dar um filho varão a papai e morreu tentando. Será esse o meu destino?

— Devo avisar ao mordomo do conde Henry que agilize os preparativos para sua hospedagem. — Lucien abriu um sorriso charmoso para Elise. — Sua amiga pode acompanhá-la para ajudar. Acredito que nem a madre superiora contestaria. E, então, o que acha?

Isobel mal abriu a boca para responder quando uma noviça entrou correndo na sala.

— Onde está a madre superiora? — perguntou a noviça pálida e em pânico.

— Deve estar conversando com uma das irmãs — respondeu Lucien. — Por quê?

— A relíquia sagrada! Santa Fé. — A noviça tremia dos pés à cabeça. — *Milady*, a relíquia sagrada foi roubada!

— Como assim? — perguntou Isobel, paralisada.

Quando saíra do convento em Conques, havia trazido uma relíquia sagrada, um pedaço do tecido que teria sido da roupa de Santa Fé. A relíquia era adorada pelas freiras do Sul e tinha sido uma grande honra transportá-la.

— O altar da capela foi destruído e... — A noviça abaixou-se numa mesura antes de continuar: — Com licença, *milady*, preciso encontrar a madre superiora.

Assim dizendo, saiu tão rápido quanto tinha chegado.

— Que relíquia seria essa? — perguntou Lucien a Isobel.

— É um pedaço da roupa que pertenceu à Santa Fé.

— Você a trouxe?

Isobel assentiu com a cabeça.

— A relíquia foi emprestada a este convento até o final do Festival do Solstício de Inverno. Como eu vinha escoltada e queria agradecer a hospitalidade das freiras, ofereci-me para trazer. A relíquia atrai peregrinos...

— E proventos — acrescentou Lucien de maneira seca.

— Acredito que traga dinheiro, mas... — Isobel o encarou, séria. — Desculpe-me, milorde, eu me sinto em parte responsável por esta relíquia.

Sem dizer mais nada, ela segurou as saias e saiu correndo da sala.

Lucien a seguiu, divertindo-se com o interesse da noiva no roubo de um fragmento de roupa que pertencera ou não a uma santa, morta havia muito tempo. Bem, durante a maior parte da vida, ela tinha sido criada por freiras, talvez isso explicasse o interesse.

Ele chegou a um pátio pavimentado, depois de passar por corredores, colunas e os claustros próximos à igreja da abadia. Isobel se movimentava com graça, o que o agradou bastante.

Com a brisa, as pontas do véu de Isobel se levantaram e o sol iluminou uma trança grossa, acentuando a cor dourada do cabelo.

Lucien a seguiu, entrando na igreja sombreada onde havia uma tela de madeira separando uma série de santuários da nave principal.

De olhos arregalados pelo choque, Isobel parou diante de um dos santuários e distraidamente tocou a escultura de um anjo. A mão dela era feminina e delicada. Lucien jamais imaginara que repararia numa mão bonita, mas a de Isobel era perfeita.

A capela devia estar cheia de devotos quando o ladrão atacara. Alguns cidadãos e as freiras estavam com o rosto colado na tela de madeira, observando o que acontecia do outro lado.

Lucien alcançou Isobel na entrada da capela e ficou surpreso com o impulso de cobrir aquela mão delicada com a sua. Afinal estava num templo, e as freiras definitivamente desaprovariam aquela atitude. Mas, sem conter a vontade, colocou os dedos sobre a mão dela.

Isobel se retraiu no mesmo instante. Os olhos dela brilharam e, num movimento lento, ela recolheu a mão, pousando-a ao lado da dele, quase roçando-a. A reação tinha sido sutil, mas o afetara. Naquele instante, Lucien percebeu que talvez não fosse fácil fazer Isobel de Turenne o perdoar pela longa espera. Não seria fácil cortejá-la. *Ela guardava muita mágoa.*

As freiras em hábitos pretos pareciam estátuas, paradas nas laterais da capela, impressionadas pelo sacrilégio. Olhando além delas, Lucien viu um pedaço de arenito reluzente com vários trevos esculpidos. Era a parte da frente do altar. Alguém tinha arrebentado a borda entre dois dos trevos, deixando um vão escuro no lugar.

No piso de azulejo havia uma corda caída, uma barra de ferro e vários cacos de arenito. As freiras abriram caminho para que Isobel passasse com as saias farfalhando e varrendo os cacos. Ela se inclinou para dar uma olhada de perto. A relíquia devia estar guardada na escuridão atrás do altar.

Isobel endireitou o corpo e virou-se para olhar para Lucien.

— O relicário desapareceu — disse ela, olhando além dele, focando a vista em uma das pessoas que estavam ali olhando. — *Milorde, olhe!*

Um homem encapuzado com uma túnica marrom mal-ajambrada lutava para fechar uma bolsa. Por mais incrível que pudesse parecer, Lucien vislumbrou algo brilhando como ouro e laqueado de azul. Era um relicário Limoges, que por si só era tão valioso quanto o pedaço de tecido que continha. O ladrão se esgueirou e conseguiu sair pela porta.

— Você viu? — perguntou Isobel, ofegante, passando por Lucien.

— Sim, era um relicário Limoges.

— Que audácia alguém fingir ser um peregrino. — Isobel já estava na metade do caminho rumo à saída. — Preciso pegá-lo.

Apressando o passo atrás dela, Lucien franziu o cenho.

— *Você?* Não cabe a você pegar ladrões. — Quando os olhos dela brilharam, ele apertou-lhe a mão com mais força. — Isobel...

Livrando-se de Lucien, ela saiu correndo para a luz do dia.

Capítulo 3

LUCIEN FICOU PERPLEXO. *ELA ME desobedeceu!* Era raro alguém não acatar a suas ordens, embora isso acontecesse de vez em quando. Já tivera discussões com alguns escudeiros novatos, mas logo eles aprendiam que, se queriam ter sucesso, era melhor obedecer ao conde.

Ele andou pelo pátio ensolarado, pensando que o mesmo aconteceria com Isobel... logo ela aprenderia. Por um momento, sentiu certa angústia pela noiva que almejara: bonita, discreta e obediente. Era de sua vontade que a segunda esposa priorizasse seus desejos primários. Esperava também que ela tomasse conta da vida doméstica, deixando-o livre para focar em assuntos militares.

Lucien estava honrando o contrato de casamento com Isobel de Turenne porque tinha sido essa a vontade de seu pai. Durante muito tempo ele se arrependera de ter cedido, e do desentendimento que veio em seguida. Uma briga que nunca fora resolvida.

Agora, quando finalmente estava em posição de honrar o contrato de casamento, era como levar um soco descobrir que Isobel de Turenne não era a dama discreta que imaginara. Ela precisava ser educada. Lucien rangeu os dentes. Isobel parecia uma moça inteligente e aprenderia rápido, pelo menos era o que esperava.

Ele a viu chegar ao portão do convento e sair com as saias e o véu esvoaçante, então apertou o passo. Era uma pena que as freiras não tivessem conseguido ensinar a ela a importância da obediência. Agora a responsabilidade de mostrar o valor daquela virtude em particular estava em suas mãos...

Isobel, longe de agir como uma dama, segurou as saias, correu pelo pátio e saiu para a rua, mesmo sem saber a razão da urgência em capturar o homem encapuzado. No entanto, a ação toda veio acompanhada de muito entusiasmo. *Ele tinha que ser preso!* Com o coração pulsando rápido, lembrou-se que havia trazido a relíquia do Sul e era responsável pelo objeto. Aquele relicário tinha sido emprestado à abadia apenas para o Festival do Solstício de Inverno E, agora que havia sido perdido, as boas madres do convento Santa Fé estariam em sérios problemas. Muitos peregrinos iam ali para rezar, e as oferendas traziam uma renda imprescindível ao convento. Aquelas freiras haviam cuidado de Isobel por anos, ela não podia simplesmente ficar parada vendo a preciosa relíquia ser roubada.

De repente, ouviu passos duros se aproximando. Era Lucien. Ela o ouviu murmurar alguma coisa para a freira assustada que estava ao portão do convento.

A relíquia!

À sua frente estava o ladrão. Isobel havia gravado bem a roupa surrada e o capuz do homem ao virar a esquina. Esbarrando nas pessoas pelo caminho, não pensou duas vezes antes de continuar correndo atrás dele. A rua era estreita e estava toda bloqueada por barracas de madeira, onde mercadores e moradores da cidade colocavam preços nas mercadorias. O festival ainda não tinha começado oficialmente, então aquela devia ser uma área de comércio da cidade. Do outro lado, casas altas sombreavam a rua. Havia uma série de lojas com as portas abertas. Isobel esquivou-se de uma barraca de peças de cerâmica e de alguns mercadores de vinho.

— Com licença.

— Cuidado! Não empurre.

O homem encapuzado seguia à frente, desviando-se da multidão.

— Parem aquele homem! — gritou ela, apontando. — Parem o ladrão!

Os moradores da cidade se viraram, assustados, mas Isobel, com o coração acelerado, continuava a avançar. O capuz marrom... De repente não o via mais.

Ela estava parada num cruzamento para recuperar o fôlego quando Lucien a alcançou.

— Para onde ele foi, milorde? Você é mais alto, consegue ver a direção que ele tomou?

Um cacho de cabelo escuro caiu sobre a cicatriz na têmpora do conde Lucien quando seus dedos fortes a seguraram.

— *Milady*... Isobel... O que diabos está fazendo?

— Para onde ele foi? — repetiu ela, apontando para as ruas. — Você o viu?

Lucien a segurou com mais força, como se sua mão fosse de ferro.

— Não é prudente correr pelas ruas de Troyes desacompanhada nesta época do ano.

— Mas, milorde, o ladrão...

Tentando se livrar da mão forte que a prendia pelo pulso, Isobel deu uma olhada para um beco sombreado. Havia ali um casal de amantes beijando-se apaixonados. O homem havia levantado as saias da moça, e Isobel ficou assustada ao ver a coxa branca e desnuda. Com o rosto corado, virou-se para o lado.

— Milorde, por favor, solte-me.

Mas ainda se lembrava do olhar no rosto daquela mulher... Ela parecia estar em êxtase. *Êxtase?* Aquilo não combinava com nada que as freiras ou a mãe haviam lhe ensinado. Nem mesmo Anna...

— Só a soltarei quando *milady* entender que não é seguro correr pela cidade assim. Meu Deus, as freiras não lhe ensinaram nada? Você precisa tomar mais cuidado. Como já deve ter percebido, a cidade está cheia de ladrões nesta época do ano.

Isobel virou o pulso, tentando se livrar, mas Lucien não havia terminado:

— *Milady*, o Festival do Solstício de Inverno atrai homens de todo tipo. Quero que prometa que irá tomar cuidado. Além do mais, saiba que, no futuro, quando eu disser não, você tem que prestar atenção.

— Luc... Milorde? — Isobel se sentiu desamparada.

— Você não me ouviu chamá-la na igreja? Em breve você será minha condessa. *Não* pode correr atrás de ladrões.

— Peço desculpas, milorde. — Isobel mordiscou o lábio.

Os olhos azuis como safira de Lucien pareciam perfurá-la. Ela o tinha ouvido chamar, mas, no calor do momento, não pensara em outra coisa além de não perder o ladrão de vista.

Santa Maria, não me diga que Lucien vai se tornar um camponês rude como o marido da pobre Anna. Até então, Isobel tinha em mente que Lucien era um campeão de torneios, bem diferente de um camponês arrogante. Para fugir daquele olhar acusador, arriscou-se virando-se para o lado, mas não havia nem sinal do homem de capuz marrom.

— Ele fugiu.

— Esqueça, Isobel. Os cavaleiros do conde Henry lidarão com ele.

— Mas, milorde... deve haver alguma coisa que possamos fazer. O convento Santa Fé não é tão rico como esse mosteiro e não pode arcar com a perda da relíquia.

Lucien sentiu uma pontada no coração como não sentia havia anos. A fúria começou a se dissipar sem que soubesse a razão, a não ser que os olhos verdes de Isobel eram muito atraentes. Ela ainda respirava com dificuldade por ter corrido pelas ruas. As bochechas estavam rosadas e alguns fios de cabelo que haviam escapado da trança emolduravam-lhe o rosto. Naquele momento, ela parecia mais humana do que quando estava no saguão de entrada do convento. E duplamente mais atraente. Lucien se conscientizou do forte sentimento de posse e orgulho que o dominou.

Essa mulher vai ser minha.

Isobel ficava ainda mais fantástica com a trança ligeiramente desfeita, o que levou Lucien a imaginá-la depois de fazerem amor...

Não foi difícil identificar o arrepio que lhe percorreu o corpo. Desejo. Tinha que admitir, mesmo para sua surpresa, que fora revigorante persegui-la pelas ruas. Isobel despertou nele um sentimento primitivo, uma sensação que estava adormecida havia muito tempo. *Ela era muito bonita.* Há quantos anos Lucien não se permitia a luxúria de sentir aquele tipo de paixão? Sem querer perder muito tempo analisando, concluiu que deixaria o tempo resolver. Mas irritava-o saber que o desejo que sentia por Isobel lhe causava desconforto. Era algo que se misturava ao arrependimento por tê-la deixado esperando por nove anos, e também à insegurança. *Como ela reagirá quando descobrir sobre Morwenna?*

— *Milady*, há soldados em Troyes responsáveis por manter a ordem. O trabalho de pegar o ladrão é deles e não seu. Você — Lucien fez uma pausa para dar mais ênfase ao que dizia — é uma dama, e não um dos cavaleiros guardiões do conde Henry.

— Cavaleiros guardiões?

— O conde de Champagne designou uma unidade de cavalaria para manter a ordem e a lei durante o festival. Ele e seus cavaleiros ficarão muito ofendidos quando souberem que você tentou assumir as obrigações deles.

Isobel baixou os olhos, observando o muro da casa logo atrás dele.

— Sim, milorde.

Lucien a soltou devagar e respirou aliviado ao ver que ela não voltou a correr, embora não tivesse percebido o quanto também estava tenso.

Mas que bela visão, vê-la correndo pela cidade! Era difícil acreditar que uma moça, ainda mais com todas aquelas saias, pudesse correr tanto.

Ela era tão ligeira quanto uma lebre.

— Você queria mesmo pegar aquele homem.

— Como eu já disse, o convento Santa Fé não tem muitas posses. Lá não há nenhum tesouro repleto de prata e ouro como existe no mosteiro. As freiras precisam daquela relíquia. Aquilo é praticamente tudo que elas possuem.

Lucien encostou o ombro no batente de carvalho de uma das casas. Isobel parecia mesmo preocupada, mas, por outro lado, era possível que tivesse usado o roubo como uma desculpa para fugir. Na verdade, ela havia passado a maior parte da vida presa em um convento. Lembrar-se disso o deixou pesaroso, compreendendo que não podia culpá-la por se sentir sufocada; ele próprio enlouqueceria se ficasse preso.

— Soube que você acabou de chegar em Troyes — disse ele.

— É verdade, chegamos ao convento ontem.

— O que aconteceu antes disso? Quanto tempo você passou no convento Santa Fé e quanto tempo em Turenne?

— Passei a maior parte da vida com as freiras. Ia para casa de vez em quando... — Isobel ficou séria. — Quando minha mãe precisava de mim.

Então é isso. Não há dúvida. Isobel está usando o roubo como um meio para escapar do confinamento no convento. Eu faria o mesmo no lugar dela. Além disso, também está em luto profundo por causa da mãe.

Lucien não podia aplacar a dor dela pela perda da mãe, mas poderia ajudá-la em outros sentidos.

— Já que perdemos o ladrão, talvez me permita mostrar-lhe a cidade — convidou, dobrando o braço para que Isobel apoiasse a mão.

Ela respondeu com um sorriso largo e inocente que não deveria ter suscitado uma sensação tão perturbadora em Lucien. *Desejo.*

— Obrigada, milorde. Será um prazer acompanhá-lo.

Lucien tomou a mão dela e passou-a por seu braço, ainda surpreso por ter oferecido dar uma volta por Troyes. *Eu gosto dela. Gosto de Isobel de Turenne.* Claro que ela ainda precisava aprender o valor da obediência, mas, depois de nove anos em pleno inferno, talvez a sorte dele estivesse mudando. *Vou ensiná-la a se comportar com decoro. Fora do quarto. Mas do lado de dentro...*

Ao olhá-la de soslaio, percebeu que Isobel andava com discrição, tendo assumido a postura de uma dama de novo, o que era bem promissor. Se ainda não se lembrasse de vê-la correndo pelas ruas, podia imaginar que estivesse sonhando. Um cacho de cabelo se libertou em algum momento da corrida, cobrindo-lhe o colo. Havia um lado selvagem nela. *Lady* Isobel de Turenne tinha aprendido a se comportar, mas existia um lampejo selvagem sob a superfície de decoro, algo que fugia da maneira artificial e que o atraía imensamente.

Os dois caminharam devagar até o final da viela e chegaram a uma praça perto de um dos canais.

— Esses canais movimentam os moinhos de água. Há muitos deles em Troyes — disse ele. — E, claro, você vai conhecer o palácio do conde Henry.

— Eu adoraria. Vi muito pouco da cidade.

Lucien não deixou de reparar que um cacho de cabelo brilhava sobre o colo de pele alva. E os lábios dela eram de fato da cor de cereja madura.

— A irmã Úrsula ia me confinar em um dos recintos do mosteiro por ter ido até Ravenshold — contou ela, corando.

— Mesmo?

— Eu não tinha permissão para sair. — Ao assumir a culpa, ela ficou ainda mais vermelha. — Para ser sincera, sabia que a irmã não permitiria que eu saísse, por isso nem perguntei e me aventurei. Vi Ravenshold da estrada. Gostaria muito de ter entrado.

Lucien murmurou algo sobre não estar em casa para recebê-la por não saber da visita.

— Acredito que tenha sido por isso que a madre superiora dispensou sua escolta — comentou Lucien ao atravessarem uma ponte sobre o canal.

— Quando voltamos para o mosteiro, ela os dispensou para o acampamento no castelo de Troyes. Dois deles nunca tinham saído de Turenne antes, espero que estejam bem. Garanto que Pierre está com saudades de Turenne.

— E você? Tem saudades de Turenne?

Isobel o encarou com um olhar profundo.

— Eu? Não, milorde. — Ela fez uma pausa, antes de acrescentar com candura: — Fui educada para ser sua esposa, meu lugar é ao seu lado.

Por mais que aquelas palavras fossem doces, havia uma nota de reprovação. Lucien contraiu o rosto, pois não estava acostumado a ser criticado, embora reconhecesse que Isobel tinha todo o direito de estar ressentida. Afinal, a deixara esperando por muito tempo.

Lucien se debruçou sobre o gradil da ponte, buscando um assunto menos controverso, e olhou na direção do palácio do conde Henry.

Era uma imensa residência de três andares que se alongava pelo canal. As janelas mais baixas eram arqueadas no estilo romano, bem diferente dos arabescos nas travessas das janelas envidraçadas do andar de cima, assemelhando-se ao que Lucien tinha visto em Aquitânia.

— Aquele é o palácio do conde Henry, onde você ficará hospedada até nosso casamento.

— Há uma plataforma de entregas — observou ela com um olhar inteligente.

— Acho que não é muito usada, a não ser para receber os suprimentos para a cozinha, entre outras coisas.

Lucien a observou estudar o palácio... A plataforma de entregas... O canal. E foi tomado por um impulso de correr o dedo sobre aquele nariz delicado, mas sua vontade maior era virar-lhe o rosto e sentir o sabor daqueles lábios cor de cereja tão tentadores...

— Obrigada por me mostrar o palácio, milorde. Não vejo a hora de me mudar.

Lucien deu uma tossidela antes de responder.

— Como mencionei, pedi um quarto para hoje, mas com a proximidade do festival, a cidade está lotada. Talvez tenhamos que esperar alguns dias por um apartamento livre.

— Não há necessidade de um apartamento inteiro. Sei que cheguei antes do esperado. Não me incomodo em dividir o quarto com outras moças. Estou acostumada.

— Vou me lembrar disso. Venha, vou levá-la ao acampamento da guarda, não estamos longe.

— Posso ver meus homens? Você é muito atencioso, milorde. Se bem que preciso voltar ao mosteiro logo. A madre superiora vai...

— Duvido que ela tenha algo contra a um passeio comigo pela cidade. Sou seu noivo.

— Gostaria que tivéssemos achado a relíquia. Você sabia que a peça é milagrosa?

Lucien ficou rígido. O comentário de Isobel tinha sido inocente, mas o deixara de sobreaviso. Não suportaria uma segunda esposa que acreditasse em milagres. Morwenna o deixara cético e avesso a bobagens como essa...

— Ontem levaram uma jovem paralítica até a igreja — disse Isobel. — Quando ela passou o xale pela abertura no altar e tocou o relicário, a paralisia se curou.

— Você acredita nisso? — perguntou Lucien com certo desconforto.

Ela o fitou e, percebendo a maneira como era observada, franziu a testa ligeiramente. Lucien notou que Isobel era mais sensível às suas ligeiras mudanças de humor do que Morwenna.

— Creio que a jovem acreditou, milorde. Eu mesma vi quando ela saiu andando da igreja. Agora, se foi um milagre — ela encolheu os ombros —, quem pode dizer ao certo? Sei que a relíquia traz proventos às freiras, que os utilizam para o bem. Já as freiras em Santa Fé...

Lucien escondeu o desconforto enquanto caminhavam na direção do castelo de Troyes e Isobel enumerava os vários trabalhos que as freiras faziam em Conques, mantendo-o impressionado. Isobel de Turenne, por fora, tinha tudo o que um homem poderia querer. Tinha berço, era sensata e bonita. Além de possuir aquele fiapo de impetuosidade. Não ficaria surpreso se soubesse que *lady* Isobel de Turenne era tema de várias *chansons*. Os cavaleiros deviam ficar felizes em servi-la.

No entanto, a simples menção dos milagres o preocupara, por isso voltou ao assunto:

— Não acredito em milagres — disse com cuidado. — Para mim, um milagre é uma combinação venenosa de ilusão e ansiedade de que algo aconteça.

— Venenosa? — indagou ela, encarando-o. — Às vezes a ilusão pode ser uma coisa boa, milorde.

— É mesmo?

— Você é muito cético. Acabei de contar que vi aquela moça andar, com os meus próprios olhos. Ela era paralítica há anos.

Lucien meneou a cabeça. A inocência que ela havia adquirido no convento era reconfortante, mas tamanha ingenuidade podia ser perigosa.

— Desculpe-me, mas fico me perguntando como você sabe que a jovem não andava havia muito tempo.

— Eu perguntei a ela.

— E você acredita em tudo o que dizem?

— Nem tudo. — Isobel franziu o cenho. — Mas creio que a moça estava dizendo a verdade. Sem dúvida, você objetará dizendo que a paralisia dela era um estado de espírito. Eu vi uma pessoa redescobrir os pés. Isso foi ilusão?

— Provavelmente.

— Milorde, será que importa o que causou a paralisia daquela jovem ou o que a curou? — perguntou Isobel, segurando a manga do casaco dele com mais força. — Não vejo nada errado se ela acredita que um pedaço de pano a ajudou. De um jeito ou de outro, o destino a curou.

No final da rua, ficava o fosso e a ponte levadiça que conduzia ao castelo de Troyes.

— Você não acredita que existem aqueles na Igreja que se aproveitam da crença nessa fé e em milagres? — perguntou Lucien, cobrindo a mão dela com dele.

O véu sobre o rosto de Isobel se movimentou quando ela meneou a cabeça, pensando no que tinha ouvido. Quando ela se virou e sorriu, Lucien teve a sensação de a terra ter se mexido sob seus pés. *Isobel era tão adorável e inocente...* De tão distraído que estava, Lucien quase tropeçou. Até então, Morwenna tinha sido seu padrão de perfeição. Essa provavelmente tinha sido a razão pela qual o cabelo dourado e os olhos verdes de Isobel haviam lhe despertado tanta dúvida.

Será que a alma e o coração de Isobel espelhavam sua beleza exterior?

— Sim, milorde, isso já me ocorreu, mas eu não acho que faça diferença.

— Não?

— Não — respondeu ela, convicta e calma. — Se as pessoas acreditam que uma relíquia pode ajudar a trazer saúde, então, a meu ver, isso é bom.

— Vejo que voltamos a falar de fé.

— É verdade — disse ela, sorrindo.

— Você concorda que, se uma pessoa pode se convencer de que é saudável, o contrário também é possível? Ela não poderia se convencer de que está doente?

— Provavelmente sim, não tenho certeza. Esses assuntos são muito profundos para mim. O que importa é que vi aquela jovem andar de novo. — Isobel contraiu os lábios. — Por mais que eu queria relevar, não posso deixar de me sentir responsável pela relíquia, já que fui eu que a trouxe de Conques. Devo muita gratidão àquelas freiras. Será que é errado demais querer devolver o relicário a quem pertence de direito?

— Eu a aconselho a deixar essa tarefa para os soldados.

O portão e a paliçada estavam a poucos metros de distância, do outro lado da ponte levadiça. Eles estavam quase chegando aos alojamentos dos guardas quando Lucien percebeu que Isobel tinha entendido o recado, pois evitava encará-lo.

— Estou sendo mais ponderado, *milady* — disse ele, suavizando o tom de voz. — Se pensar melhor, concluirá que, quando saiu correndo, sua vontade não era alcançar o ladrão.

— Ah, não? — Isobel mordiscou o lábio inferior.

Lucien se inclinou um pouco para o lado e foi envolvido por uma nuvem perfumada, como se estivesse suspirando o ar da primavera, com toques de rosas e madressilvas.

— Você queria se aventurar.

— Milorde, eu...

O rubor imediato no rosto dela foi sinal de que ele tinha atingido um ponto fraco.

— Não precisa disfarçar. Sei que você não é uma mulher para viver presa, nem mesmo em uma cela dourada. Sua lealdade às madres do Sul é admirável, e não a culpo por querer respirar um pouco de liberdade. — Ele apontou para a paliçada. — Os homens de sua escolta devem estar aqui. Venha, permita-me continuar a escoltá-la.

Depois de atravessarem a ponte levadiça e passarem pelas muralhas exteriores do castelo, Lucien se deu conta de que não estava apenas escoltando-a por educação, mas também estava se divertindo.

Após anos de clausura, Isobel achou uma novidade estar de braço dado com um homem de influência como Lucien Vernon. Bastou uma palavra dele para que os soldados se apressassem, sussurrando uns com os outros, ao redor de um salão maior do que qualquer um que ela já havia visto no Sul, rivalizando apenas com a catedral de Conques.

Isobel observou os arredores com os olhos arregalados. Aquele salão, onde supostamente só circulavam soldados, era de um esplendor inigualável. Havia uma fileira de estandartes ostentando bandeiras com as cores vermelho, verde, dourado, azul e prateado, que brilhavam sob os raios de sol que se infiltravam pelas janelas. Num canto, havia uma enorme lareira, onde dançavam chamas altas. Armas antigas reluziam nas paredes. Havia uma mesa num piso mais alto, cuja toalha era de uma seda tão alva que chegava a ofuscar os olhos. Nas mesas laterais havia fileiras de taças de vinho, que entremeavam as pilhas de tigelas de madeira e taças de argila.

— A condessa de Champagne é filha do rei Louis, não é? — indagou Isobel.

— É filha da primeira esposa dele, a rainha Eleanor — respondeu Lucien, distraído por um homem bebendo cerveja numa das mesas laterais. Pelas vestimentas, devia ser um cavaleiro. Quando Lucien se aproximou dele, Isobel ouviu seu nome do outro lado do salão.

— *Lady* Isobel! — Um dos homens da guarda do pai dela, capitão Simund, levantou-se e fez uma reverência. — É um prazer vê-la, *milady*.

— Obrigada, capitão. Fico feliz em vê-lo também. Gostaria de pedir desculpas pelo que aconteceu na abadia.

— Não se preocupe, *milady*, eu entendo. — O capitão Simund olhou para Lucien. — Esse é o conde Lucien, *milady*?

Isobel respondeu com um aceno de cabeça.

— Vou apresentá-lo assim que ele terminar de conversar com seus conhecidos. Diga-me, capitão, o alojamento dos soldados é aceitável?

— Ah, sim, obrigado.

— Como estão os outros? Estou mais preocupada com Pierre.

— Estamos muito bem, *milady*. Se não for muita ousadia de minha parte — Simund hesitou antes de continuar —, estamos melhor aqui do que estaríamos na abadia. Não precisamos andar na ponta dos pés. Se me permite dizer *milady*, aqui não precisamos policiar a língua o tempo todo.

— Fico feliz em saber disso, capitão — comentou Isobel com cordialidade. — Tive receio de que Pierre pudesse sentir saudade de Turenne.

— Nem um pouco, *milady*.

Depois que Isobel apresentou o capitão Simund a seu noivo, ela e Lucien deixaram o salão.

— Vou levá-la para conhecer Troyes melhor, assim você se sentirá mais confortável em circular pelo lugar — disse Lucien.

— Obrigada, milorde, será ótimo.

Depois de Lucien obter a permissão de um dos guardas, os dois seguiram pela rua principal da cidade. De um lado, depois do fosso seco, o condado de Champagne se estendia até o horizonte. A impressão ao se olhar para o outro lado da cidade era de estar diante de um vasto mapa em pergaminho de Troyes. As colunas de fumaça, vindas das várias chaminés das casas, se entrelaçavam e serpenteavam na direção do céu. As ruas podiam ter sido planejadas no início, mas agora não seguiam nenhum padrão.

— Os telhados de telha protegem contra o fogo — informou Lucien.

— E aquela? — perguntou Isobel, apontando para um chalé coberto por palha.

— Nem todos seguem as regras. — Lucien deu de ombros. — Espero que o conde Henry multe esse morador.

Havia telhados retos e outros arqueados, uns esverdeados pelo musgo, outros enegrecidos pela umidade. De vez em quando, via-se uma árvore solitária em um jardim ou praça. Para onde quer que se olhasse, viam-se becos e vielas em todas as direções, assemelhando-se a um labirinto.

— Daqui é possível ver que o alojamento dos soldados está dentro das antigas muralhas romanas — disse Lucien, apontando para a frente. — Ali está a catedral de St. Peter, onde devemos nos casar. Olhe, aquele é o palácio do bispo...

Os dois passeavam ladeando as muralhas, enquanto Lucien ia mostrando os lugares. Em um dado momento, ele segurou a mão de Isobel. Talvez estivesse distraído, mas ela não deixava de pensar no contato daquelas mãos quentes, principalmente quando Lucien correu os dedos sobre a pele macia dela, como se medisse seu pulso. O toque tinha sido delicado, mas o suficiente para deixá-la corada. Na verdade, Lucien a deixava confusa. Por que ninguém a tinha avisado de que poderia reagir assim? Não lhe parecia normal que seu coração batesse acelerado quando ele havia apenas corrido os longos dedos pelas costas de sua mão. Pensando bem, não tinha mesmo como saber. As freiras celibatárias jamais falariam algo a respeito.

Isobel fixou o olhar nos telhados como se estivesse prestando atenção em tudo o que Lucien dizia, quando de fato estava tentando decifrar sensações que nunca sentira antes. Aliás, sensações *perturbadoras...*

— E esse quarteirão... — O tom de voz de Lucien mudou, chamando a atenção de Isobel, que parou e o encarou. Ele havia esboçado um sorriso.

Se ele soubesse que sorrindo parece muito mais jovem...

— Eu não recomendaria passar por essas ruas — advertiu Lucien, franzindo o nariz.

Isobel percebeu que os olhos dele estavam focados em sua boca.

— Essas ruas são perigosas? — perguntou ela, ainda pensando em outras coisas, quando, de repente, se deu conta. *Lucien está atraído por mim. Talvez ele esteja interessado em mim, da mesma forma como estou nele... Como o manterei afastado se existe atração dos dois lados? Pelo histórico de minha mãe, não posso arriscar uma gravidez.* Sua mãe havia tentado dar à luz um menino, mas os gritos de dor ainda ecoavam na cabeça de Isobel. *Esse não será o meu destino.*

— São perigosos se você tiver um nariz sensível — disse Lucien franzindo a testa. — Aqui ficam os curtumes.

Mal ele terminou de falar e o cheiro empesteou o ar. Os dois seguraram a respiração e passaram correndo na direção do mercado de grãos. Depois de atravessarem uma praça lotada de barracas de mercadores, entraram numa rua sombreada, onde os andares superiores das casas pareciam tocar os dos vizinhos do outro lado da rua.

Enquanto olhava os arredores, Isobel viu de relance um homem desviando-se das pessoas. Não precisou olhar duas vezes para o rosto imberbe sob um capuz marrom para saber de quem se tratava.

— Meu Deus! — exclamou, apertando o braço de Lucien.

A rua estava lotada de pessoas andando em todas as direções, além de crianças e cachorros correndo, bloqueando a visão de Lucien.

— Ali, milorde, perto da taverna.

— Isobel, eu já avisei — disse ele, encarando-a.

— Ele entrou!

A porta da taverna mal tinha se fechado quando Isobel soltou o braço de Lucien e levantou as saias um pouco.

— Um momento, *milady*. — Lucien a segurou pelos ombros. — O Black Boar não é um lugar apropriado para você desafiá-lo.

— Mas ele não pode ficar com a relíquia.

Isobel deu um passo à frente, mas Lucien bloqueou o caminho, meneando a cabeça.

— *Milady*, terei que lhe avisar uma segunda vez. Ali *não* é lugar para você perseguir um ladrão.

Isobel abriu a boca para protestar, mas ele a encarou com um olhar tão desaprovador que ela não conseguiu dizer nada.

— Em primeiro lugar, o bandido não deve estar com o relicário, só se fosse louco. A esta altura já deve ter passado para alguém. E, em segundo lugar, seria perigoso demais você se aproximar dele. *Milady* precisa tomar mais cuidado. É bem provável que ele a tenha visto correndo da abadia... Digamos que você não foi muito discreta.

— Mas...

— E, em terceiro lugar, as mulheres da taverna a fariam em pedaços. — Lucien passou a mão atrás do pescoço. — O Black Boar não é um lugar para moças de família.

Isobel pensou um pouco e logo chegou a uma conclusão:

— É um bordel?

— *Milady!*

— Você ficou chocado? — indagou ela, levantando o queixo em desafio. — Posso ter morado a maior parte da minha vida num convento, mas já ouvi falar de lugares como esse. Não se preocupe, pois não vou perguntar o que é um bordel. Fui bem instruída.

— Bem instruída? — Lucien a mediu de cima a baixo. — Tenho minhas dúvidas.

Respirando fundo, ela levantou mais o queixo, não perdendo a postura, mesmo sabendo que seu rosto devia estar vermelho.

— Aprendi o suficiente para saber que uma dama não deve fazer certas perguntas para um homem.

Dessa vez foi Lucien que ficou corado.

— *Milady*, posso garantir que nunca pus os pés no Black Boar.

Isobel o fitou, considerando a resposta. Pelo tom de voz e a expressão consternada do rosto masculino, ela acreditou que fosse verdade.

— Devo dizer que fico aliviada em saber.

Ao passar a mão pelo braço de Lucien, Isobel o fitou e sorriu. Mais uma vez flagrou-o olhando para sua boca de um jeito diferente e sentiu um arrepio percorrer-lhe a espinha. Talvez fosse sua imaginação, mas podia jurar que o tinha visto esboçar um sorriso.

— Milorde, não sou medrosa. Se *você* estiver a meu lado, estou certa de que ficarei bem...

Lucien meneou a cabeça e ela o viu sorrir novamente.

Sim, definitivamente ele devia sorrir com mais frequência.

— Serei seu campeão, claro.

Eu o divirto.

— Obrigada, milorde.

Lucien empurrou a porta da taverna e os dois entraram. Para Isobel, foi um alívio saber que ele nunca tinha estado ali, mas a dúvida que restou foi a que outro lugar como aquele ele *já teria ido?*

Capítulo 4

A FUMAÇA VINDA DE UM fogareiro central dominava o ambiente. As janelas estavam fechadas, o que piorava ainda mais a circulação de ar. Como se isso não bastasse, ainda havia o cheiro de cera de vela, mofo e suor, que deixava o lugar com uma atmosfera fétida. Os clientes se apinhavam ao redor do fogareiro, segurando canecas de couro. Alguns tinham pequenas tochas que também exalavam fumaça.

— Maldita corrente de ar! — gritou alguém.

Um garoto fechou a porta e a escuridão voltou.

Isobel apertou o braço de Lucien e admitiu que ele estava certo ao avisá-la do ambiente ali dentro. Apesar de todo seu discurso de bravura, nunca tinha entrado em uma taverna ou bordel.

Ao olhar para o lado, viu uma mulher de seios fartos debruçar-se na bancada. O vestido justo teria feito a madre superiora desmaiar. A luz indireta imprimia uma expressão fantasmagórica aos que os observavam.

Isobel perscrutou o ambiente, mas não avistou o ladrão. Várias garotas se movimentavam entre os clientes com laços que reluziam na escuridão nas cores amarela, violeta e azul. Os vestidos eram justos, para evidenciar a cintura fina, e os decotes deliberadamente feitos para exaltar os seios. Isobel mal conseguiu tirar os olhos das moças.

— Querem beber alguma coisa? — ofereceu o atendente da taverna, materializando-se ao lado deles e olhando para Isobel de cima a baixo. — Posso arranjar-lhe um quarto, senhor.

Isobel sentiu o sangue ferver, enquanto Lucien não levou a oferta como uma ofensa. *Ele está se divertindo*, pensou ela, evitando olhá-lo.

— Gostaríamos de uma caneca do melhor vinho tinto, obrigado — respondeu Lucien. — Vamos ficar ali naquele canto.

O ladrão estava sentado a uma mesa iluminada por um pequeno lampião, concentrado numa conversa com uma mulher coberta por um manto puído. Lucien mostrou a Isobel um banco não muito longe de onde o ladrão estava.

— Não podemos chegar mais perto? — perguntou ela, baixinho.

Lucien sentou-se ao lado dela e, em vez de responder, tomou-lhe a mão e levou-a aos lábios, o suficiente para o coração de Isobel bater em descompasso. O brilho dos olhos dele estava diferente.

— Se quiser, podemos ficar bem mais próximos, *minha pombinha*.

Isobel soltou o ar com força. Lucien estava quase em cima dela, com a coxa tão próxima que chegou a aquecê-la. Num impulso repentino, ela soltou a mão e o encarou.

— Você sabe que não foi isso que eu quis dizer.

Mas Lucien não a ouviu, ao contrário, enlaçou-a pela cintura com a mão tão quente quanto a perna.

— Tente ser mais sedutora — murmurou com a voz aveludada. — Eles acham que somos amantes. Se você continuar a me afastar, vão suspeitar de nós e não descobriremos nada. O dono da taverna está tolerando nossa presença apenas porque acha que vamos pagar por um quarto.

Isobel engoliu em seco. Lucien abriu um sorriso charmoso, apesar de ensaiado. *Ele pode não ter vindo nesta taverna em particular, mas não é inexperiente. Lucien...* Parou de pensar de repente, e o coração de Isobel disparou quando percebeu que ele inclinava a cabeça, prestes a beijá-la.

— Oh... não.

— Ah, sim. Venha aqui, *minha pombinha*. — Lucien a puxou para bem perto e cobriu os lábios dela com um beijo inesperado.

Isobel ficou paralisada. Tentou empurrá-lo para trás com as mãos fechadas em punhos, mas não fez muita força, pois estava curiosa e furiosa ao mesmo tempo.

Como ele ousava?!

Por longos anos, Isobel tinha esperado para ter a atenção daquele homem. Ele poderia ter mandado uma carta para o convento de Conques... ou mesmo um simples recado. Mas Lucien não tinha feito absolutamente nada. Ao contrário, ignorou-a ano após ano. E agora teve a ousadia de esperar que estivessem numa taverna esfumaçada para beijá-la! Num prostíbulo, para ser mais exata. Quando percebeu que murmurava alto, ficou quieta, lembrando-se de que ele estava apenas fingindo que a beijava. Aproveitador. Lucien não a desejava. Aliás, seria melhor que o beijo terminasse logo para que ela pudesse respirar direito. Mas, conforme o contato foi se aprofundando, Isobel se sentiu entorpecida e teve a impressão de que iria desmaiar. Oh, Deus, não! Não se tratava de nenhum mal-estar, ela estava *gostando* do beijo.

— Relaxe, Isobel, você não convencerá ninguém agindo assim — disse Lucien, afastando-se.

Ela tentou empurrá-lo, mas estava sem forças. Quando pensou que estivesse livre, Lucien a segurou pelo rosto, acariciando-lhe a pele com o polegar, deixando-a totalmente à sua mercê. Reprimindo um suspiro, achou melhor que a mão dele lhe cobrisse a face, assim ninguém mais veria sua expressão de espanto. Não era apenas surpresa, sentia-se enlevada por aquela carícia, mas, ao mesmo tempo, confusa com as reações inusitadas de seu corpo. *Ele não quer me beijar. Mal me conhece.* Durante os anos que vivera no Sul, ele sequer tinha procurado saber de seu bem-estar. *Sou apenas mais um troféu para ele. Um prêmio. Lucien está se casando comigo por causa da herança.*

Mas quando ele a beijou de novo, todos os pensamentos que a perturbavam se esvaíram. Isobel se esqueceu de que estavam na taverna Black Boar, já não se lembrava mais do que estavam fazendo ali, esqueceu-se de tudo. Era como se as freiras, a relíquia, o ladrão não existissem mais. O mundo restringiu-se apenas aos dois, às mãos que a envolviam pela cintura e ao beijo intenso.

A cada movimento dele, uma sensação nova a invadia. O toque daquelas mãos fortes aquecia-lhe o sangue e seus seios tinham inchado. A tentação de enlaçá-lo pelo pescoço era irresistível. Lucien parecia hipnotizá-la para que desejasse beijar-lhe o rosto e a cicatriz na têmpora. Ele estava...

Ao sentir a língua dele invadir-lhe a boca, Isobel ficou imóvel. A língua? Na mesma hora afastou-se apavorada.

— O... O que está fazendo?

Talvez por causa da pouca luz, os olhos dele estavam escuros e misteriosos.

— Estou beijando minha noiva — murmurou ele.

De repente, foram surpreendidos por uma batida na mesa.

— Aqui está seu vinho — disse o atendente, abafando o riso. — Tem certeza de que não quer alugar um quarto, senhor?

Isobel suspirou, morrendo de vergonha, e precisou conter o impulso de esconder o rosto no peito largo de Lucien.

— Não, obrigado. Ainda estamos... negociando os termos. Talvez mais tarde — respondeu Lucien, meneando a cabeça.

— Negociando? — perguntou ela, indignada. — Odeio você!

— Não... — respondeu ele com toda a calma. — Para minha sorte, não acho que me odeie.

Pelo visto, Lucien não iria beijá-la mais, porém não se furtou de, com dedos hábeis, ajeitar-lhe o cabelo que tinha escapado do véu. As pernas de ambos continuavam coladas, e a maneira como ele lhe segurava pela cintura parecia estar garantindo sua posse. No entanto, Lucien estava certo. *Sou mesmo a noiva dele. Sua herdeira e o troféu mais recente.*

— Não é um alívio que já tenhamos superado essa fase? — perguntou ele, encostando-se para trás na parede e puxando-a consigo.

— Não entendi, que fase? — perguntou Isobel, irritada pela descoberta que acabara de fazer.

Tinha gostado de estar tão próxima de Lucien e mais ainda do beijo. Parecia que pertenciam um ao outro. Não se lembrava de ter sentido um prazer tão genuíno antes. Mas, ao mesmo tempo, estava brava, embora não soubesse se sua ira era contra si própria ou contra ele.

Este homem me ignorou durante anos. Não sou nada para ele além de um meio de conseguir alguma coisa.

— Estou falando do nosso primeiro beijo — disse ele, tocando-lhe o nariz com a ponta do dedo. — No final das contas, até que foi bom. Muito melhor do que eu esperava.

Isobel rangeu os dentes. *Até que foi bom...*

— Lucien, eu juro...

— Já sei, você me odeia. — Lucien se inclinou e beijou-a na orelha. Mas não era um beijo de verdade, ele estava apenas empurrando-a para mais perto da mesa ao lado. — Ouça o que eles estão dizendo.

Isobel procurou ignorar o arrepio que lhe levantou a pele por causa do beijo e se concentrou no casal da mesa ao lado. A mulher do xale puído e o homem encapuzado estavam bem próximos.

— Seu companheiro me pediu para dizer que estará presente no próximo torneio — falou a mulher.

O ladrão limpou o nariz com a manga.

— Acho que você não está se referindo ao torneio da Noite de Reis no castelo de Troyes.

A mulher gargalhou, um som seco, como folhas ao vento.

— Não seja tolo, esse estará lotado dos soldados do conde Henry. Estou falando do Torneio All Hallows, no Campo dos Pássaros. Eu soube — a mulher baixou a voz e Isobel mal conseguiu ouvi-la terminar a frase — que seu companheiro tem um comprador em mente. Ele pagará bem pela relíquia que pertenceu ao Convento Santa Fé.

— Pagará melhor que a última vez?

— *Muito* melhor. Ele vai encontrar você durante as justas.

— *Antes* dos torneios principais?

— Isso mesmo.

O ladrão tinha um pedaço de vidro quebrado na manga que reluziu à luz do lampião.

— Onde? Onde tenho que encontrá-lo?

— Ele achará você. A esta altura, já deve saber quem você é. — A mulher riu, apertou o xale ao redor do corpo e saiu apressada.

Isobel olhou para Lucien e perguntou em voz baixa:

— Você viu o rosto dela? — *Onde fica o Campo dos Pássaros?* Isobel tinha uma série de perguntas, mas preferiu ficar calada, pois o homem de capuz estava muito perto.

— Não. E você? — indagou ele, apertando a mão dela.

— Só vi o cabelo. — Isobel suspirou e se afastou de Lucien, percebendo horrorizada que, enquanto prestava atenção na conversa da mesa ao lado, ele tinha se apoderado de sua mão.

Como não havia percebido que estavam com os dedos entrelaçados? Com o pretexto de pegar a caneca de vinho, ela se apressou em soltar a mão. Tomou um gole e sentiu um sabor azedo. Normalmente, não ousaria beber nada, mas fora uma boa desculpa para se livrar dos braços de Lucien. Não se conformava com o poder que ele exercia sobre ela. Lucien a fazia se esquecer de tudo. Ao olhá-lo com o canto dos olhos, notou que Lucien a observava atento, mas distante.

— Será que é preciso me olhar desse jeito? — exigiu.

— Você não é o que eu esperava.

— Se você tivesse se dado ao trabalho de me visitar em Conques, teria a oportunidade de me conhecer melhor.

— Não é preciso conhecer uma mulher antes de se casar — disse ele, sério.

— Você é muito cruel. — Isobel fechou as mãos em punhos. — Está interessado nas minhas terras.

Lucien se inclinou com um brilho maroto nos olhos, bem diferente do que quando a beijara.

Ele é um inescrupuloso.

— Admito que suas terras serão bem-vindas — disse ele, inclinando-se para o lado dela. — Só um tolo rejeitaria a ideia de aumentar seus bens. Mas não estou me casando com você só por causa das propriedades, e sim para honrar um juramento que fiz no nosso noivado. Meu pai ficou muito desapontado com o atraso. Não agi certo a respeito do nosso casamento, e esse erro pesou nas minhas costas durante anos. Chegou a hora de fazer o que é certo.

— Seu pai morreu há alguns anos. Por que honrar a promessa de se casar comigo? — perguntou ela, franzindo o cenho.

Lucien agiu como se não tivesse ouvido, desviando o olhar severo para a caneca de vinho, mesmo sem prestar atenção.

— Preciso de um herdeiro.

Isobel tremeu, derrubando parte do vinho na mesa. *Um herdeiro. Ele queria um menino, o mesmo que sua mãe quisera dar a seu pai e nunca conseguira*. Seria um desafio para ela.

Os lábios de Lucien, que pouco antes a beijaram com tanta paixão, estavam contraídos numa linha fina. Quando colocava uma coisa na cabeça, não sossegava enquanto não a alcançasse.

Isobel imaginou o que aconteceria a ela caso não fosse capaz de ter um menino. Duas possibilidades a fizeram gelar de medo: poderia não conseguir dar um herdeiro varão a ele. E poderia morrer tentando.

Lucien tomou mais um gole de vinho e largou a caneca logo em seguida.

— *Mon Dieu*, Isobel! — exclamou, tirando a caneca da mão dela. — Não tome isso, senão pode acabar na enfermaria junto com sua criada. Vamos embora.

Vendo-os passar por entre as mesas, o ladrão os fitou com um sorriso diabólico e colocou a mão sobre a adaga.

Isobel percebeu e abafou um gemido. Protegendo-a com o corpo, Lucien a conduziu para a porta.

— Conforme eu temia, o bandido reconheceu você. — Lucien tirou uma moeda do bolso e deu ao atendente. — Vou acompanhá-la até o mosteiro.

— Obrigada.

Isobel respirou o ar fresco assim que saíram da taverna. Lucien a segurou pela mão, dispensando a formalidade de dobrar o braço para ela se apoiar, e seguiram em frente como se fossem namorados. O coração de Isobel se contraiu quando sentiu os dedos se entrelaçarem aos dele; era um sentimento doloroso, como um anseio por algo que jamais poderia ter. Isobel tinha consciência de que não era o amor da vida de Lucien. Ele havia deixado claro que estava apenas honrando o acordo que o pai fizera.

Ele não só queria Turenne, como também um herdeiro.

— Milorde?

Ele a encarou com aqueles olhos azuis enigmáticos.

— Onde fica o Campo dos Pássaros?

O símbolo no escudo de Lucien era um corvo negro, e o condado de Aveyron era aliado do condado de Champagne. Ela imaginou que o torneio fosse acontecer nas terras de Lucien.

— Gostaria que você não tivesse ouvido isso — comentou ele, pressionando o maxilar a ponto de a cicatriz se retorcer.

Os dois seguiam por entre duas fileiras de casas, a sarjeta repleta de cascas de vegetais. Isobel levantou as saias antes de falar de novo:

— Quando estávamos no mosteiro, você mencionou que participaria de um torneio no dia seguinte ao nosso casamento. Acho que deve ser o mesmo. O Campo dos Pássaros fica nas suas terras?

— Sim... — respondeu ele com indiferença. — Meu pai costumava promover os torneios realizados no Campo dos Pássaros. Eu nunca tive muita participação.

Era uma resposta intrigante, já que Lucien era um entusiasta por torneios e tinha muito sucesso em campo. Será que estava enganada, ou ele estava de fato evitando encará-la?

— Por que não?

— Há alguns anos, passei para um criado o controle da minha propriedade em Champagne. Ele estava fazendo um bom trabalho com o castelo de Ravenshold. Até agora, não tive razões para visitá-lo.

— Imagino que tenha havido outros torneios. — Ela olhou para ele cheia de esperança, mas Lucien estava sério e nem um pouco receptivo. — Nunca fui a um torneio. Em Turenne, meu pai patrocinava...

A expressão do rosto de Lucien se agravou ainda mais.

— Isobel, um torneio é mais do que apenas algumas damas bonitas torcendo por cavaleiros atraentes. É um jogo de guerra.

— Mesmo assim, gostaria muito de assistir.

— Não aconselho que comece com o torneio do Campo dos Pássaros. Soube que há muita desordem por lá ultimamente.

— Como assim?

— Depois da época em que meu pai patrocinava, eu soube que... não existem mais regras. O torneio pode se transformar numa luta sangrenta. Diferente dos torneios do rei Arthur.

Isobel ainda o observava com atenção, notando que havia um ar de mistério indecifrável naquele homem.

— Imagino que espere atos de heroísmo nesses torneios, não? — prosseguiu Lucien. — O torneio no Campo dos Pássaros é... Bem, uma guerra. Se quiser fazer de conta que é a rainha Guinevere, sugiro que espere pelo torneio da Noite de Reis, no castelo de Troyes. Será mais do seu gosto.

O tom de voz dele a incomodou bastante, pois seguramente queria evitar que ela fosse ao torneio All Hallows, mas era um esforço vão. Todos sabiam que os reis da França e da Inglaterra eram contra os torneios, mas um campeão como Lucien não se acovardaria diante de uma competição. Será que estava preocupado com ela?

Na verdade, o torneio de Troyes seria demais para Isobel. Infelizmente o homem que havia roubado a relíquia estaria no torneio de All Hallows, e ela precisaria ir também...

— Não precisa se preocupar comigo, sei me cuidar — disse Isobel. — Os torneios realizados no Campo dos Pássaros são muito perigosos?

— *Sir* Arthur, meu capataz, diz que sim. Como já falei, faz anos que não participo de nenhum lá.

— Se você for competir, gostaria de acompanhá-lo.

Lucien soltou a mão dela.

— Isobel, gostaria que considerasse esse um assunto encerrado.

— Você *vai* participar! — Isobel inclinou a cabeça para fitá-lo. — Nenhum campeão de verdade pode deixar de enfrentar o desafio de um torneio *de verdade*. Se a competição for difícil, o prêmio em dinheiro será bom. Onde fica o Campo dos Pássaros?

Lucien a fuzilou com os olhos azuis penetrantes.

— Sei aonde pretende chegar, mas não vou apoiá-la. O ladrão que pegou a relíquia irá procurá-la.

— Ele não me verá, serei discreta.

— Acho que você sabe o significado da palavra "proibir", não? — disse ele, expelindo o ar ruidosamente. — Pois a proíbo de ir. Não terei tempo de tomar conta de você.

— Mas...

— Isobel, eu não quero participar. Será que fui claro?

Lucien provou ser muito teimoso, mas ela já tinha conhecido tipos semelhantes e sabia como lidar com eles. Respondeu como fazia com o pai.

— Sim — murmurou, piscando. — Foi perfeitamente claro.

A irmã Christine os aguardava no portão do mosteiro.

— *Lady* Isobel, o que estava pensando ao sair correndo pela cidade daquele jeito?

Lucien fez uma reverência e esboçou um sorriso, mas o portão foi fechado, privando-lhe a visão.

Espero que ele mande me buscar logo. Isobel já conhecia todos os cantos do mosteiro e já estava farta a ponto de preferir a companhia de um homem teimoso do que viver em clausura.

— Devo lhe avisar que a madre superiora está muito descontente — disse Christine. O crucifixo prateado reluzia em seu peito contra o hábito preto.

Isobel mordiscou o lábio. Gostava da irmã Christine e ficou triste por ter causado problemas.

— Irmã, não me diga que ficou me esperando aqui durante todo esse tempo?

— Claro que fiquei... E por causa disso perdi a missa.

— Oh, irmã, sinto muito mesmo...

— Não consigo imaginar o que você tenha feito durante o longo tempo em que esteve fora. — A irmã Christine enfiou as mãos nas mangas do hábito.

Isobel estava prestes a dizer que estava acompanhada por Lucien, mas a freira levantou a mão.

— Não diga a mim, mas à reverenda madre. — A irmã Christine apontou para a capela do mosteiro. — Ela está na capela de Nossa Senhora.

Engolindo em seco, Isobel dirigiu-se à igreja, parando diante da tela de madeira que separava a capela da nave central. A abadessa estava varrendo restos de pedra junto com Elise e outras duas noviças. Quando viu Isobel, passou a vassoura para uma das noviças.

— *Lady* Isobel, sei que ficou chocada com a perda do relicário, mas você foi à cidade sem sua capa e sem uma acompanhante. O que estava pensando?

— Sinto muito, reverenda madre, não tive tempo de pegar minha capa. E o conde Lucien me acompanhou o tempo todo.

— Aparentemente, você saiu correndo sem sequer olhar para trás para se certificar de que o conde a seguia. Sorte sua que ele foi atrás, mas deve ter ficado chocado com sua falta de decoro. *Lady* Isobel, é preciso conter esses impulsos e comportar-se com decência. Logo você será a condessa d'Aveyron, por isso não pode correr por Troyes como uma criança desobediente. E também não deve pensar que lorde d'Aveyron irá segui-la sempre para garantir sua segurança. Espero que não tenha acontecido nada.

— Eu estou bem.

— Graças a Deus. Você tem sorte de o conde Lucien ser um homem honrado. Alguém mais inescrupuloso poderia ter se aproveitado de você.

Isobel fixou o olhar no crucifixo da madre. *O que ela diria se soubesse que seguimos um ladrão até um bordel? E o que faria se soubesse que Lucien, esse homem tão honrado, não tinha perdido a chance de beijá-la? E em público, na taverna Black Boar.*

Isobel percebeu que Elise a olhava com compaixão e resistiu para não corresponder com um sorriso.

A irmã Úrsula a estava tratando como uma criança travessa, mas Isobel se recusava a se intimidar. Além do mais, a própria madre dissera que logo ela seria a condessa d'Aveyron.

— Reverenda madre, eu corri porque vi o ladrão e esperava alcançá-lo — defendeu-se Isobel, atabalhoada. — Ele estava saindo pela porta do lado norte, enfiando alguma coisa numa sacola. Posso jurar ter visto os adornos azuis e dourados do relicário Limoges...

— Mesmo que tenha sido isso, não é problema seu. Você não deveria ter corrido como uma qualquer. — Irmã Úrsula dirigiu-se a Elise: — E você também deveria ter feito alguma coisa. Por que não a impediu?

— Sou responsável pelos meus atos, por favor, não culpe Elise — pediu Isobel. — Reverenda madre, se acha que não me comportei direito, peço que me desculpe.

— Você achou que pegaria o ladrão sozinha? — A abadessa levantou a sobrancelha numa atitude superior, como se fosse um membro da realeza. — E se o conde Lucien não tivesse ido atrás de você? E se o ladrão tivesse reagido com violência?

— Eu só estava tentando ajudar. A Ordem em Santa Fé tem sido muito boa comigo e eu só tenho a agradecer.

— Colocar-se em perigo não é uma boa maneira de nos ser grata. O visconde Gautier a enviou aqui para que a mantivéssemos em segurança até o dia do seu casamento. Se alguma coisa acontecer nesse ínterim, a reputação da Ordem será maculada sem chances de se recuperar. Quem enviará as filhas para nós se você abrir um precedente?

— Minhas desculpas, reverenda madre.

— Existem outras preocupações das quais, na pressa, você não se deu conta...

— Quais seriam? — perguntou Isobel, cerrando os dentes com força.

— Correndo daquele jeito você podia ter se indisposto com o conde Lucien. Por acaso percebeu algum sinal de que ele tenha se irritado com sua imprudência?

A pergunta da madre suscitou uma lembrança vívida de Lucien beijando-a com aqueles lábios firmes e enlaçando-a pela cintura com força e posse...

— O conde Lucien não deu nenhum sinal de ter se irritado — murmurou. *Nós nos enfrentamos um pouco, mas não acho que o tenha irritado.*

— Você é abençoada. — A abadessa estalou a língua em sinal de desaprovação. — A cidade está ficando lotada por causa do festival, e, por esse motivo, os cavaleiros guardiães foram colocados a postos. É dever deles capturar os malfeitores e não seu.

— Sim, reverenda madre, eu sei. O conde Lucien me explicou a mesma coisa.

— Ah, sim? Isso é bom. Devemos deixar essa tolice para trás. Espero que no futuro você pense duas vezes antes de ceder a esses impulsos. Se for a vontade de Deus, a relíquia será devolvida. Tenho fé de que Ele também cuidará daquele que cometeu esse sacrilégio. — A madre meneou a cabeça ao olhar para o altar destruído e seguiu pela nave central da igreja. — Sigam-me, irmãs. *Lady* Isobel e Elise terminarão de varrer. Depois disso, é preciso bordar o restante da toalha do altar. — E prendendo Isobel pelo olhar, acrescentou: — Se possível, eu gostaria que estivesse pronta antes de você deixar o mosteiro.

Capítulo 5

No dia seguinte, Lucien ainda não tinha se pronunciado sobre levar Isobel do convento; talvez não tivesse lugar no palácio. Enquanto aguardava notícias, ela se dedicou ao bordado da toalha do altar para se distrair e não pensar que, mais uma vez, Lucien a havia abandonado.

O vento tinha mudado de direção durante a noite e uma brisa forte varria Troyes. Em vez de bordarem no pátio, ela e Elise se refugiaram num pequeno depósito silencioso que ficava num canto recluso. Não havia janelas, então se sentaram próximas à porta, com uma capa cobrindo-lhes os ombros e a toalha azul esticada no colo das duas. Inclinando-se um pouco para a frente, Isobel podia ver o céu cheio de nuvens brancas como ovelhas.

Era bom estarem sozinhas, assim podiam conversar sem serem ouvidas. Isobel tinha muitas dúvidas e talvez Elise pudesse ajudá-la; por outro lado, ela sabia que não podia inundá-la de perguntas. Era preciso ter muito cuidado.

Elise, por que você está aqui no mosteiro?

Não, não podia ser começar assim. Era melhor ir direto ao assunto que mais a interessava. *Elise, como é fazer amor com um homem?* Mas também não seria uma conversa fácil, visto que fazia poucos dias que conhecia Elise. Até mesmo *lady* Anna, com quem havia tentado tirar suas dúvidas sobre o que acontecia entre um homem e uma mulher na cama, tinha se mostrado relutante.

Ao que parecia, os detalhes eram escassos, mas Isobel precisava saber de tudo. *Como é? Dói toda vez que nos entregamos a um homem?* Pressentiu que Elise soubesse a resposta de pelo menos esta dúvida. Ela não parecia ser inocente.

As freiras do convento Santa Fé limitavam-se a cumprir suas tarefas diárias e não a instruíram sobre esses aspectos mais íntimos do casamento. Mas também como poderiam saber se viviam enclausuradas? As experiências íntimas eram um assunto proibido.

As freiras compensavam isso falando eloquentemente sobre a subserviência feminina. Insistiam em dizer que a esposa devia colocar o marido acima de todas as coisas. Abnegação era a palavra de ordem.

Quando Isobel perguntou à mãe sobre o que acontecia no leito nupcial, *lady* Maude simplesmente repetiu o que as freiras haviam dito, enfatizando os deveres de uma esposa. Tarefas. Enquanto a mãe falava de obrigações, as freiras enfatizavam a abnegação. Mas Isobel não se contentava com nenhuma das respostas, tinha curiosidade em saber de tudo, principalmente porque não queria morrer dando à luz como sua mãe. Era *essencial* que tivesse mais informações.

As dúvidas aumentaram depois do beijo de Lucien, principalmente porque ficou evidente que estavam atraídos um pelo outro. O toque daquelas mãos grandes a enfraquecera, levando-a a ter pensamentos proibidos para uma dama. Antes de vê-lo no mosteiro, imaginara que seria fácil mantê-lo a distância, mas o beijo na taverna provou o quanto estava errada. Não seria fácil evitá-lo. Discretamente, levou os dedos à boca, lembrando-se do beijo e dos sentimentos que ele havia despertado... Dos pensamentos...

Naquele instante, obrigação era a última coisa que lhe passava pela cabeça. E quanto à abnegação... Seria possível que a experiência de Anna na cama fosse diferente da que ela própria teria?

Suspirando, Isobel olhou para Elise de soslaio. Não tinha importância que não tivesse o costume de falar sobre esse tipo de assunto, ela começaria em território neutro.

— Elise, faz tempo que você mora em Troyes?

— Há apenas alguns meses, *milady*.

Isobel fez mais dois pontos no bordado, esperando que Elise elaborasse a resposta. Quando percebeu que a moça não era muito falante, tentou de novo.

— Quando começa de fato o Festival do Solstício de Inverno?

A agulha na mão de Elise reluzia ao sol enquanto ela bordava.

— Esta é a primeira vez que venho a Troyes no final do ano, *milady*. Acredito que seja tão movimentado quanto o do Solstício de Verão. — Elise levantou a cabeça. — No verão, a cidade se transforma num jardim cheio de vida.

— É difícil imaginar que a cidade fique mais cheia do que ontem.

— Mas será mais movimentado, tanto que por vezes mal é possível andar nas ruas.

Isobel deu uma tossidela e observou Elise fazer mais alguns pontos antes de continuar a conversa:

— Quando terminarmos este lado da toalha, eu gostaria de sair do mosteiro de novo. Não cheguei a conhecer a cidade inteira.

Finalmente o assunto despertou a atenção de Elise, que largou o bordado.

— Será que não é ousar demais, *milady*? Acho melhor seguir o conselho da irmã Úrsula e ficar aqui, principalmente porque sua escolta está no alojamento. Não falta muito para começar o festival. Tenho certeza de que lorde d'Aveyron providenciará uma escolta para você.

Isobel levantou a agulha para passar um fio dourado pelo buraco.

— Confesso que — Isobel escolheu bem as palavras — estou apreensiva com a proximidade do meu casamento.

Elise lançou um olhar rápido para ela e, em seguida, voltou a atenção para o bordado.

— Você já está noiva do conde há alguns anos. Ele é muito bem-apessoado e muito mais sensato do que eu esperava...

Isobel ficou paralisada.

— Já ouviu algo que a fez pensar que o conde é insensato?

— Eu... sinto muito, *milady*, falei sem pensar. — Elise ficou corada.

— Se souber de algo, Elise, eu gostaria muito que me contasse...

Elise balançou a cabeça com veemência.

— Lamento, *milady*. Não ouvi nada.

As nuvens se movimentavam mais rápido no céu claro, quando Elise finalmente encarou Isobel.

— Espero que seu casamento seja um sucesso, *milady*. Não vi sinais de crueldade no conde Lucien.

— Sinais de crueldade? — repetiu Isobel, arregalando os olhos.

— Os homens podem ser cruéis, *milady*, principalmente os nobres — disse Elise, encolhendo os ombros. — Estes são poderosos, e poder gera crueldade. Só estou dizendo que não observei nenhum sinal de crueldade no conde Lucien.

— Fico aliviada em saber. — Isobel suspirou, mas o comentário a fez pensar que Elise não era de fato inocente. — Fazia muitos anos que eu não via o conde Lucien. Tenho receio de que não goste de mim.

— Não goste de você? — Elise puxou a agulha com força. — Duvido, *milady*. Mesmo que sua desconfiança seja fundamentada, não tem importância, porque seu casamento já estava acertado. Você deveria estar feliz que seu pai tenha lhe arranjado um noivo tão bom.

— Claro que sou muito agradecida — forçou-se a dizer Isobel. Apesar de estar se referindo a um medo que a vinha assombrando havia meses, mas não deixava de estar feliz.

Mas ao mesmo tempo sentiu-se ignorante. Como saberia dos aspectos físicos de um casamento se a conversa tinha se desvirtuado? Os comentários de Anna só haviam aumentado seus temores. Isobel queria segurança, não só por estar com medo do que poderia acontecer no leito nupcial, mas também pelas consequências. Mulheres morriam todos os dias ao dar à luz.

— Eu gostaria de conhecer o conde Lucien melhor antes de nos casarmos.

— Se Deus quiser — disse Elise com um sorriso breve. — Vocês terão muito tempo para se conhecerem direito. Mas o conde Lucien não é um completo estranho. Você o conheceu no noivado. Imagino que tenham se visto várias vezes desde então, não?

Isobel tocou no braço de Elise procurando apoio, no entanto, suspeitava que não conseguiria nada. Elise respondia educadamente, mas sem deixar de ser formal. *Ela está mantendo distância. Alguma coisa ou alguém a magoou e ela não está disposta a confiar em mim.*

— Eu só me encontrei com o conde Lucien no dia no noivado, depois só voltei a vê-lo aqui, anos depois. Eu tinha 11 anos e ele, 15. Elise, tenho medo de... Medo... — Isobel reconheceu o mesmo tom de lamento em sua voz que o de sua mãe nas várias tentativas infrutíferas de conseguir um herdeiro varão para Turenne.

A tensão levou minha mãe à morte. Isobel fora o único bebê a sobreviver. Como havia ficado várias vezes ao lado da mãe no leito, acabara sendo testemunha da agonia que ela passara. Os gritos lhe haviam cortado o coração. A morte de *lady* Maude tinha deixado Isobel com muito medo de dar à luz. *Tenho que superar meus medos! É preciso!*

— Imagino que esteja pensando em *lady* Maude — disse Elise.

— Eu... estou sim.

— Você conversou com a madre superiora sobre seus receios?

Isobel fixou o olhar nas colunas sulcadas ao redor do pátio.

— Eu tentei, mas ela disse para confiar em Deus. Isso serve para uma freira que devotou a vida à castidade e às orações, mas não para quem viu a vida da mãe se esvair.

— Você pode não sofrer tanto quanto sua mãe.

— Eu sei, claro, mas... — Isobel fixou o olhar na seda azul em seu colo.

— Você continua com medo.

Isobel meneou a cabeça afirmativamente.

Elise deu mais alguns pontos na toalha antes de levantar o rosto de novo.

— Existem maneiras de evitar a concepção, *milady*.

— Vejo que você sabe como. Por favor, continue — pediu Isobel, aflita.

— Alguns métodos são melhores que outros. Se quiser mais detalhes, é melhor conversar com um boticário. Depois de casada, você poderá encontrar um e... — Ao ouvir os passos de duas freiras se aproximando, Elise se calou. — Mais tarde continuamos a falar sobre isso.

— Você sabe onde encontrar um boticário em Troyes? — perguntou Isobel, inclinando-se e falando baixinho. Elise assentiu com um sinal de cabeça.

— Você precisa me levar até lá o quanto antes.... Esta tarde...

— E a madre superiora?

Isobel franziu a testa enquanto as freiras passaram por elas na direção do pátio.

— Já estou cansada de ficar trancafiada. Além do mais, quero ir a outro lugar na cidade.

Elise esticou a seda azul sobre o joelho e voltou a bordar.

— Oh?

— Estou curiosa sobre um torneio no Campo dos Pássaros. Preciso saber como posso chegar até lá.

Isobel temia que Elise não a acompanhasse se soubesse que Lucien a tinha proibido de ir, por isso omitiu essa informação. Não só essa, mas também o fato de querer encontrar o relicário roubado e devolvê-lo a Conques.

— Acho que você deveria perguntar ao conde Lucien onde fica o Campo dos Pássaros — sugeriu Elise, pensativa. — O símbolo do brasão dele é...

— Um corvo, eu sei, mas me esqueci de perguntar ontem. — Isobel baixou a cabeça, fingindo prestar atenção no bordado, quando na verdade estava envergonhada por ter mentido com tanta facilidade. — Elise, você sabe que o conde Lucien é um campeão de torneios?

— Já ouvi algo a respeito.

— Nunca fui a um torneio. — Isobel suspirou.

— O conde Henry promoverá um no castelo de Troyes na Noite de Reis.

— Soube que esse torneio será ameno. — Isobel balançou a cabeça. — Mas o que acontecerá no Campo dos Pássaros será mais emocionante. É esse que quero ver.

— Você quer ver o conde Lucien. *Milady*, eu a aconselho a esperar pela Noite de Reis. Não é à toa que o rei da França desaprova os torneios.

— É uma pena que você não saiba o caminho para o Campo dos Pássaros, mas não tem importância, sei onde perguntar.

Elise ficou olhando para Isobel durante alguns minutos antes de comentar:

— Por que isso não me surpreende?

As freiras se sentaram num banco de pedra diante de Isobel e Elise, e uma delas tirou um livro de salmos da manga. Elas estavam ensaiadas demais para o gosto de Isobel.

— Será que elas estão nos espionando? — perguntou baixinho.

— Não tenho certeza, mas parece que sim — respondeu Elise, disfarçando o sorriso.

— Bem, é melhor não sairmos esta manhã com as duas nos vigiando. Mais tarde gostaria que você me levasse a esse boticário. Pode ser?

— Se a *milady* quiser.

— Muito obrigada. Vou aproveitar a saída para perguntar onde fica o Campo dos Pássaros. — Isobel franziu o cenho para as freiras. — Vamos esperar a hora em que as irmãs forem para a missa. Ninguém notará nossa falta se voltarmos antes de todas se reunirem para o jantar.

— Até que foi fácil — disse Isobel, colocando a capa sobre os ombros enquanto ela e Elise se esgueiravam pelo portão de serviço.

— Talvez não seja tão fácil voltar — observou Elise, fechando o portão.

— Vamos nos preocupar com isso mais tarde — disse Isobel, temendo que Elise mudasse de ideia sobre acompanhá-la, por isso era melhor chegar logo à taverna Black Boar. — Primeiro quero descobrir o caminho para o Campo dos Pássaros, depois vamos ao boticário.

As duas seguiram pela ruela estreita na direção do mercado, discutindo uma com a outra de vez em quando. Elise queria convencer Isobel de que o conde não gostaria de saber que ela pretendia assistir ao torneio no Campo dos Pássaros.

— Ainda não sei por que concordei em acompanhá-la — disse Elise. — Acho que lorde d'Aveyron vai ficar muito bravo.

— Você veio porque é minha amiga e eu preciso da sua ajuda.

— A meu ver você não precisa da ajuda de ninguém. Tenho certeza de que conseguiria sem mim, mas, por outro lado, não deve andar por aí sozinha. — Elise balançou a cabeça. — *Milady*, é preciso ser mais cuidadosa, a inocência nem sempre lhe servirá de escudo.

— O que quer dizer?

— Só estou dizendo que deve perguntar ao conde Lucien sobre o Campo dos Pássaros. Assim como a irmã Úrsula ficou brava por você ter ido sozinha até Ravenshold, ele também não gostará de saber que você anda perambulando pela cidade.

Isobel resistiu a todos os avisos. Imaginou o que teria que ouvir se Elise soubesse que o conde a proibira de ir ao torneio no Campo dos Pássaros. Por mais estranho que pudesse parecer, quanto mais a advertiam, maior era sua vontade de desobedecer. Não se tratava apenas de flagrar o ladrão, mas também queria constatar se Lucien era mesmo um campeão. Queria vê-lo em ação.

Assim que o mosteiro de Notre-Dame-aux-Nonnains ficou para trás, o humor de Isobel melhorou. Troyes estava ficando cada vez mais cheia, a população parecia ter triplicado da noite para o dia, lotada de mercadores vindos de todos os lados. Havia homens em exóticas túnicas damascenas, com tecidos de desenhos lavrados que Isobel sabia serem de Bizâncio. As mulheres estavam envolvidas em seda dos pés à cabeça, atentas ao mundo a seu redor com olhos escuros e amendoados. Guardas de pele escura marchavam ao lado de animais de carga. As mulas relinchavam. As damas eram carregadas pelas ruas estreitas em liteiras, aparentemente mais frágeis do que os vidros venezianos que os maridos iriam vender. Hordas de pessoas circulavam em todas as direções, conversando em diversos idiomas.

Isobel deixou-se levar pelo fluxo de pessoas descendo a rua até se deparar com a placa do Black Boar balançando no alto. A porta e as janelas estavam fechadas como na vez em que estivera ali com Lucien. A fumaça escura espiralava de uma chaminé no telhado.

A porta se abriu e um jovem cambaleou para fora dando gargalhadas.

— É ali!

Isobel ficou radiante por ter encontrado a taverna de novo. Com as ruas tão lotadas, tivera receio de ter se perdido. Elise a seguia sem dizer uma só palavra.

— O que houve, Elise?

— Milady... Não me diga que quer entrar nesse lugar. — Os olhos de Elise estavam arregalados e estáticos, tamanho era o choque em que se encontrava.

Isobel ficou desconfiada. Do lado de fora, a taverna Black Boar não se diferenciava de qualquer outra. O revestimento de cal na parte inferior das paredes estava descascado, mas nada que uma pintura não resolvesse. Quem passasse por ali jamais desconfiaria que lá dentro homens pagavam por outras coisas além de comida e pousada...

Elise conhece aquele lugar.

— Você sabe o que é esse lugar? — perguntou Isobel.

Antes de responder, Elise pegou a mão de Isobel, puxando-a.

— Sei que não é lugar para a futura condessa d'Aveyron. Não entre ali, *milady*. Estaremos mais seguras se formos procurar o boticário.

Lucien estava cavalgando na direção do mosteiro acompanhado por seu cavalariço, Joris. O conde Henry havia informado que logo haveria um quarto com vista para o canal. No entanto, só ficaria pronto no dia seguinte, por culpa do festival, que havia lotado o palácio. Por sorte, havia um quarto reservado para sua noiva. E graças a uma indisposição da condessa de Champagne, havia também um solário disponível.

Isobel ficará contente.

Os cavalos foram abrindo caminho pela rua apinhada de pessoas puxando carrinhos e carroças, e os cachorros de rua latiam e cruzavam as pernas das montarias. Na calçada, as mulheres conversavam segurando cestas de compras.

Lucien estava distraído, ansioso por encontrar Isobel e vê-la feliz por sair do mosteiro. Imaginou a alegria iluminando aqueles belos olhos verdes. *Por mais que ela tivesse se afeiçoado às freiras do Sul, já havia passado tempo demais num convento.* Não podia culpá-la por isso.

Lucien estava quase chegando ao mosteiro quando a viu acompanhada por Elise, a garota tímida que tinha conhecido no mosteiro, saindo pelos portões do fundo.

Puxando as rédeas do cavalo, ele parou, observando-as colocarem os capuzes das capas e saírem apressadas, misturando-se na multidão na rua.

O que elas pretendem fazer?

Ele esperou até elas alcançarem o final da rua antes de bater com as botas nas ancas de Demon. Disfarçou um sorriso ao lembrar que precisava tomar cuidado, pois não podia confiar em Isobel. Depois da experiência com Morwenna, aprendeu que as mulheres não eram confiáveis.

— Quem são aquelas mulheres, milorde? — indagou Joris, olhando na mesma direção que Lucien.

— A moça da direita é a minha noiva, *lady* Isobel de Turenne. A outra é uma amiga, Elise.

Para não chamar muita atenção em cima dos cavalos, Lucien desmontou e sinalizou para que Joris fizesse o mesmo.

— Vamos segui-las, milorde? Por que não as cumprimentamos?

Lucien balançou a cabeça negativamente.

— Se formos vistos, nunca saberei o que ela está tramando.

— Por que não pergunta a ela, milorde? Não é mais simples?

Lucien franziu o cenho para Joris; o rapaz tinha muito que aprender.

Não demorou para que percebesse aonde a sua noiva estava indo. Era difícil acreditar que uma moça bem-nascida como Isobel de Turenne voltaria ao Black Boar, mas era exatamente na direção da taverna que as duas iam. E pensar que a avisara, mas ela lhe desobedecera.

— Teimosa — murmurou quando chegaram ao quarteirão onde ficava a taverna. Conforme previra, elas pararam diante da taverna. — É uma garota muito teimosa.

A tenacidade de Isobel o provocava a ponto de deixá-lo bravo e intrigado. *O que ela pretende?*

De longe, ele não ouviu o que as duas diziam, mas certamente estavam discutindo. Era evidente que Elise não queria entrar, pelo menos ela tinha bom senso.

— Isso é bom — murmurou ele.

— Milorde?

— Deixe para lá. — Encurtando a distância que o separava de sua noiva teimosa, Lucien entregou as rédeas de Demon para Joris. — Espere aqui.

— Sim, milorde.

Lucien chegou à porta da taverna minutos depois que Isobel e Elise tinham entrado. Elise podia ter bom senso, já Isobel...

O ambiente estava silencioso, mas a fumaça era pior do que antes. Ele sentiu os olhos arderem e a garganta coçar. O lugar estava empesteado por um cheiro forte de repolho com alho.

Isobel, a sua futura condessa, com a acompanhante seguindo-a relutante, caminhou até o balcão cheia de coragem. Elise tinha coberto o rosto com o véu, assemelhando-se a uma garota árabe. Ao contrário de Isobel, que tirou o capuz, mostrando-se para quem quisesse ver seu rosto inocente.

Na certa, Isobel tinha a falsa impressão de estar em segurança por não estar fazendo nada de errado. Lucien encostou-se a um pilar de madeira, cruzou os braços e preparou-se para esperar. Ela precisava aprender que a inocência adquirida num convento não era proteção alguma ali, por isso precisava de uma dura lição.

As mulheres da taverna não aceitariam bem a chegada de duas rivais bonitas e jovens, por isso logo todos os olhares voltaram-se para as duas. *Graças a Deus que a encontrei. Elas terão que ser resgatadas daqui.* Lucien aguardava ansioso aquele momento.

Ele viu quando ela se aproximou do atendente e colocou algo prateado na mão dele. Ficou claro quais eram as intenções. Através da fumaça, viu que Isobel dizia alguma coisa; não conseguiu ouvir, mas supôs que só podia estar averiguando sobre o torneio. *Eu disse a ela para não ir. Estava preocupado com a segurança dela e aqui está Isobel desrespeitando minha autoridade.* A cada minuto passado, o temperamento de Isobel se evidenciava. Ela era teimosa, ousada e, acima de tudo, desobediente.

Pela experiência que tivera durante o primeiro casamento, ficou provado a importância da disciplina e da obediência. O pai dele nunca o tinha perdoado por ter desonrado Isobel casando-se com Morwenna. Desde então, Lucien fazia o possível para evitar os impulsos da juventude. Agora esforçava-se para agir de forma honrada.

Suspirando, ele pensou que era uma pena que seu pai não pudesse ver que finalmente estava cumprindo a promessa feita a Isobel. Mesmo que o pai não soubesse que tinha escolhido alguém tão rebelde. Lucien esperava que uma dama, criada num convento, jamais precisaria ser repreendida. E agora ali estava ela, no bordel da cidade, tentando subornar o atendente para conseguir informações.

De um dos lados do balcão, surgiu uma mulher ruiva e de seios grandes, gritando. Eram palavras de baixo calão, inapropriadas para os ouvidos de uma dama. Isobel virou-se para ela quando a viu surgir das sombras.

O objetivo de Lucien era que seu segundo casamento fosse melhor, e para tanto era preciso que Isobel reconhecesse sua autoridade. Em sua opinião, casamento significava autoridade. Esse foi o erro com Morwenna, ele havia relevado demais e demorado para se impor. É verdade que era muito jovem quando se casaram, e Morwenna era cinco anos mais velha, mas havia cometido aquele erro. Quando deu por si, Morwenna já fazia o que bem entendia sem se importar com as vontades dele.

Lucien trataria de não cometer o mesmo erro com Isobel.

Quando a mulher robusta dirigiu-se a Isobel e Elise, Lucien se desencostou da pilastra.

— Quem você pensa que é? — perguntou a mulher com uma voz cortante.

Isobel virou-se para ela em toda sua inocência e sorriu.

— Está falando comigo, *madame*?

A mulher ruiva colocou as mãos na cintura e balançou os quadris.

— Se estiverem procurando trabalho, estão perdendo tempo. Já temos garotas demais e elas conhecem bem o que precisam fazer. Não me parece que você saiba como agir se um...

Lucien postou-se debaixo de um candelabro e deu uma tossidela.

— Senhoras, posso interferir?

Isobel rodopiou e Elise se escondeu atrás do atendente.

— Senhoritas, por acaso se esqueceram do nosso encontro? — Enfiando a mão no bolso, Lucien tirou algumas moedas, deslizou-as sobre o balcão para a ruiva e ofereceu o braço para Isobel.

Isobel não se deu por vencida e empinou o nariz, embora aceitasse colocar a mão no braço de Lucien. A mulher ruiva calou-se, contando as moedas.

Elise estava escondendo a cabeça de tanta vergonha, ao contrário de Isobel. Assim que saíram para a rua, ela soltou o braço de Lucien e o enfrentou:

— Você estava nos seguindo! — exclamou, fuzilando-o com os olhos. — Você não tem esse direito.

Lucien moveu o maxilar. Esperava ouvir agradecimentos, mas Isobel não se dera conta de que, se ficasse ali mais um minuto, aquela mulher lhe arrancaria os fios de cabelo um por um.

— Como seu noivo, tenho alguns direitos, sim, principalmente porque você voltou aqui mesmo depois de eu tê-la proibido.

Como a ruiva da taverna, Isobel colocou as mãos nos quadris.

— Você não me disse para evitar este lugar. — Ela baixou o olhar. — Pelo menos não com essas palavras.

Lucien levantou o queixo dela com a ponta dos dedos.

— Isso é verdade, mas você deveria ter deduzido que eu não queria que voltasse aqui. Vocês vieram sem nenhum cavalheiro para protegê-las! Sei que você estava perguntando sobre o torneio, e isso foi uma desobediência flagrante. — Ele suspirou. — Aliás, você descobriu alguma coisa?

Isobel o encarou com seus olhos verdes vívidos e com os lábios cor de cereja contraídos numa linha. *Lady* Isobel de Turenne era incrivelmente bonita quando estava brava, e Lucien logo se viu dominado por uma vontade inconveniente de beijá-la. Mas estavam na presença de Joris e Elise, que os observavam com muito interesse. Então ele soltou o queixo de Isobel e ofereceu-lhe o braço de novo.

— Venha, *milady*, não podemos discutir na rua.

Isobel obedeceu e passou a mão pelo braço dele, mas não sem antes estreitar os olhos para fitá-lo.

Lucien sentia-se muito desapontado. De uma maneira diferente, Isobel estava dando todos os sinais de que se tornaria uma esposa tão inconveniente quanto Morwenna. Onde estava a dama discreta e obediente que ele esperava? Havia a procurado com a intenção de lhe dar uma boa notícia e agora estavam brigando.

Ainda é muito cedo. Não devo julgá-la com tanto rigor.

— Eu esperava um casamento pacífico — comentou ele. — Será que devo perder as esperanças?

Isobel descontraiu o rosto e sorriu timidamente. *Mon Dieu*, bastava ela sorrir para encantá-lo, tanto que Lucien também relaxou. Morwenna raramente sorria. Será que isso tinha sido parte do problema?

Morwenna levava as coisas muito a sério...

— Não creio que deva perder as esperanças — disse ela, olhando-o de soslaio. — Você não é um tirano, ou é? — Depois dirigiu-se a Joris. — Você é o cavalariço do lorde d'Aveyron?

— Sim, *milady*.

— Este é Joris de Sem — apresentou Lucien um pouco atrasado. — Joris, esta é minha noiva, *lady* Isobel de Turenne, e esta é Elise... de...? — Ele olhou para Elise, esperando que ela respondesse.

— Apenas Elise — murmurou ela.

Isobel deixou Joris ruborizado com um sorriso cativante.

— Então, Joris, o milorde é um tirano?

— Não, *milady*, claro que não. O conde Lucien é muito ponderado...

Lucien deu um tapinha nas costas de Joris.

— Chega, Joris. Depois eu lhe darei a moeda que prometi.

— Milorde?

O riso de Isobel ecoou por todo o quarteirão, contagiando Lucien, que sorriu também. Rir era realmente uma dádiva. Contanto que Isobel controlasse sua impetuosidade, haveria esperança para o seu segundo casamento.

— Quer voltar para o mosteiro, *milady*?

— É preciso? Estávamos indo — Isobel mordiscou o canto dos lábios — procurar alguma coisa para comer.

— As freiras não lhe serviram nada? — perguntou Lucien, certo de que ela estava prestes a dizer outra coisa.

Mas, depois de tê-la flagrado na taverna, ele achou que aonde quer que Isobel quisesse ir em seguida não era da sua conta.

— Hoje é sexta-feira, milorde — respondeu ela, piscando com os cílios longos. — Tive pensamentos pecaminosos durante o dia todo.

Claro que ela havia escolhido aquelas palavras inocentemente, mas aquilo despertou um lampejo de desejo que fez o sangue correr mais rápido pelo corpo de Lucien, levando-o a fitar a boca bem desenhada dela, descendo para os seios...

— Mesmo?

— Estou com desejo de comer carne vermelha.

— Conheço um lugar perfeito — disse Lucien, sem prestar muita atenção.

Capítulo 6

Por mais que parecesse impossível, a cidade de Troyes estava mais apinhada de gente do que nos últimos dias, dificultando a chegada ao castelo. Isobel estava feliz por estarem a cavalo, pois lhes conferia *status*, principalmente o alazão preto de Lucien. As pessoas abriam caminho para eles passarem.

Os preparativos para o Festival do Solstício de Inverno estavam a todo vapor. A área reservada aos mercadores, ao redor da igreja de St. Rémi, havia ganhado vida com tanta movimentação. De repente, ouviu-se um barulho de madeira se rompendo. A traseira do carrinho de um comerciante de queijos quebrou no meio da rua e a mercadoria saiu rolando, o que deu início a uma corrida entre o mercador e aqueles que queriam pegar o queijo sem pagar. O mar de pessoas em disparada afugentou as galinhas que fugiam para não serem pisoteadas e espalhavam penas que voaram com o vento.

Isobel não estava acostumada a tamanha confusão. E quanto barulho! A vida no convento era silenciosa e regrada. Se Lucien e Joris não as estivessem ladeando, ela e Elise certamente teriam sido levadas pela multidão. *Preciso me acostumar com a vida real fora das paredes do convento.*

Quando atravessaram a ponte sobre o canal e entraram no bairro judeu, já não havia mais tanta gente, e Isobel conseguiu respirar e pensar. Olhou de relance para Lucien, notando a expressão séria, concentrando-se em controlar as rédeas do cavalo. Havia ficado surpresa por ele ter sido paciente ao encontrá-la na taverna Black Boar, apesar de tê-la acusado de desobediência; graças a Deus não a reprimira em público, mas ainda se perguntava se a tempestade não cairia em outro momento.

Apesar da pouca convivência, ficou claro que Lucien valorizava o autocontrole. Não havia dúvida de que ficara decepcionado, mas um homem como ele, que colecionava vitórias, não se disporia a gritar com ela no meio da rua. Se houvesse punição, seria mais tarde, quando estivessem sozinhos, e esse era o maior receio de Isobel naquele momento.

Chegaram a uma muralha romana descascada, onde ferreiros e outros artesãos estavam recostados às árvores, aproveitando a sombra. As fornalhas ardiam como olhos de dragão ao som de martelos golpeando ferro e cavalos batendo os cascos nas pedras.

Lucien as conduziu ao longo da muralha do castelo até chegarem a uma mesa de tortas, dispostas debaixo de uma nogueira. Isobel ficou com água na boca ao sentir o cheiro de carne. Será que ele as levou a uma barraca de tortas?

— Você não queria comer? — Lucien estava mais calmo quando passou as rédeas do cavalo para Joris.

Isobel ficou feliz e percebeu que a intenção de Lucien era surpreendê-la, tanto que podia jurar que o tinha visto reprimir um sorriso.

— Eu adoraria, estou morrendo de fome.

Isso não era bem verdade. As freiras jamais deixariam com fome as filhas e esposas de seus benfeitores, mas a dieta restrita do convento fizera com que Isobel tivesse vontade de comer carne vermelha, mesmo numa sexta-feira, quando era proibido.

— Quatro tortas, por favor — pediu Lucien, estendendo as moedas.

Eles se sentaram num banco à sombra da nogueira, Lucien à direita de Isobel, e Elise à esquerda. As tortas estavam muito quentes. Isobel adorou o sabor, diferente de tudo o que já havia comido em anos.

— É gostoso, não é? — indagou Lucien. — As tortas de carne do Bartholomew são as melhores de Champagne.

— Estou nas nuvens — murmurou Isobel, limpando as migalhas da boca.

Duas folhas caíram da árvore, desviando a atenção de Isobel, que viu um moinho através de uma abertura no muro e ficou observando até terminar de comer.

— Obrigada, milorde, eu estava com fome — disse ela, limpando as mãos sem jeito por ter praticamente devorado a torta.

Não muito longe dali, um padre passou em direção à ponte levadiça do castelo. Quando os cumprimentou com um sinal de cabeça, Isobel se encolheu.

— Espero que ele não tenha visto o que estamos comendo, não quero que as irmãs descubram sobre essa torta de carne.

— Elas batem em você com a vareta? — indagou Lucien, preocupado.

— Não, mas há penas para vários tipos de transgressões.

— E quais seriam? — Ele se inclinou para o lado, interessado na resposta.

— As transgressões menores levam à repetição de certos salmos na igreja, como a confissão. Para casos mais graves, o castigo é mais severo.

— Como assim?

Elise se mexeu, mas sem desviar o olhar das folhas no chão.

— Bordar a toalha do altar. *Lady* Isobel não gosta, apesar de não ser tão ruim.

A maneira como Elise olhava para as folhas denotava a dificuldade que tinha em fitar Lucien.

Elise é tímida demais.

Lucien se levantou e ofereceu a mão a Isobel.

— Fique tranquila, eu não direi nada às freiras sobre as tortas. Em todo caso, o pecado foi meu. Se elas descobrirem, você pode dizer que fui eu quem comprei e você teve que comer por educação.

— Obrigada, milorde.

Lucien segurou a mão dela com firmeza. Quando se beijaram na taverna, Isobel estava totalmente despreparada, mas tinha gostado da carícia e se acostumado àquelas mãos quentes em contato com a sua. Os dedos de Lucien eram longos e fortes porém, não havia como ela antecipar como seriam as carícias proporcionadas por aquelas mãos. Quando o sentiu acariciar-lhe as costas da mão com o dedo, foi invadida pela mesma sensação prazerosa que tivera com o beijo na taverna.

— Devemos voltar ao mosteiro — disse Lucien, passando a mão dela por seu braço e abrindo um daqueles raros sorrisos. — Eu estava a caminho do mosteiro quando a vi na rua. Ia contar que logo os aposentos no palácio do conde Henry estarão a sua disposição.

— Quando posso me mudar? — perguntou Isobel com o coração aos pulos.

— Amanhã à tarde.

Temerosa, Isobel o encarou nos olhos.

Então... começou. De amanhã em diante, estarei em suas mãos. Sentiu-se entorpecida só de pensar, era uma sensação de prazer e medo. Um marido tinha muito poder sobre a esposa. Isobel havia esperado anos para chegar nessa encruzilhada, mas sempre imaginara que seus pais estariam por perto para apoiá-la. No entanto, com a morte da mãe e a doença do pai, isso não seria possível.

Até então, conhecia muito pouco sobre o homem que era Lucien. Às vezes, parecia muito acessível, como quando a beijara, e poucos minutos antes, ao lhe oferecer a torta de carne. Em outros momentos, era como se fosse um fantasma. O grande campeão de torneios era um enigma.

Lucien a tinha seguido até a taverna e, em vez de se aproximar, aguardou até que ela estivesse conversando com o atendente. Por que teria feito isso? A impressão era de que tinha esperado o momento certo para acusá-la, ou mesmo para provar que Isobel não o merecia.

— Devo me preparar para a mudança ao palácio amanhã.

— Se for conveniente. — Lucien a fitou como se esperasse alguma reação.

Ele quer que eu fique feliz.

— Obrigada, milorde, será um alívio — disse ela, procurando afastar os medos e parecer contente.

A madre superiora os aguardava no portão do mosteiro.

— Ah, você chegou — disse, segurando Isobel pelo pulso. Só então notou a presença de Lucien, e soltou-a com a mesma pressa. — Conde Lucien!

— Bom tarde, reverenda madre. — Lucien postou-se entre Isobel e a abadessa. — A *milady* não lhe avisou que nos encontraríamos para tratar dos detalhes do nosso casamento?

A irmã Úrsula segurou o crucifixo em seu peito e os encarou com frieza.

— *Lady* Isobel não me disse nada, milorde.

— Peço desculpas, reverenda madre, estou certo de que irá perdoá-la. Tínhamos muita coisa a decidir. — Depois de um suspiro, ele fitou a madre. — Estamos aqui para informá-la sobre nossos planos. *Lady* Isobel sairá do mosteiro amanhã.

— Amanhã?

— Sim, o mordomo-mor do conde Henry separou um quarto para ela no palácio, que estará pronto para recebê-la. Sendo assim, não vejo razão para ela não sair do mosteiro amanhã.

A abadessa deu uma tossidela antes de falar:

— Milorde, creio que não será possível. A criada de *lady* Isobel ainda não se recuperou. Não acho aconselhável que uma dama solteira se mude sem uma acompanhante.

Isobel percebeu a tensão de Lucien.

— Reverenda madre — disse ele com calma, mas com ironia —, suponho que não esteja sugerindo que *lady* Isobel não ficará segura sob a proteção do conde Henry.

— *Lady* Isobel precisa de uma criada.

Isobel sentiu um puxão na saia.

— Por favor, leve-me — sussurrou Elise com súplica no olhar.

— Eu gostaria que ela fosse. — Isobel olhou para Lucien.

— Boa ideia — concordou ele. — Elise acompanhará a *lady* Isobel ao palácio.

A irmã Úrsula franziu o cenho.

— Milorde, gostaria que *lady* Isobel ficasse conosco um pouco mais. Há certos aspectos, facetas do caráter dela, que necessitam de mais... treinamento. Imagino que milorde tenha notado. Recomendo que ela fique no mosteiro até o casamento. Assim posso melhorar...

— Melhorá-la, reverenda madre? — perguntou Lucien, colocando a mão sobre a de Isobel, acariciando-a com os dedos para confortá-la. — O que quer dizer com isso?

— *Lady* Isobel é um pouco... rebelde, milorde. — A abadessa fez uma pausa. — Não queremos que a história se repita, não é?

Lucien ficou paralisado, enquanto sua mente entrava em turbilhão. Já era a segunda vez que a insolência da irmã Úrsula o deixava sem fala. Não negava que Isobel fosse desobediente. A cena de sua noiva diante daquela mulher ruiva na taverna Black Boar não sairia de sua mente tão cedo, mas ao mesmo tempo o deixara de bom humor. Por outro lado, gostaria que sua segunda esposa fosse calma, dócil e obediente. Mas Isobel não era calma nem obediente. No entanto, com algum treinamento...

— Não é seu dever criticar minha noiva. Ela já ficou tempo suficiente por aqui — disse ele, certo de que o treinamento num convento não se adequava a Isobel.

Ela não se encaixava numa vida enclausurada, da mesma forma que ele também não suportava a ideia.

Troyes significara para Isobel o mesmo que tinha sido para sua madrasta... Ela estava desesperada para fugir do convento.

Além disso, a madre tinha sido muito insolente em fazer referência a Morwenna. Isobel saberia de sua primeira esposa, mas ele mesmo pretendia contar quando estivessem casados. Após honrar a promessa feita ao pai. *Depois que tivermos tempo para nos conhecermos melhor.* Lucien inquietou-se ao pensar na intimidade com Isobel, mas tratou de afastar o pensamento. *Vamos nos casar, Isobel escolherá um dos meus castelos para viver. Depois, além dos filhos que ela me dará, a vida continuará como era antes.*

Após a primeira crise de Morwenna, Lucien foi forçado a contar à irmã Úrsula que ela era sua esposa. Apenas a abadessa e alguns de seus fiéis cavaleiros sabiam do casamento. Para resguardar e para a segurança de Morwenna, ele tivera que contar sobre o casamento. Ele precisava proteger a esposa, embora soubesse que a abadessa estaria mais inclinada a espalhar os rumores sobre bruxaria depois de saber que os dois eram casados.

Por conta disso, Lucien passou noites insones, imaginando o pior. Se a abadessa falasse alguma coisa, seria um escândalo na Cristandade. Era esperado que um nobre com a posição de Lucien se casasse *bem*. Morwenna não era nobre, era filha de um menestrel, e seu nascimento ilegítimo depunha contra ela. Se o pai de Isobel soubesse da união com Morwenna, teria acusado Lucien, e com razão, de ter rompido os termos do contrato de casamento. Se isso tivesse acontecido, ele teria perdido Isobel e qualquer outra chance de uma união de verdade.

Lucien mantivera seu matrimônio com Morwenna em segredo na esperança de que ela se recuperasse o suficiente para sobreviver à anulação. Mas isso nunca acontecera. Morwenna foi ficando cada vez pior e ele não tivera coragem de divorciar-se. Para sobreviver, dedicou-se aos torneios, levando uma vida de cavaleiro itinerante, esperando que um dia Arthur mandasse avisá-lo de que ela havia se recuperado. A mensagem nunca chegou, e Lucien não quis anular o casamento com uma mulher que não era capaz de se defender.

Por anos, Lucien esperou que a abadessa revelasse seu segredo, porém, para sua surpresa, ela permaneceu calada. A abadessa mantivera sua palavra e não revelara a ninguém sobre o casamento vergonhoso.

Até agora...

Se Isobel soubesse sobre o erro do casamento com Morwenna, certamente mudaria de opinião a seu respeito. Uma mulher com a posição de Isobel veria o primeiro casamento dele como um insulto. Sua noiva teria motivos para rejeitá-lo e o mundo inteiro saberia de seu segredo vergonhoso. Seria uma desonra que jogaria ao vento anos de esforço para se recuperar lutando nos campos de torneio. De fato, ainda era muito cedo para Isobel saber sobre Morwenna.

— Ela está sob minha responsabilidade agora — disse ele num tom severo. — Obrigado por ter cuidado de Isobel até aqui.

— Muito bem, milorde — respondeu a abadessa, inclinando a cabeça. — Desejo que sejam felizes no casamento.

— Obrigado, reverenda madre.

Assim que a abadessa entrou no convento, Isobel tocou o braço de Lucien.

— Milorde, o que a reverenda quis dizer com aquela história de repetir o erro?

— Não é nada importante. Esqueça. Logo você sairá daqui — disse ele, contraindo o rosto.

— Agradeço muito por isso.

Lucien afastou a mão dela de seu braço e beijou-lhe os dedos.

— Amanhã, ao meio-dia, trarei carregadores e uma escolta. Por enquanto, despeço-me.

O palácio do conde Henry ficava pouco adiante, na Rue Moyenne, depois da ponte, por isso não precisariam de cavalos para chegar até lá.

Os sinos da catedral de St. Peter badalaram ao meio-dia quando Isobel de Turenne se despediu e partiu com o noivo que fora buscá-la no convento.

Os pedregulhos da estrada brilhavam, molhados pela chuva da manhã. Isobel sentiu um arrepio de frio. O inverno estava se aproximando depressa, mas nada abalaria seu estado de espírito. Puxando o capuz sobre a cabeça, ela saiu do mosteiro de braço dado com Lucien.

Finalmente havia chegado a hora de provar como seria sua vida como condessa d'Aveyron. Não haveria mais castigos, nem bordados ou horas ficando de joelhos para recitar salmos. Não demoraria para que o homem a seu lado se tornasse seu marido.

Lucien andava com passos firmes ao conduzi-la ao palácio. Era difícil não se deixar empolgar pelo novo título e andar ereta e com orgulho. *Estou livre de conventos para sempre! Elise e eu teremos aposentos inteiros a nosso dispor. Não precisarei mais dividir o quarto com outra nobre e muito menos discutir sobre a melhor cama.*

Ela se manteve de cabeça erguida, procurando não olhar para Lucien. Ainda tinha dúvidas sobre seu futuro com aquele homem, uma vez que o percebera cheio de contradições, mas mesmo assim não via a hora de se casar.

Lucien era bem diferente do que ela imaginara durante os anos em que o aguardou chamá-la. Sempre pensava nele como uma pessoa de coração frio e distante. Alguém que não suportaria ser questionado. Bem, isso era verdade. Além do mais, ele valorizava bastante a obediência.

Eram raras as vezes em que sorria, entretanto, quando isso acontecia, seu rosto se transformava. *Não sei como explicar, mas o sorriso dele me atinge a alma.*

Isobel sabia que não podia dar tanta importância assim a um sorriso, uma coisa tão comum. Mas, no caso de Lucien, era diferente. Com ele, os raros sorrisos tinham que ser valorizados. No entanto, a facilidade com que Isobel ficava tocada com um simples sorriso chegava a ser pesarosa vindo do homem que aabandonou aos cuidados das freiras durante tanto tempo.

Naquele momento, ele estava sério, com o olhar distante... Se o tivesse percebido mais acessível, teria questionado a razão da demora em chamá-la para se casar. *Passaremos o resto de nossas vidas juntos, terei tempo para perguntar...*

Isobel deu uma olhada para trás e viu que Elise e Joris vinham um pouco atrás deles, conversando sobre a estrada estar tão esburacada por causa da quantidade de carroças que passavam por ali. Os dois vigiavam para que os carregadores não deixassem cair os baús da carroça. Joris levava a caixa de joias de Isobel debaixo do braço. Não havia muitas joias ali, apenas um colar de pérolas, um anel de ouro que pertencera à avó dela e algumas moedas que o visconde Gautier havia lhe dado para a viagem.

Lucien e Joris se tratavam de um jeito bem espontâneo e fácil. Não dava para imaginar Lucien sendo um tirano com seu cavalariço. Não faria sentido.

O séquito passou por algumas pessoas próximas a um mercador de tecidos, que pararam para vê-los passar.

— Essa deve ser Isobel de Turenne — murmurou uma das mulheres. — Ela e o lorde d'Aveyron vão se casar.

— O que acontecerá com a mulher que ele mantém no castelo de Ravenshold? — perguntou a acompanhante da mulher, uma garota pálida de uns 13 anos de idade.

Isobel tropeçou na bainha do vestido. *Mulher que ele mantém em Ravenshold?*

Numa fração de segundo, seu otimismo se foi, como se tivessem apagado a chama de uma vela. *Ele mantém uma mulher no castelo.* Isso explicava muita coisa.

Lucien olhou para o lado com a sobrancelha arqueada, procurando saber por que ela tropeçara.

— Você ouviu o que aquela mulher disse? — Isobel arriscou perguntar.

— Que mulher?

Isobel sentiu o coração bater na garganta, mas meneou a cabeça e continuou a caminhar. Quando viraram na rua principal, deixando o mosteiro para trás, já era possível avistar o palácio do conde Henry.

Cuidado. Talvez não seja a melhor hora para questionar Lucien sobre uma amante. *Ele pode me rejeitar.* Isobel suspirou. Talvez a longa espera num convento a tivesse deixado medrosa. *Eu não vou voltar para o convento... Não vou.* No entanto, o tempo que passara enclausurada não a tinha cegado às necessidades básicas de um homem.

Sabia-se que os lordes mantinham amantes e esposas. O caso do rei Henry da Inglaterra era notório, pois, apesar de a rainha, Eleanor de Aquitânia, ser uma das mulheres mais lindas do mundo, o rei tinha Rosamund. E, se os rumores estivessem certos, havia várias outras amantes. Por que Lucien seria diferente?

Se não estivesse tão focada em fugir do convento, ela teria, ou deveria ter, pensado nisso. *Será que Lucien tem uma amante?* Sentiu o coração apertado agora que tinha se conscientizado do fato, mas não podia perguntar a ele diretamente, não naquele dia.

Se Lucien tivesse uma amante — o que não era improvável, pois um homem como ele precisaria apenas acenar para que as mulheres corressem para seus braços —, então devia ter se afeiçoado a ela.

O que acontecerá com a mulher que ele mantém no castelo de Ravenshold? A voz da menina ainda ecoava em sua mente.

Uma amante... Então, essa tinha sido a razão para ele demorar tanto em querer se casar. Ele tinha uma *belle amie.* As dúvidas assolaram sua mente. *Se ele tem uma amante em Ravenshold, deve alojá-la em outro lugar depois do casamento.*

Será que ele a ama?

Isobel ainda estava com a mente em turbilhão quando atravessaram as arcadas do palácio, tanto que nem reparou nos arredores.

Muito vagamente notou que havia um pátio grande. Os estábulos localizavam-se de um lado e era possível ver os cavalos pela porta aberta. Um dos cavalariços movia o feno úmido para secar ao sol. Nas torres, havia guardas de prontidão. Do outro lado do pátio, via-se a fumaça saindo da chaminé de onde provavelmente os pães eram assados.

O mordomo-mor do conde Henry havia dito a Lucien que o palácio estava lotado, mas, depois de ter passado pelas movimentadas ruas da cidade, ali estava tão silencioso quanto o convento. O palácio era cercado por altas muralhas e, depois de fechados os portões, o burburinho da rua cessava.

— Por aqui, *milady.* — Lucien indicou a ela uma porta lateral da fortaleza principal.

Milady. A formalidade estava começando a irritá-la. Ele podia estar usando essa linguagem para mantê-la afastada. Isobel tentou lembrar se ele a tinha chamado pelo primeiro nome quando a encontrara na Black Boar. Tinha uma vaga lembrança que sim...

No saguão principal, havia uma escadaria curva para o segundo andar, iluminada pelas fendas laterais, onde ficavam os arqueiros em tempos de luta. Era tudo muito escuro e com fortes correntes de ar.

Depois de dois lances de escada, chegaram a uma porta de madeira pesada.

— Aqui será seu solário até eu levá-la para Ravenshold — disse Lucien, abrindo a porta.

A sala era longa e estreita, com todas as paredes cobertas por tapeçarias, deixando a impressão de se estar no meio de uma floresta mística. Nas estampas, havia coelhos saltitando no gramado das clareiras, fadas colocando guirlandas de flores em unicórnios, moças dançando no meio das árvores. Numa das paredes do cômodo havia uma luxuosa lareira de pedra, acesa, ladeada por duas janelas. Perto das janelas, havia poltronas estofadas com seda e franjas.

— Santo Deus! — exclamou Isobel, procurando parecer feliz apesar da dor no coração. — Que solário imenso!

Pelas janelas, via-se o canal, por onde barcaças deslizavam carregadas de barris e caixotes. Também era possível avistar a igreja do mosteiro, que se erguia solitária sobre os telhados das casas, como uma guardiã das ruas de Troyes.

Elise e Joris entraram no cômodo logo depois dos carregadores. Elise deixou sua trouxa no chão e desapareceu atrás das cortinas ao fim do solário.

— Aqui estão suas joias, *milady* — disse Joris, estendendo o estojo.

Pela cerimônia do gesto, ele devia achar que havia guardado uma fortuna. Mal sabia ele...

— Obrigada, Joris.

— Acredito que o quarto fique atrás daquelas cortinas — comentou Lucien, olhando na direção onde Elise tinha desaparecido. — Devo deixá-la para que se acomode.

— Obrigada por ter providenciado estas acomodações, milorde. — Isobel respirou aliviada por estar longe do convento. Mas ao reparar que Lucien continuava sério, chegou a duvidar se não estaria trocando uma prisão por outra. — O milorde também ficará no palácio?

Lucien respondeu que não com um sinal de cabeça e um olhar distante.

— Tenho trabalho a fazer em Ravenshold. Quando estou na cidade, fico no alojamento do castelo.

Isobel fincou as unhas nas palmas das mãos. Seria difícil, praticamente impossível, esquecer que ele mantinha uma mulher em seu castelo.

— Milorde, eu gostaria de visitar Ravenshold.

— Numa outra hora. Ainda não está preparado para receber visitas, mas estou trabalhando nisso. Quando estiver pronto, fique certa de que a convidarei para visitar.

O coração de Isobel deu um salto. Em outras palavras, ele estava dizendo que sua *belle amie*, quem quer que fosse, ainda estava no castelo. E ele ainda não estava pronto para se livrar dela! Isobel o fitou nos olhos e cerrou os dentes. *Vou fazer com que você se esqueça de sua amante.* Apesar de estar em tamanho conflito interno, ela mantinha o sorriso no rosto.

— Estou ansiosa para encontrá-lo quando seu trabalho permitir, milorde.

Lucien já estava chegando à porta quando se virou e voltou.

— Permita-me lembrar-lhe, milady — sussurrou ele, com um sorriso de lado.

— Sim...?

— Quero que pare sua investigação sobre o Campo dos Pássaros. Já que você não vai ao torneio de All Hallows, não há necessidade de mais informações. Fui claro?

Capítulo 7

INCAPAZ DE PROMETER, ISOBEL BAIXOU a cabeça, brincando com a caixa de joias. Será que Lucien era sempre tão intransigente? Talvez aquilo fosse só uma amostra de como seria depois do casamento, quando teria que pedir permissão para tudo o que quisesse fazer ou aonde ir e ouvindo sempre uma negativa. Será que Lucien se divertia com aquela demonstração de poder sobre ela?

— Perfeitamente claro, milorde — respondeu Isobel por fim.

Lucien e Joris fizeram uma reverência e se retiraram. Isobel esperou que o crepitar da lenha na lareira ficasse mais alto que o som dos passos dos dois para ir ao quarto.

O cômodo era menor do que o solário. O móvel principal era uma cama enorme com cabeceira de madeira e pedestais esculpidos. Os travesseiros e a roupa de cama eram brancos e havia um cobertor fofo dobrado aos pés da cama.

Tinha dois armários de madeira polidos e uma fileira de ganchos de madeira na parede. Elise estava ocupada em arejar as capas e pendurá-las.

Isobel colocou a caixa de joias sobre um criado-mudo e sentou-se na cama macia. O colchão devia ser de penas de ganso.

— Elise, venha se sentar aqui. Os colchões de palha do mosteiro eram camas de pregos comparados com este.

Com muita cerimônia, Elise se sentou ao lado dela.

— Que alegria! Não há nem sinal de palha.

— Qual seria a punição das freiras por dormir numa cama dessas?

— Uma eternidade... — Elise revirou os olhos. — Sem dúvida, elas queimariam o colchão para evitar a tentação.

— Vamos gostar daqui — disse Isobel, pegando a mão de Elise.

Eu gostaria mesmo é que Lucien não tivesse uma amante... Aí, sim, estaria feliz...

— Sim, *milady*. — Elise levantou-se. — Se me der licença, devo arrumar suas coisas.

— Ainda não, temos a tarde inteira para fazer isso. Preciso de um conselho.

— Pois não, *milady*.

O casamento de Isobel e Lucien aconteceria em poucos dias e ele não tinha dito se viria vê-la antes disso. Se a mulher na rua estivesse certa, ele mantinha uma amante em Ravenshold. Só de pensar, ela se levantou e começou a andar de um lado para o outro. Depois parou diante da janela e passou a mão pela cortina bordada que começava no teto e ia até o chão, terminando com um desenho prateado. Cada ponto denotava a opulência daquele lugar de uma riqueza sem tamanho.

Lucien me deixa aqui no palácio do amigo e volta para a amante em Ravenshold. Qual será a frequência das visitas à cama dela? Será que dormirão juntos esta noite? Isobel estava apertando as unhas contra as palmas das mãos até perceber que começava a se ferir, então abriu as mãos devagar. Não devia se preocupar. Não se preocupava. *Nosso casamento nunca será uma união por amor. Trata-se apenas de um acordo de interesses.*

— *Milady*, está tudo bem?

— Estou bem, sim, Elise.

Fora as dúvidas sobre meu noivo. Será que ele se livrará dessa amante depois do casamento, ou terei que conviver com a vergonha de saber que ele esconde uma rival em Ravenshold?

Se ao menos tivesse tido oportunidade de estudar o temperamento de Lucien... Se tivessem se encontrado em intervalos regulares durante todos os anos de noivado, saberia se ele seria capaz de humilhar a esposa.

Endireitando as costas, Isobel tentou se reanimar, pois a situação poderia ser pior. Pelo menos não estava apaixonada, e seu coração mantinha-se protegido. Não tinha o coração partido. E Lucien também não era um tirano como chegara a imaginar, pois havia tomado seu partido quando a abadessa chamara-lhe a atenção por ter saído do mosteiro sem permissão. Sem contar que Lucien percebera o quanto estava desconfortável no mosteiro e deu-se ao trabalho de arrumar-lhe acomodações no palácio do conde Henry. A lembrança mais agradável fora o passeio para comer torta de carne.

Mas ele não precisava tê-la proibido de ir ao Campo dos Pássaros.

— Elise, eu vou àquele torneio.

— Aquele que será depois do seu casamento?

Isobel respondeu que sim com a cabeça.

— Será que é certo, *milady*? O conde a proibiu. — Havia um brilho diferente nos olhos de Elise. — *Milady* pretende ir para irritá-lo?

— Irritá-lo? De onde você tirou essa ideia? — indagou Isobel, intrigada pelo tom da pergunta de Elise.

— Das fofocas que correm pela Rue Moyenne.

— Você ouviu falar da *belle amie* dele? — Isobel fechou os olhos, desejando que o chão se abrisse sob seus pés e a engolisse.

— Sinto muito, *milady*. Posso imaginar como está se sentindo.

Elise tocou o braço de Isobel depois das palavras reconfortantes. Mas Isobel achou estranho, ainda mais porque a outra podia estar mais curiosa do que compadecida. Se bem que não podia concluir nada, pois a conhecia havia apenas alguns dias. Pensando bem, Elise era tão estranha para ela quanto Lucien. Era difícil entender uma pessoa que não se conhecia bem.

Virando-se para a janela, Isobel olhou para os telhados de Troyes além do canal; parecia uma colcha de retalhos de todos os tamanhos e formatos.

— Elise, o ladrão que roubou o relicário estará nesse torneio. Eu me recuso a não ir. Pode ser minha única chance de recuperar o que foi roubado.

Não era intenção de Isobel desobedecer a Lucien tão logo depois do casamento, mas se tratava de um assunto urgente.

— *Milady*, depois da advertência do conde Lucien, eu não a aconselharia...

Isobel gesticulou com veemência e virou-se para Elise.

— Eu já decidi que vou. Gostaria muito que você fosse comigo.

— *Eu?*

— Não vou forçá-la a ir se não quiser. Não sei o que você sabe sobre torneios, eu mesma nunca fui a um, mas me parece que começa com os cavaleiros mais novos para testar sua coragem. A primeira parte de um torneio é conhecida como...

— Torneios preliminares.

— Ah, então você já esteve em um.

— Faz algum tempo, *milady*. Lembro que a competição começava com os jovens cavaleiros se aquecendo. — Elise se aproximou da janela, preocupada. — Soube que, nos últimos anos, nos torneios no Campo dos Pássaros, não houve muitas regras. Depois que o conde Lucien deixou de promovê-los, a ordem mudou. Os torneios no Campo dos Pássaros ficaram notórios. Quando a luta começa, a plebe se aglomera para assistir.

Isobel ficou surpresa com o conhecimento de Elise sobre o Campo dos Pássaros.

— Por que não me contou isso antes?

— Pensei que *milady* fosse mudar de ideia e não ir. — Elise assumiu uma expressão enigmática ao olhar para a cama. — *Milady*, se for sem a bênção dele, será difícil se defender depois, sem mencionar a presença do ladrão. O que vai fazer se encontrá-lo?

— Vou pensar em alguma coisa.

— Se o ladrão perceber que alguém o está seguindo... A *milady* precisa ter muito cuidado. Não sabemos se ele é violento. Ainda há mais o que se considerar...

Era a primeira vez que Isobel via sua recente criada tão eloquente, mas não disse nada, preferindo ouvir o que mais ela diria.

— Mesmo os torneios com regras rígidas são perigosos. O rei Louis os abomina. Muitos homens morrem. O próximo torneio será o mais cruel de todos. *Milady* pode se arrepender de ir.

— Elise, não vou desmaiar ao primeiro sinal de sangue, se é isso que a preocupa.

— Sei que não. Mas, *milady*, os cavaleiros podem se machucar, o conde...

— O conde não é um novato.

— Ninguém é invencível, *milady*. A cicatriz no rosto dele é prova disso.

— Ainda assim, eu vou.

Elise dobrou uma manta com força, murmurando blasfêmias às mulheres com gosto impróprio para esportes violentos.

— Elise!

— Sinto muito, eu não queria ter sido tão veemente, *milady*, mas continuo dizendo que torneios podem ser brutais e sangrentos. Não acho que deva ir.

— Tenho que ir, tenho uma dívida com as freiras de Conques — insistiu Isobel.

Elise tinha sido muito prestativa no convento, e ao acompanhar Isobel ao palácio, mas a intransigência com que se portava naquele momento era no mínimo estranha. Ela havia dito que mortes poderiam acontecer, talvez fosse sensível demais.

— Elise, você foi bem clara e não vou puni-la por não ir comigo, mas preciso muito ir até o boticário. Preciso daquelas ervas e espero que não vá se recusar a me acompanhar. Diga-me, existem outras maneiras de evitar a concepção?

— As freiras não disseram nada, não é, *milady*?

Isobel sentiu o rosto queimar de raiva. O que estava acontecendo com Elise? Não que ela estivesse sendo desagradável, mas também não estava sendo simpática. Parecia que Elise sabia que Isobel não se sentia muito à vontade discutindo aquele assunto, e se divertia com isso. Era um assunto embaraçoso. *Não consigo entender por que Elise está saboreando meu desconforto...* Não fazia sentido, ainda...

Isobel lembrou-se de que apenas uma porta as separava do solário e que qualquer pessoa podia entrar ali, por isso baixou o tom de voz para perguntar:

— Existem outros meios de evitar a gravidez?

— Sim, *milady*, existem.

— Quais são?

Dessa vez foi Elise que olhou de relance para a porta.

— Há várias maneiras, *milady*. Nenhuma delas é infalível, mas acredito que as ervas sejam mais eficazes.

— Muito bem, quero que me explique quais são os outros métodos, eu gostaria muito de saber. Depois iremos até o boticário.

— Como quiser, *milady*.

— Ainda hoje.

— Sim, *milady*. — Elise hesitou um pouco e concluiu: — Sobre o torneio de All Hallows... Posso acompanhá-la. A *milady* não pode ir sozinha.

— Vou levar os homens do meu pai como escolta. Ou... — Isobel meneou a cabeça. — Posso seguir o exemplo da duquesa de Aquitânia quando ela quis passar despercebida.

— Como, *milady*?

— Posso me vestir de homem.

Elise arregalou os olhos, chocada.

— *Não!* Oh, *milady*, o conde Lucien ficará furioso. A *milady* não pode sair vestida de homem. Se *precisar* mesmo ir, posso acompanhá-la. Saiba que se eu não dissesse o quanto sou contra esses torneios, estaria faltando com minha obrigação.

— Eu entendo — disse Isobel compreensiva. — Teria feito o mesmo no seu lugar. Você precisa se proteger.

Se Elise não tivesse nenhum recurso, seria normal que agisse daquele jeito, pois não tinha ninguém para ampará-la. E se Lucien ficasse muito bravo, ela precisaria de apoio.

— Se alguém descobrir que fomos ao Campo dos Pássaros, vou dizer que insisti para que você me acompanhasse.

— Obrigada, *milady*. — Elise abriu um sorriso tímido, mas ainda estava preocupada.

Na noite do Solstício de Inverno, o bispo de Troyes oficializou o casamento de Lucien Vernon, conde d'Aveyron, e *lady* Isobel de Turenne. Isobel não tinha visto Lucien desde o dia em que ele a levara para o palácio, uma semana antes.

O casamento se realizou no alpendre da catedral de St. Peter, na cidade antiga. Como era de costume, a cerimônia foi breve e simples, resumindo-se a algumas palavras diante de testemunhas, troca de votos e a bênção final.

O conde Henry ofereceu o salão nobre do palácio para a festa de casamento do conde e sua noiva.

Assim que a cerimônia terminou, Isobel seguiu de braço dado com Lucien até a mesa principal, num palanque. Para honrar a aliança estabelecida, ela usava um vestido azul que combinava com as cores de Lucien. O véu era de seda branca com uma tiara prateada. O salão nobre reluzia com centenas de velas acesas nas mesas e nas arandelas de parede. A lareira e os tocheiros também irradiavam luz. Os estandartes dos lordes de Champagne balançavam nos mastros, as cordas metálicas do arremate brilhavam como estrelas.

Numa das paredes, havia uma cortina de fundo ostentando as cores vermelho e dourado dos viscondes de Turenne, emolduradas por estandartes azuis com o brasão de Lucien, o corvo preto.

Isobel não esperava ver os brasões dispostos daquela maneira tão ostensiva, tanto que sua visão obscureceu por alguns instantes, mas logo se lembrou de que seu casamento tinha sido político. Jamais poderia esquecer do contrato firmado entre os pais de Lucien e os dela. Mas, de certa forma, era reconfortante ver as cores de Turenne e de Aveyron mescladas. Ao olhar de soslaio para Lucien, encontrou aqueles olhos azuis observando-a e sorriu. Ele retribuiu abrindo um de seus raros sorrisos, que fez o coração dela se derreter. Finalmente o dia que tanto esperava havia chegado... e eles estavam casados! Pelo menos naquele dia, ela estava disposta a não pensar em problemas.

À mesa, Isobel dividiu um prato com o marido. Conde Henry, o anfitrião, sentou-se do lado oposto. O conde de Champagne era corpulento e de meia-idade, parecia um rei diante dos súditos. A esposa, condessa

Marie, era alguns anos mais nova. O ventre ligeiramente inchado sugeria que estava grávida.

— Desejo muitas felicidades no seu casamento, condessa Isobel — disse ela, exibindo um sorriso muito elegante.

— Obrigada, *milady*.

— A música deve começar em breve — informou a condessa. — Pedi a um dos meus trovadores que se apresente para você.

— Foi muita delicadeza de sua parte — agradeceu Isobel.

A condessa Marie era filha do rei Louis da França com a primeira esposa, Eleanor de Aquitânia. Certamente ela compartilhava com a mãe o interesse pela música.

Da cabeceira da mesa, Isobel olhou por sobre cada travessa, por sobre cada vela, para o que parecia ser metade da nobreza da Cristandade. Não era surpresa nenhuma estar sentada ao lado da aristocracia de Champagne, mas os lordes e as damas dos ducados da Aquitânia e da Normandia também estavam presentes. Havia ainda aqueles que vieram de longe, da Britânia. Havia cavaleiros e lordes dos condados de Auvergne, Toulouse, Flandres...

Os rostos de todos estavam iluminados pelas chamas tremeluzentes da lareira. O cheiro de madeira queimada e carne assada perfumava o ambiente. Conforme a festa seguia, as conversas e risadas tornavam-se ensurdecedoras, o clamor aumentava a cada momento. Um pouco mais tarde, dois malabaristas se apresentaram no espaço ao lado da mesa, fazendo bolas coloridas subirem e descerem em manobras complicadas.

— Eles estão indo rápido demais, logo alguém vai escorregar — observou Lucien. — Aposto que não vai demorar para uma dessas bolas cair dentro da caneca de vinho de alguém.

Era a primeira vez que Isobel o via tão à vontade. Não havia um só vinco de tensão em seu rosto, o que o deixava com a aparência de mais novo. E incrivelmente bonito. Os olhos azuis brilhavam de alegria, exagerando sua beleza. Isobel ensaiou um sorriso e, quando Lucien correspondeu, sentiu um aperto no estômago causado pelo que percebeu, surpresa, se tratar de um desejo ardente.

— Acho que as chances são grandes — disse ela. — Eu não apostaria contra você.

A opulência de sons, cores e comida contrastava com a quietude do convento a que estava acostumada. A presença de Lucien a seu lado era uma bênção. Quando entrou na catedral e o viu à sua espera, sentiu que o coração explodiria, dando-lhe a certeza de que aquele era o momento mais desejado de sua vida. Enquanto seguia pela nave da igreja, emocionou-se ao saber que Lucien não tinha mudado de ideia, ou mesmo adiado o casamento. Naquele curto espaço de tempo, pensou em como seria a vida deles juntos e quanto tempo levaria para convencê-lo a deixar a amante. E, por fim, quando ele lhe tomou as mãos e as beijou, sentiu aquele arrepio perturbador percorrer-lhe o corpo.

E agora estavam ali, juntos na festa. *Estamos casados. Depois de tanta espera, Lucien e eu estamos casados.*

Um dos amigos de Lucien, *sir* Raoul de Courtney, acenou para um criado que se apressou em servi-lhe mais vinho. Os barris de vinho do conde Henry deviam ser enormes e incontáveis, pois as canecas estavam sempre cheias.

O conde Henry os estava homenageando com muita honra. As travessas ovais com a comida eram tão grandes que era preciso dois criados para carregá-las. A cabeça de um porco e vários pernis de veado enfeitavam a mesa, exalando um perfume de carne cozida de dar água na boca. Havia pratos com patos refogados com vinho e gansos recheados. Depois da refeição, foram servidos pudins de maçã e frutas vindas do Oriente.

— O que é isso? — perguntou Isobel, servindo-se de uma fruta seca e mordiscando-a.

— Isso? São tâmaras — respondeu Lucien. — Cuidado com o caroço.

— Gostei. — Ela escolheu outra tâmara e suspirou, ansiosa por um pouco de tranquilidade. A festa era... grandiosa demais.

— Está cansada? — indagou Lucien, cobrindo a mão dela com a dele e baixando a voz para continuar: — Podemos nos retirar.

Isobel corou e acenou para a lareira.

— Estou bem, obrigada, mas está abafado aqui.

Não se sentia mais tão ansiosa com a noite de núpcias quanto antes. Elise a tinha levado ao boticário conforme o prometido. Agora havia um pacotinho de ervas no fundo da caixa de joias de Isobel. Desde então, ela tomava um pouco por dia e rezava para não ficar grávida. Mesmo assim, estava apreensiva ao se lembrar do relato de Anna. *Será que vai doer muito? E se eu o decepcionar? Não posso nem mencionar a amante. Não devo deixá-lo bravo, pelo menos não esta noite.*

— Ainda é muito cedo para sair, milorde. A condessa Marie chamou um trovador — disse ela, encostando o ombro no braço dele.

— Deus nos ajude, é o Bernez?

— A condessa não disse nomes.

— Espero que não seja Bernez, caso contrário teremos horas de monotonia.

Isobel tomou um gole de vinho e passou a taça para Lucien. Não se importaria com o que acontecesse no quarto naquela noite, ela só se sentiria casada de fato quando estivessem no castelo de Lucien. Afinal, era ela a condessa d'Aveyron.

— Partiremos logo para Ravenshold, milorde?

A simples menção do castelo apagou a alegria do rosto de Lucien.

— O conde Henry disse que podemos dispor dos aposentos daqui pelo tempo que quisermos — disse ele, indicando a porta que levava à escada em espiral.

Desapontada, Isobel não desviou a atenção dos olhos dele e esperou, prestando atenção em qualquer mudança.

— Por quanto tempo ficaremos em Troyes?

Isobel chegou a pensar que ficar no palácio podia ser uma tática de Lucien para que a amante continuasse em Ravenshold. Ela se forçou a sorrir, enquanto ele assumiu um ar sério. *Não vou tolerar uma amante.* Mas já havia resolvido que não discutiria com ele naquela noite. Deixaria para a manhã seguinte, quando o seguiria ao torneio de All Hallows...

Do outro lado da mesa, um jovem cavaleiro oferecia um doce a uma dama corada. O rapaz era bem galante e não desviava os olhos da moça. *Aquele cavaleiro não vai negar nada àquela dama.* Isobel relanceou o olhar para Lucien e imaginou se um dia ele também seria tão galante.

— Precisamos morar no palácio do conde Henry por algum tempo, *milady* — disse ele. — Eu não cuidei de Ravenshold nos últimos anos.

Quando ele se referiu aos dois, Isobel sentiu suas esperanças se renovarem.

— Imagino que no passado você tenha participado de muitos torneios. Havia muitos prêmios a ganhar, não?

Mencionar os prêmios que Lucien tinha ganhado no passado foi o mesmo que lembrar a razão pela qual estavam casados. *Meu valor para ele se resume ao meu dote. É uma bênção que ao menos gostemos um do outro, mas não posso permitir que a atração física que sinto por ele obscureça o fato de que me valoriza apenas pelo que ganhará com nossa união: as terras de Turenne. Sou apenas mais um prêmio para ele. O que me lembra…*

— Milorde, meu dote…

— Hum?

— Meu pai mencionou na carta que eu trazia um baú de prata comigo?

— Ele disse alguma coisa a respeito. — Lucien olhou-a, pensativo. — Não me lembro de tê-lo visto quando a trouxe do mosteiro. Onde está?

— A abadessa o trancou na cripta de segurança do mosteiro.

— Fico feliz que tenha mencionado isso. Acho que o visconde Gautier não gostaria que sua prata ficasse nos claustros da igreja. Mandarei buscar o baú amanhã logo cedo.

Apesar de ter ficado sentida com a irreverência e falta de cerimônia como ele tratara seu dote, Isobel manteve o sorriso no rosto. *Gostaria que Lucien me quisesse como pessoa e não por lhe dar um baú de prata e, depois da morte do meu pai, as terras e os proventos de Turenne.*

— Quero que saiba de uma coisa — disse ele, colocando a mão sobre a dela e acariciando-a com o dedo.

— Oh?

— Sinto muito que o visconde Gautier não tenha vindo ao nosso casamento. Imagino que tenha ficado magoada.

— Fiquei triste sim, mas já tinha me acostumado com a ideia. Quando deixei o Sul para vir para cá, eu já sabia que meu pai estava doente demais para viajar. Meu pai e eu não somos muito próximos... Posso contar as horas que passamos juntos nos dedos de apenas uma mão.

— Acho que está exagerando.

— Só um pouquinho. — Isobel focou o olhar na chama de uma das velas da mesa. — Meu pai queria um filho... Ele preferiria que eu fosse um menino.

Mal as palavras saíram de sua boca, ela se arrependeu. Acabara de revelar uma grande tristeza íntima. Por ser menina, seu pai nunca lhe dera amor. Quando desviou o olhar da vela, percebeu que Lucien a fitava cheio de compaixão e sentiu o chão tremer sob seus pés. Nos olhos dele, não havia pena, mas compreensão, um sentimento que nunca recebera do visconde Gautier. Sentiu o coração encolher.

— Seu pai tem orgulho de você, Isobel — murmurou ele, acariciando-lhe a coxa para reconfortá-la. — Tenho certeza de que o visconde Gautier gosta de você.

O bom discernimento de Lucien chegou a irritá-la. Ao piscar rapidamente, Isobel rezou para que sua fraqueza momentânea não tivesse sido notada. Apesar de tudo, gostaria que o pai e a mãe tivessem testemunhado o casamento. Em ocasiões importantes, era bom ter um aliado. Não que estivesse lamentando o passado, mas teria sido bom ter um irmão ou irmã para apoiá-la.

Os acompanhantes dela estavam num alojamento próximo e, apesar de Elise tê-la ajudado bastante, não a conhecia há muito tempo. A pobre Girande, a criada que havia sido sua companheira por anos, ainda estava em convalescença na enfermaria do mosteiro...

Lucien estava com a mão quente e firme apoiada na coxa de Isobel, dando-lhe a confiança de que não estava mais sozinha. Era uma mulher casada.

Mas nosso casamento é político. Lucien está casado comigo pelo meu dote.

Ele mantinha a mão na perna dela, mas se virou para *sir* Raoul e começou uma conversa sobre a erosão nos portões de Ravenshold.

Graças a Deus.

Lucien podia não ser o mais galante dos homens, mas tinha percebido o quanto ela ficara desapontada momentos antes e lhe dera o tempo necessário para se recompor.

Depois de alguns minutos, ele se virou para Isobel novamente.

— Raoul pode confirmar que Ravenshold está num estado deplorável. Raoul?

— Luc não está mentindo, condessa. — Raoul concordou com a cabeça.

— Não é lugar para uma dama. Há partes que estão em ruínas — acrescentou Lucien. — Gostaria que você visse *depois* que eu o colocar em ordem.

— Milorde, não me importo com o estado de Ravenshold. — Sentindo-se mais segura, Isobel colocou a mão sobre a dele. — O castelo é seu lar em Champagne e eu prefiro muito mais estar lá do que como convidada no palácio do conde Henry.

— Verdade?

— Claro.

Lucien baixou o olhar para a mão dela sobre a sua, confuso e surpreso. Quando entrelaçou os dedos nos de Isobel, foi como se tivesse disparado uma faísca que incendiou o corpo dela por inteiro.

— Vou pensar sobre o assunto. Meus criados estão muito atarefados por causa da quantidade de cavaleiros que vieram para o torneio de amanhã. As condições do castelo estão muito... espartanas.

— Milorde... Lucien, você tem ideia de como é morar em um convento?

— *Milady*? — indagou ele, erguendo uma sobrancelha.

— Os conventos também são espartanos, muito diferentes deste palácio. Alguns conventos colocam os hóspedes em celas, iguais às das freiras. Outros acomodam os visitantes em alojamentos. De um jeito ou de outro, as acomodações são frias e tristes, principalmente quando os votos de silêncio noturno são impostos.

— As freiras tentaram que *você* fizesse um voto de silêncio? — Os cantos da boca de Lucien se curvaram ligeiramente. — Imagino como deve ter se sentido. E elas conseguiram?

Isobel fingiu estar brava, o que o fez sorrir de verdade.

— Lucien, sou sua esposa agora. Meu trabalho é cuidar de seu lar, tirando esse peso das suas costas, e isso inclui Ravenshold.

— Você me ajudaria a arrumar o castelo?

— Sim. — Antes de prosseguir, ela olhou para Raoul. — Claro que nem sonho em interferir em assuntos militares, mas estou ansiosa para assumir as tarefas do castelo.

Por uma fração de segundo, Lucien ficou estupefato. Foi como se ela tivesse falado em outro idioma e ele precisasse de ajuda para entendê-la.

— Você quer colocar Ravenshold em ordem...

— Sou sua esposa, Lucien, sua condessa. Fui treinada para administrar seu castelo, por que a surpresa?

— É sua obrigação... — disse ele, ainda sem acreditar muito no que ouvia.

— Lucien, mais do que tudo, eu *quero* ajudar.

No entanto, havia complicações que ela nem sonhava.

— Não tenho o que fazer aqui no palácio — disse ela, suavizando o tom de voz. — A condessa Marie tem um batalhão de criados correndo para satisfazer todas as vontades dela. E eu acabo atrapalhando. Preciso *fazer* alguma coisa e eu preferiria que fosse para você, meu marido.

Se ele tinha ficado surpreso antes, agora estava definitivamente perplexo, quando olhou para Raoul.

— Eu disse... — murmurou Raoul com um sorriso estranho.

— O que *sir* Raoul lhe disse? — perguntou ela, empertigando-se toda.

— Ele me contou que encontrou com você em Conques no ano passado. — Lucien deu de ombros. — E me avisou que você não tinha papas na língua.

Raoul começou a rir.

— Luc, maldito... *Milady*, juro que nunca disse algo do gênero, eu...

Lucien interrompeu o amigo com um olhar quando houve uma comoção no salão. O trovador da condessa Marie havia acabado de chegar.

— Nosso trovador vai cantar para a condessa — anunciou o conde Henry, inclinando-se para a frente para chamar a atenção de Isobel.

— Estou muito honrada, obrigada — murmurou Isobel educadamente, voltando a atenção para o trovador.

— Que Deus nos ajude, é Bernez — lamentou Lucien, procurando a mão de Isobel debaixo da toalha.

Em seguida, passou a movimentar as mãos juntas para cima e para baixo da coxa dela em um carinho mais sensual do que reconfortante. Enquanto o trovador tocava o alaúde, Isobel pensou nas palavras "não ter papas na língua". Depois, o salão inteiro, incluindo Lucien, ficou em silêncio.

Capítulo 8

ENQUANTO BERNEZ TOCAVA, LUCIEN ESTUDOU o perfil delicado de Isobel.

Ela quer me ajudar. Deus do céu. Morwenna nunca tinha sugerido tal coisa, nem mesmo no início do casamento, quando se apossara do coração dele. Na verdade, Morwenna só se interessava em suas misturas e poções. Depois de um tempo, Lucien achou que ter escolhido Morwenna como noiva tinha sido mais uma questão de falta de sorte do que de mau julgamento. *Talvez Morwenna tivesse me escolhido porque assim teria mais espaço para executar seus experimentos.*

Lucien olhou para o palanque dos menestréis. Bernez tinha a voz clara e doce, tocava como um anjo. A melodia ecoava por todo o salão, mas certamente era uma ode a uma mulher. Lucien cerrou os dentes, preparando-se para suportar uma longa e impossível história de amor entre uma mulher casada e um dos jovens cavaleiros do marido.

Amores da corte... Quanta bobagem. Como se um jovem cavaleiro se contentasse com um caso de amor inocente! Histórias como aquela eram comuns na corte de Champagne. E a julgar pela atenção de Isobel ao trovador, ficou evidente que a condessa Marie não era a única a adorá-lo. Assim como a mãe, rainha Eleanor, a condessa Marie encorajava os trovadores. Eles estavam por toda parte do palácio.

As damas da condessa Marie se derretiam com as baladas, sonhando com uma história de amor com um dos cavaleiros do conde Henry, iguais às da canção. Analisando superficialmente, as músicas eram inofensivas, mas devia haver damas casadas usando o pretexto para flertar com um jovem e bonito cavaleiro para encobrir um caso real.

A condessa Marie era uma joia rara... Nunca se rebaixaria a esse nível.

Mas e Isobel? Lucien queria muito confiar nela, afinal teriam filhos e seria ótimo ter a certeza de que eram seus. A história do menestrel daquela noite era sobre um amor não correspondido. Lucien ouvia e apertava os lábios. *Será que um homem pode mesmo confiar em uma mulher?*

Pensando nisso, sentiu-se culpado. Ele tinha deixado de fazer amor com Morwenna quando percebera a verdadeira natureza dela, volátil e insegura, como a chama tremeluzente de uma vela.

Por algum tempo, havia se mantido casto, preso aos votos do casamento, mesmo que este fosse baseado em truques, mentiras, ganância e Deus sabe mais o quê. Depois de uns dois anos vivendo como um monge, passou a ser cínico e arrumou algumas amantes. Não muitas. Lucien tinha plena consciência de que os laços do casamento eram sagrados. Mas, sim, tivera amantes. Uma delas tinha sido uma mulher casada, mas que sabia ser discreta. Houve também uma ou duas moças que pertenciam ao circuito dos torneios. Ele teve e deu prazer, mas sempre se sentindo amaldiçoado pela culpa. Não aconteceria mais, pensou, enquanto acariciava a coxa de Isobel e inalava o perfume feminino.

Isobel é minha esposa.

Lucien sentiu o coração flutuar e franziu a testa, desconhecendo aquele sentimento difícil de se analisar. Ele estava feliz, bem diferente de seu estado de espírito normal. Fazia anos que não se sentia daquele jeito.

Nenhuma outra pessoa estava tão atenta a Bernez e seu alaúde como a condessa Marie. Enquanto Lucien perdia-se em pensamentos, os convidados começaram a conversar baixinho à mesa. Aqueles que permaneciam sentados mais longe discutiam o destino da rainha da Inglaterra.

O relacionamento entre o rei e a rainha havia deteriorado depois que a rainha Eleanor colocou os filhos contra o pai, encorajando-os a se revoltar contra ele. A rainha tinha ido visitar os filhos em Paris e desaparecera. Ninguém sabia de seu paradeiro, ou mesmo se estava viva ou morta. Aquele era o assunto do momento.

— Alguém soube da rainha Eleanor? — perguntou um cavaleiro, sentado ao lado esquerdo de Raoul.

Lucien achou o comportamento estranho. O rapaz falava em voz alta sem se importar que a anfitriã, condessa Marie, fosse filha da rainha. Nem mesmo a condessa havia visto a mãe em anos...

— Ouvi dizer que o rei Henry a prendeu — comentou um dos escudeiros.

— Onde estão as provas? O rei não é de falar muito — rebateu outro escudeiro.

— E você o culparia? Se ele admitir ter prendido a esposa, sua popularidade cairá.

— Pode ser, mas o filho Ricardo... — disse o cavaleiro sentado ao lado de Raoul.

A conversa continuou animada. Isobel olhou para Lucien com os olhos reluzindo de interesse. O véu deslizou pelos ombros, e ele sentiu um perfume adocicado envolvê-lo, algo que o remeteu a um jardim de rosas e, ao mesmo tempo, o fez se sentir tocado por uma atração tão forte que chegava a doer. *Isobel é a mulher mais desejável deste salão.*

— Milorde — chamou-o Isobel, olhando de soslaio para a condessa Marie —, não deve ser muito agradável para a condessa não saber onde está a mãe dela.

— Não se preocupe. A condessa Marie não vê a rainha desde que se casou com o rei Henry.

Quando Isobel inclinou a cabeça para o lado, sua tiara reluziu à luz das velas.

— Isso não significa que ela não esteja triste pelo desaparecimento da rainha. A política pode tê-las separado, mas elas não deixam de ser mãe e filha. Deve haver um vínculo muito forte entre elas.

— Deve mesmo?

— Está sendo cínico, milorde — disse ela, franzindo a testa. — Por acaso sabe o que aconteceu com a rainha Eleanor? Será que o rei a aprisionou mesmo?

Lucien precisava escolher as palavras com cuidado. Desde o desaparecimento da rainha na primavera, o mundo não falava de outra coisa. A rainha Eleanor era conhecida por seu temperamento difícil. Ela havia deixado as rédeas do poder da Aquitânia com muita relutância. Além disso, cometera o mais terrível dos pecados ao apoiar os filhos numa rebelião contra o marido.

— A história que conheço é a mesma de todo mundo — disse Lucien. — A rainha estava a caminho para se unir ao regente em Paris, quando desapareceu.

— Ela deve estar com o rei Henry — comentou Isobel, em voz baixa. — Quem mais se atreveria?

Lucien concordava com o ponto de vista de Isobel, ninguém teria coragem de manter a rainha presa.

— Você acha que ele a mataria? — perguntou Isobel, segurando-o firme pelo braço.

Lucien meneou a cabeça e continuou a falar com reservas.

— Deus, não! Como esposa, ela deve ter distraído o rei Henry, mas acho que ele não seria capaz de uma atitude extrema.

— Como era mesmo o nome daquele religioso que ele mandou matar?

— Becket — respondeu Lucien, franzindo o cenho. — Isobel, não é bom falar com tanta ousadia em público. O rei Henry tem amigos aqui. Além de tudo, tenho certeza de que a duquesa está em segurança onde quer que esteja.

— Duvido que alguém possa se sentir segura em uma prisão.

— Você acha? — Lucien assumiu uma postura séria.

Na verdade, ele também havia aprisionado Morwenna. Mesmo que tenha sido para o bem dela, isso não alterava o fato de que tinha prendido a esposa.

— Ele a está punindo. O marido tem direito de punir a esposa.

— Estamos falando da rainha! — exclamou Isobel, com os olhos faiscando de indignação. — Por direito, ela foi duquesa da Aquitânia.

— Dizem que ela é muito rebelde. — Lucien ergueu uma das sobrancelhas. — Não sou o único a achar que ela merecia ser confinada.

Isobel ficou paralisada, olhando para ele, incrédula.

— É essa sua opinião, milorde? Você manteria uma esposa teimosa presa?

Ao ouvir aquilo, Raoul virou-se para os dois e Lucien teve vontade de chutá-lo.

— Você nunca saberá a resposta para isso, não é, *minha pombinha*? Tenho certeza de que você não será tola a ponto de se rebelar.

Isobel manteve-se na mesma posição, sem dar sinais do que responderia. Lucien ficou curioso, mas uma criada se aproximou, trazendo outra travessa de tâmaras.

— Aceita, condessa?

— Obrigada — disse Isobel com um ar distante.

— Obrigado. — Lucien pegou um punhado de tâmaras.

Por sorte, a chegada dos doces amenizou o clima tenso. Quando Isobel voltou a se dirigir a ele, já não estava tão impetuosa, mas, sim, preocupada.

— Imagino como deve ser horrível para uma rainha ficar aprisionada depois de desfrutar de tantos privilégios. Como ela teria aguentado? E como o marido dela optou por esse comportamento?

— Revolta é um assunto sério. Pensando assim, alguém também poderia questionar por que ela, esposa do rei, se comportou daquele jeito? Ela precisava pelo menos de rédeas mais curtas.

— Rédeas curtas? — repetiu Isobel, brava. — Estamos falando de uma mulher e não de um cavalo.

Consciente de que a condessa de Champagne estava sentada não muito longe, Lucien manteve a voz baixa.

— Até que ponto não se pode chamar uma rebelião de traição?

Os lindos lábios cor de cereja de Isobel se contraíram numa linha. Lucien estava prestes a dizer algo como "se Eleanor tivesse respeitado o marido, ele não precisaria tê-la prendido".

Isobel estava reagindo de forma tão veemente a favor de uma mulher que nem sequer conhecia. Por quê? *Saberei a resposta esta noite e não à mesa no nosso casamento.* Sim, aquela era sua noite de núpcias, e a mulher mais adorável de Champagne lhe pertencia.

Aquela seria a última das noites em que não insistiria que prender uma mulher era uma punição leve para uma rainha acusada de traição.

Esta noite farei amor com minha esposa, sem culpas.

Não haverá raiva, apenas prazer.

Lucien tinha planejado a saída deles do salão nobre com antecedência. Não queria seguir com o costume, por isso pediu a *sir* Raoul, a seu administrador, *sir* Gawain, e a Joris para se posicionarem ao pé da escada. A ordem era muito simples. Eles teriam que impedir qualquer pessoa que estivesse na festa de continuar com a diversão importunando Isobel e Lucien na noite de núpcias.

Pouco depois das últimas notas da interminável música, Lucien meneou a cabeça para Raoul e saiu da mesa sem que ninguém os perturbasse. Quando a porta para as escadas se fechou atrás deles, já não se ouviu mais o burburinho da festa.

Conforme subiam pela escada em caracol, as sombras brincavam à volta de ambos, ocasionadas pela luz das velas dentro de candeeiros de parede por toda a extensão da escada.

Quando chegaram ao topo, Lucien abriu a porta para ela.

— *Mon Dieu.* Pensei que aquele homem gemeria a noite inteira.

— Gemer, milorde? Eu gostei da música.

Lucien evitou responder, pois ela poderia achá-lo cínico, e optou por conduzi-la ao solário em silêncio.

— Foi bonito, sim — disse ele. — Muita poesia, mas pouca realidade.

— Como assim?

— Os sentimentos que o trovador cantou são transitórios, não duram. Não se constroem impérios baseados em nada passageiro.

— Você não acredita em amor?

— Se o amor existe, não é um sentimento, mas uma decisão.

— Assim como um casamento arranjado?

— Isso mesmo.

— Você é muito... prático, Lucien.

A saia azul de Isobel deslizou pelo piso de madeira quando ela se aproximou do calor da lareira, e Lucien ficou com a desagradável sensação de que a tinha desapontado.

Depois do caos e do barulho do salão nobre, o silêncio no solário não parecia natural. Os pequenos sons pareciam retumbar, como o farfalhar das saias de Isobel ou a lenha crepitando. Na mesa lateral, havia dois cálices e uma jarra de vinho. O solário estava iluminado com algumas luminárias de vidro nos cantos. Da fresta da porta que levava ao quarto, via-se através das cortinas que havia velas acesas naquele cômodo também.

— Onde está sua criada?

Elise saiu de trás da cortina e, cabisbaixa, postou-se à sombra.

— Estou aqui, *mon seigneur.*

Lucien contraiu o cenho; estava começando a se irritar com o comportamento excessivamente tímido de Elise.

— Pode olhar para mim, eu não mordo.

Elise olhou-o de relance com os olhos arregalados.

— Sim, milorde. Posso lhe servir em alguma coisa?

— Não, obrigado, pode sair.

Depois de fazer uma vênia rápida, Elise saiu do solário.

— Qual é o problema dessa moça? Ela evita me fitar nos olhos.

— Ela é tímida e não está acostumada a ficar na presença de um lorde importante como você.

Lucien resmungou e afastou a criada do pensamento. O fato era que estava se sentindo inseguro, o que não era do seu feitio. Ele desejava Isobel, que homem não a desejaria... E finalmente estavam a sós. Ainda assim não estava à vontade e não sabia a razão. Talvez...

Sua memória o remeteu à outra noite de núpcias que não tinha sido nada feliz. Fora um desastre, na realidade. Lucien era jovem, inexperiente e muito apaixonado. Tinha ficado impressionado quando Morwenna revelara sua verdadeira personalidade. Ela começou dizendo que não estava grávida e que tinham se casado sem motivo. Depois o acusou de não estar em seu juízo perfeito quando acreditara nela. E quando o rapaz tolo protestou, dizendo que não se importava, pois a amava de qualquer jeito, Morwenna teve um ataque de riso e...

— Lucien?

Ele voltou ao presente, com o riso de Morwenna ainda ecoando em seus ouvidos. A noite de núpcias com Morwenna fora a primeira de anos de infelicidade. No entanto, não era a primeira esposa dele que estava ali, tocando-lhe a mão com carinho.

— Por favor, sirva-se de um pouco de vinho — murmurou Isobel. O cabelo refletia o brilho do fogo na lareira. — Devo me retirar, mas não me demoro.

Não me demoro. Sensível e direta Isobel. Desejável Isobel.

Sem culpa. Hoje não haverá culpa.

Isobel sorriu e desapareceu atrás das cortinas. Por um momento, Lucien viu que o véu dela se mexia, indicando que ela estava tremendo.

Será que vi direito? O coração dele deu um salto. *Será que ela tem medo de mim?*

Preocupado, ele a seguiu.

Isobel tinha tirado a tiara de prata e colocado no porta-joias quando a sombra de Lucien a cobriu.

— Já que dispensei sua criada, devo oferecer meus préstimos — ofereceu ele, tomando-lhe a mão e beijando-a de leve.

— Obrigada — aceitou Isobel com o coração em descompasso, certa de que Lucien havia notado seu tremor. — Não vejo por que recusar... Estou nervosa, milorde.

— Lucien — lembrou-lhe ele. — Não há razão para se preocupar. — Sorrindo, tirou os alfinetes do véu dela. — Pode ficar à vontade.

Depois de dobrar o véu e colocá-lo sobre a mesa, ele segurou o queixo de Isobel e pousou um beijo rápido sobre os lábios dela.

— Viu? Já tivemos essa experiência — murmurou.

Com um sorriso tímido e ainda hesitante, Isobel colocou as mãos sobre os ombros de Lucien, tomando a iniciativa de beijá-lo de novo.

— É verdade, já fizemos isso — concordou sem afastar a boca, deliciando-se com o sabor de vinho, canela e mel da língua dele.

Graças aos deuses que tomei aquelas ervas...

— Mas isto eu ainda não tinha feito.

Sem pressa, Lucien soltou o corpete de Isobel e deixou-o escorregar até o chão.

Ela segurou a respiração quando a mão grande de Lucien segurou-lhe o seio, acariciando-o por cima do tecido do vestido.

— Isto também é novidade, mas eu já sonhava em poder acariciá-la.

— Verdade?

Isobel se afastou e o encarou nos olhos, notando que estavam mais escuros por causa das pupilas dilatadas. O semblante dele era calmo e o sorriso sincero era um bom prenúncio de que seria gentil como toda noiva desejava.

Gentil? Ao curvar os dedos sobre a túnica dele, Isobel se lembrou do dia em que Anna tinha voltado correndo para o convento Santa Fé depois da noite de núpcias. Jamais esqueceria a expressão de desespero e as lágrimas da amiga ao contar o que acontecera no leito nupcial.

— Ainda teremos novas experiências...

— É verdade.

— Então, venha... — chamou-o ela, puxando-o pela mão até a cama. — É melhor começarmos logo com isso. Seja rápido, por favor.

Lucien se assustou com a atitude inesperada.

— Pensei em ir devagar para não assustá-la.

— Você é meu marido. Peço apenas que faça de uma vez, que seja tudo muito rápido.

— Isobel, você pode sentir dor...

— Já me disseram isso, mais uma razão para você ser ligeiro. Ficarei feliz quando descobrir que não foi tão ruim quanto eu imaginava. Novidades me deixam nervosa, especialmente isso. Rápido, Lucien.

— Você já se convenceu de que será ruim. — Ele passou a mão pelo cabelo. — Assim você me desanima.

Sem dar atenção a ele, Isobel puxou a coberta e estendeu a mão.

— Desculpe-me, Lucien, sei que tenho muito que aprender. Mas eu — ela mordiscou o lábio — estou *muito* nervosa.

Estreitando a distância que os separava, Lucien segurou o rosto delicado de Isobel com as duas mãos. Os olhos dele estavam tão azuis quanto o céu de verão.

— Minha condessa — murmurou. — Minha doce e inocente condessa. Talvez você se sinta melhor se eu tirar suas dúvidas. Saiba que é possível que uma mulher tenha prazer em deitar-se com um homem.

Isobel o encarou, incrédula. Tinha gostado dos beijos, não tinha dúvida, mas fazer amor? Não. Nunca havia pensado nessa possibilidade. Ninguém nunca tinha falado em prazer, nem mesmo as freiras em Conques, sua mãe ou Anna. Além do mais, sua mãe havia morrido ao dar à luz, o que provava que não só o ato de amor era terrível, como também as consequências...

Balançando a cabeça, ela afastou da mente o sachê de ervas dentro do porta-joias.

— Os homens têm prazer, as mulheres apenas se entregam.

O acolchoado afundou quando Lucien se sentou ao lado dela.

— Estou dizendo a verdade, Isobel. As mulheres também gostam de fazer amor. Você não gostou de me beijar?

— S... Sim.

Isobel estava visivelmente apavorada. Lucien percebeu que ela queria acreditar nele, por mais que tentasse não pensar nas besteiras que devia ter ouvido das freiras.

— Algumas mulheres amam — acrescentou ele.

— Você deve estar se referindo às mulheres apaixonadas. Sua amante gosta?

Lucien suspirou e ergueu as mãos deles para que ela visse os dedos entrelaçados.

— Não tenho amante.

— Não? — perguntou ela, erguendo as sobrancelhas.

— Isobel, no passado, fui mais um pecador do que um santo. Tive amantes, mas não tenho mais.

Apesar de ela ter relaxado um pouco, não acreditou no que ouvira.

— E elas gostavam?

— Pelo menos foi o que me disseram.

— São mulheres apaixonadas, as outras apenas se submetem.

— Você está falando como uma freira que não sabe da realidade. Isobel, saiba que o prazer não é restrito às mulheres apaixonadas. Toda mulher é capaz de ter prazer.

— Mas, Lucien, as freiras disseram...

— As freiras falaram por experiência própria?

— Eu... não acho que tenha sido. Mas minha amiga Anna... Ela se casou há pouco tempo e me contou... — Isobel hesitou, balançando a cabeça. — Deve ser horrível.

— O marido dela a machucou?

— Muito. Ela detestou e...

— Anna e o marido se conheciam antes de se deitarem juntos?

— Não muito bem, o noivado foi rápido. Acho que ela não o viu mais do que nós dois... — Isobel corou.

— Não tenha medo de mim. Você pode me pedir para parar, e eu obedecerei.

— Jura?

— Sim, juro.

Lucien sorriu e soltou a mão dela para desprender o cabelo longo que caía sobre a pele branca do colo de Isobel. Com a ponta dos dedos, acariciou-lhe a cabeça e o rosto, descendo para o pescoço até chegar aos seios...

O gesto não podia ter sido mais delicado, mas, mesmo assim, os mamilos de Isobel enrijeceram. Ela estava muito nervosa. Uma virgem. Mas Lucien sabia que ela também o desejava. Aos poucos Isobel foi relaxando e ele aumentou a pressão das carícias sobre os seios.

— Gosta disso?

— Hum...

Com o sangue correndo mais rápido nas veias, ela o segurou pela túnica e o puxou mais para perto.

Enquanto Isobel estava cheia de temores, o desejo consumia Lucien. Ainda mais depois do leve murmúrio e do brilho dos olhos dela.

— Isobel, gostaria que confessasse... Você não tem medo de mim.

— Não, Lucien. Temo pelo ato e...

— E?

— As consequências.

— Confie em mim, vamos devagar.

Ela meneou a cabeça, e uma mecha de cabelo caiu sobre seu rosto.

— Está bem, mas só vou saber depois de terminar. Por isso, vamos depressa.

As mãos miúdas de Isobel apressaram-se em tirar o cinto dele e jogá-lo para o lado. Depois ela deslizou a mão por baixo da túnica e, quando tocou a pele quente, Lucien quase foi à loucura. Não havia mentido. Enquanto estivera casado com Morwenna, teve amantes, mas o desejo que sentira não chegava perto do que estava experimentando naquele momento.

— Minha menina preciosa — murmurou ele.

De repente, a menina preciosa fez algo inesperado, levantou as saias até o quadril. Lucien ficou boquiaberto com a ousadia, mas não deixou de admirar aquele corpo esguio de pele alva, cujo perfume o embriagou no mesmo instante. A luz tremeluzente da vela a iluminava, sombreando algumas reentrâncias que guardavam a promessa de um imenso deleite compartilhado. Às cegas e já enrijecido, ele tentou livrá-la do vestido, tirando-o pela cabeça.

— Não temos tempo — murmurou ela, beijando-o e deitando-se. — Rápido, Lucien, rápido.

Ele já estava plenamente dominado pelo desejo, como se estivesse em outra esfera, onde não se preocupava com nada além de possuí-la. Se Isobel queria rapidez, assim seria. Com toda a pressa possível, ele tirou os sapatos, desamarrou as calças e exibiu-se para ela. Mais ousada do que o esperado, Isobel segurou a ereção com as duas mãos e Lucien quase desfaleceu de tanto prazer. Sua menina preciosa estava tão ansiosa quanto ele.

Com um resquício de lucidez, num momento de tamanha loucura, Lucien não se esqueceu de provar que as mulheres podiam sentir o mesmo efeito devastador que os homens. Assim, escorregou a mão pelo ventre dela até permear os dedos entre as coxas bem torneadas e provocar o centro da feminilidade de Isobel. Quanto mais a explorava e mexia com dedos hábeis, mais úmida ela ficava, provando que definitivamente o desejava e estava pronta para recebê-lo. Aliviado, Lucien suspirou e a penetrou rápido.

Isobel estava com as saias amarfanhadas ao redor da cintura e franziu a testa quando o sentiu dentro de seu corpo, mas sem desviar o olhar do rosto de Lucien.

— Dói? — indagou ele, controlando a urgência em continuar movimentando-se.

Ela levantou um pouco a cabeça e, quando voltou a pousá-la sobre o travesseiro, mechas de cabelo dourado se espalharam, emoldurando-lhe o rosto.

— É meio... estranho.

Com cuidado, Lucien encontrou um ritmo não muito alucinado, como era sua vontade.

— Oh, isso é... — Ela fechou os olhos e riu, surpreendendo-o. — Diferente.

— Hum...

Isobel o segurou pelos ombros e virou a cabeça para beijá-lo no braço, num gesto quase insignificante, mas que se provou poderoso ao atingi-lo direto no coração.

— Isobel...

Ela o beijou mais algumas vezes e voltou a encará-lo com aqueles lindos olhos verdes. Estava linda sobre o leito nupcial. O rosto corado ressaltava o cabelo loiro que refletia a luz da lareira, iluminando o quarto... Não... *Ela* era a dona daquela luz única.

— Lucien...

Isobel já estava mexendo os quadris, seguindo o ritmo de Lucien, proporcionando-lhe uma sensação tão boa que logo ela alançaria seu prazer... Mas ele não suportaria por muito tempo.

— Oh... — gemeu ela, anunciando que também estava a caminho do prazer extremo. — Isso é...

— Diferente?

— Hum — gemeu ela, e o mordeu levemente no braço. — Se quiser... Pode ir mais devagar.

Mas àquela altura ele já não respondia por si, ainda mais ao notar que ela também estava ofegante a cada toque, além de pontilhar seu braço com beijos e mordidelas.

De repente aconteceu... Ela tensionou o corpo e arregalou os olhos, antes de suspirar. Ao beijá-la, o mundo de Lucien se convulsionou de puro prazer.

Diferente de fato.

No silêncio que se seguiu, os dois foram se acalmando.

— Isso foi... — disse ela, embrenhando os dedos pelo cabelo dele.

— Melhor do que o esperado?

Quando ambos sorriram, Lucien sentiu-se feliz. *Feliz.* Quem poderia imaginar...

— Muito melhor. — Ela continuava a brincar com o cabelo negro. — Na próxima vez que estiver interessado em repetir, Lucien, acho que podemos ir com mais calma.

— Ah, você acha...?

A felicidade era um sentimento forte e desconcertante, pouco familiar para ele. Confuso, na verdade. Lucien imaginou que a sensação podia não ter nada a ver com Isobel, pelo menos não enquanto não fossem mais íntimos. Era muito cedo para se afeiçoar a ela. Sentia-se contente porque... porque... aquela tinha sido a primeira vez que se deitara com uma mulher desde a morte de Morwenna. Era também a primeira vez desde o seu primeiro casamento que apreciava uma mulher sem que a culpa lhe pesasse nas costas.

— Hum...

Lucien abraçou com força aquele corpo suave que se amoldava perfeitamente ao dele.

Não sentir culpa tinha um efeito tão forte quanto qualquer poção de amor. Isobel já se sentia de volta à vida, embora fosse melhor se controlar. Tinha sido convocado pelo juiz para o torneio do dia seguinte e, por isso, precisava descansar.

Que inferno, afinal, aquela era sua noite de núpcias...

— Isobel? — chamou-a, beijando-lhe o pescoço e inalando o perfume.

Isobel.

— Hum?

— Se quiser, podemos tentar mais devagar.

— Agora?

— Sim, agora.

Capítulo 9

Isobel acordou na escuridão. As velas tinham se apagado e havia movimento do outro lado da cortina.

— Lucien? — chamou ela, espreguiçando-se.

O barulho das cortinas se abrindo anunciou a chegada de Elise, trazendo uma vela.

— Sou eu. *Milady* tinha pedido para ser acordada cedo por causa do torneio. O conde Lucien já saiu.

O Torneio All Hallows! Isobel sentou-se na cama de prontidão. Como podia ter esquecido?

Elise acendeu mais algumas velas, atravessou a cortina e voltou com uma bacia e um jarro de água, que colocou em cima da mesa.

— *Milady* ainda tem intenções de ir?

— Sim — respondeu Isobel, sentindo-se culpada.

Deveria estar feliz e aliviada. Lucien dissera que mulheres também sentiam prazer em fazer amor e ele havia provado estar com a razão. Isobel vivenciara sensações que nem em sonho imaginava possíveis. Por que ninguém tinha dito que perder a virgindade não era necessariamente dolorido? Por que ninguém mencionara que deitar-se com um homem podia impressioná-la pela beleza do ato?

A noite havia sido maravilhosa, superando todas as suas expectativas, o que a fazia sentir-se ainda mais culpada por desobedecer ao marido. Seria mais fácil se pensasse que o mesmo homem que a deixara lânguida e saciada era o mesmo que a deixara num convento por nove longos anos. Uma noite de felicidade não deveria ser suficiente para apagar a mágoa. Ainda assim...

Não quero brigar com ele para sempre. Suspirando, pensou que tampouco queria um marido que ignorasse suas vontades. *Ele certamente não morreria se me deixasse assistir ao torneio de hoje.*

— Está tudo bem, *milady*? Precisa de ajuda?

— Ajuda?

— O conde a feriu?

Isobel voltou a cabeça para trás. Aquela pergunta beirava a insolência, visto que Elise não era uma criada de confiança.

— Milorde não me machucou — respondeu, colocando o xale sobre os ombros.

— Nem um pouco? — perguntou Elise num tom áspero. — A *milady* está bem?

Mas o que estava havendo com Elise? Parecia que ela se desapontara com a resposta.

— Estou sim, obrigada.

Elise resmungou algo incompreensível.

— Elise, o que há de errado?

— A *milady* deitou-se com ele.

— Está sendo impertinente, Elise. Lucien é meu marido! — exclamou Isobel, indignada.

Mas a criada não lhe deu ouvidos e continuou:

— Pensei que a *milady* fosse recusá-lo, pois achei que estivesse brava por ter esperado por tantos anos e temesse engravidar. Seus medos desapareceram?

Isobel segurou as pontas do xale e o apertou ao redor dos ombros, intrigada com o tom de voz de Elise. Onde estaria aquela menina tímida que ficara feliz em conhecer na abadia?

— Qual é o problema? Você sabe que Lucien e eu estamos casados. Você sabe que uma esposa não pode recusar o marido. Foi por isso que fomos até o boticário.

— Ele a forçou? — perguntou Elise, parada ao lado da cama.

— Ora, claro que não! — respondeu Isobel, corando.

— A *milady* tem que tomar as ervas todos os dias — lembrou Elise, ainda preocupada.

— Eu sei. — Isobel se descobriu e saiu da cama, arrependida.

Como pudera se esquecer? Estava enganando-o deliberadamente ao tomar as ervas, já que sabia que Lucien queria herdeiros. Mas não era ele que entraria em trabalho de parto. Talvez não ficasse muito animado com herdeiros se tivesse ajudado uma mulher no período de convalescença e muito menos se tivesse visto a mãe dela morrer.

Lucien já tinha lhe tirado da cabeça uma das grandes preocupações sobre o casamento, mas seria difícil livrá-la do medo de ter filhos.

Logo depois do amanhecer, quando a neblina ainda cobria os vinhedos nos arredores, Lucien Vernon cavalgou até o Campo dos Pássaros. Ele estava completamente armado. A cota de malha pesava por baixo da túnica e do manto, e o formoso cavalo negro estava paramentado para a ocasião de gala, com uma capa de seda azul que balançava elegantemente a cada passo. Lucien o conduziu para a posição inicial, próximo a um agrupamento de pavilhões na extremidade da área do torneio. Os pavilhões pertenciam a ele e, para deixar isso claro, eram azuis, assim como a túnica de Lucien e a capa de Demon.

Lucien só iria para o campo onde se realizaria o torneio mais tarde, mas a ansiedade fazia seu sangue correr mais rápido. Mas, dessa vez, a sensação não era a mesma que costumava ter antes de um torneio. Não conseguia deixar de pensar em Isobel, sua nova esposa. Podia visualizá-la ainda deitada na cama do palácio com as faces rosadas e o cabelo espalhado pelo travesseiro como uma seda dourada...

Piscou os olhos impaciente e afastou a imagem dela da mente. *Foco, Luc, foco.* Um campo de torneio não era lugar para distração.

Lucien havia dedicado muita energia para se tornar um cavaleiro de sucesso, adquirindo experiência ao longo dos anos para transformar-se em um campeão. Não podia perder o foco de jeito nenhum.

O condado inteiro de Champagne estava fascinado por sua volta a Ravenshold e pelo casamento com Isobel.

Apesar de Lucien não ser o patrono oficial daquele torneio, cujo privilégio era de lorde Glanville, nos últimos dias, uma dezena de cavaleiros bateram nos portões de Ravenshold implorando para entrar na equipe dos Azuis. A volta de Lucien e o casamento deixaram a impressão de que ele assumira as funções do pai e que os torneios no Campo dos Pássaros voltariam a ser promovidos pelo conde d'Aveyron.

Depois do primeiro e desastroso casamento, Lucien ficou aliviado quando lorde Glanville assumira as responsabilidades de promover os torneios. Lucien visitava Ravenshold raramente e por isso não podia ser o responsável, razão pela qual nunca apresentara um grupo de cavaleiros para participar dos torneios no Campo dos Pássaros.

Naquela manhã, no entanto, parecia que os velhos tempos haviam voltado. Os cavaleiros estavam hospedados em Ravenshold, como na época do pai de Lucien, alimentando-se e saciando a sede. Depois de tanto tempo lutando por conta própria, Lucien se surpreendeu e se comoveu com o apoio recebido. Pensou até em voltar a promover os torneios no ano seguinte. Para tanto, conversaria com o conde Henry para chegarem a um acordo. Era viável que o conde Henry promovesse torneios mais leves em Troyes, enquanto Lucien abrigaria os eventos mais competitivos em Ravenshold. Sob o ponto de vista dos cavaleiros, quanto mais cruéis fossem os combates, melhor. Não apenas porque se adquiria mais prática lutando em torneios mais difíceis. Lucien bem sabia que os guerreiros mais preparados e bem-sucedidos recebiam fortunas, pois os cavaleiros derrotados pagavam uma fiança para os vencedores.

Lucien já era bastante rico para lutar pelo prêmio em dinheiro. Participava dos torneios para tirar Morwenna do coração e também se esquecer da desavença que o casamento havia causado entre ele e o pai. Mas de nada adiantara. Por mais honras que tivesse conquistado e prêmios que tivesse ganhado, nada o livrava da culpa. O casamento com Morwenna tinha matado seu pai.

Foco, Luc, foco.

Lucien não queria enfrentar mortes naquele dia, ninguém queria. Aquele torneio era um exercício militar e não um massacre. Por essa razão, ele colocou o elmo e montou em seu cavalo antes mesmo que o estandarte azul fosse içado em seu pavilhão. Mesmo não sendo o patrono oficial daquele torneio em particular, faria o possível para que não houvesse mortes.

— A terra está macia — disse ele para *sir* Raoul de Courtney, contraindo o rosto.

Em razão da formação repentina dos Azuis, Raoul tinha sido nomeado o segundo em comando. Assim como Lucien, Raoul também estava paramentado sobre o cavalo, mas levava o elmo preso na sela. Os dois pretendiam ficar por perto, caso os ânimos se rebelassem durante os primeiros torneios dos cavaleiros menos experientes.

Demon, o alazão de Lucien, começou a virar e balançar a cabeça. Lucien inclinou-se para a frente e passou a mão no pescoço do animal.

— Calma, menino.

Demon mastigava a rédea e bufava como um dragão. O alazão tinha participado de todos os torneios com Lucien, mas seu comportamento inquieto naquela manhã assustava os cavaleiros mais novos e os cavalariços que corriam de um lado para outro gritando ordens.

Os últimos reparos estavam sendo feitos nas rédeas dos cavalos, elmos de reserva eram providenciados, mas a correria não cessava. Do outro lado da liça, os adversários, os Vermelhos, ocupavam-se também com os últimos preparativos.

— Você acha que o solo está macio demais? — indagou Raoul, olhando para a terra.

— Não é surpresa por causa da estação do ano. Acredito que está à altura das exigências do torneio. Os cavaleiros menos experientes devem ser avisados. Vou testar para verificar o estado. — Lucien olhou para o juiz do torneio esperando um sinal para entrar na liça.

— Ainda bem que estamos do mesmo lado — disse Lucien, sorrindo. — Não gostaria de derrubá-lo do cavalo de novo.

Raoul inclinou a cabeça para trás, rindo. Os dois eram muito amigos, mas Lucien sabia que a memória do último torneio ainda o irritava.

— *Mon Dieu*, não seja repetitivo, Lucien. Você não me derrubou do cavalo, meu pé escapou do estribo.

— Continue dizendo isso, meu amigo, quem sabe com o tempo você acredite que tenha sido esse o motivo — retorquiu Lucien, meneando a cabeça.

A umidade da neblina se acumulou nos buracos do terreno como fios de feno. Os escudeiros continuavam a correr de um lado para outro, pálidos de medo. As pessoas que vinham de Troyes faziam fila na estrada, e as arquibancadas começavam a se encher. Os carpinteiros batiam os martelos sem parar numa sinfonia ensurdecedora, procurando terminar logo os últimos bancos. Cães também corriam entre as pessoas, latindo. O ar cheirava a pão fresco e carne assada. Os mercadores gritavam oferecendo seus produtos: tortas, massas, frascos de vinho...

Mas nem tudo era festa. E nem poderia ser. Os oficiais da cavalaria precisavam testar as lanças de verdade. Precisavam participar de lutas onde as lanças tinham pontas de aço afiadas... Em torneios como aquele, a competição era mais séria do que um teatrinho para encantar as damas. Havia regras a serem seguidas, principalmente nesses torneios fora da cidade. Ainda assim, a verdade brutal era que os cavaleiros mais jovens iriam participar e qualquer coisa podia acontecer. Os ânimos podiam se alterar e talvez houvesse derramamento de sangue, incluindo até uma ou duas mortes.

Por trás do elmo, Lucien estava tenso. Ele não era o patrono oficial, mas, devido às conexões de sua família com o lugar, assumiria o dever de evitar muita violência. Como tinha desistido de participar desde o casamento com Morwenna, surpreendeu-se com o forte sentimento que lhe dominava o peito. *Ninguém deve morrer aqui hoje.*

Havia proibido Isobel de ir porque não podia se dar ao luxo de uma distração. E só Deus sabia como ela era capaz de distraí-lo, mesmo não estando presente.

As pessoas se aglomeravam contra as barreiras de corda ao longo da liça, a maioria delas mercadores e moradores do vilarejo. No meio da multidão, um véu balançava ao vento, uma criança riu e as pessoas abriram caminho para duas moças que queriam ficar na frente. As duas se destacavam pelas suas roupas diferenciadas. As pessoas as tratavam com deferência, como se soubessem que não eram moças comuns. Lucien apertou os olhos por trás da viseira de seu elmo e sentiu o sangue gelar.

Isobel! Elise. O susto foi tão grande que ele não ficou com raiva, porém, sabia que não tardaria a se enfurecer. *Isobel me desobedeceu.* Ele segurou firme as rédeas de Demon, alerta ao sinal do juiz. Mas não perdia a esposa de vista, sentindo um forte aperto no coração. *Quanta ousadia!*

Isobel e a criada estavam ali no meio dos camponeses e mercadores. O cabelo de Isobel aparecia por baixo do véu, o que a deixava ainda mais linda. Ela vestia uma capa verde-escura com forro de pele. Mesmo de longe, Lucien viu que, por baixo da capa, usava um vestido verde-água que ressaltava as curvas de seu corpo. O corpo de Isobel... Oh, céus, ela não deveria andar por aí com aquele vestido. Era compreensível, pois ela havia esperado sair do convento para usar aquela peça, que realçava a cintura fina. Lucien concluiu que, com aquele traje, ela era um convite ao pecado.

Isobel é minha esposa! Não há escudeiros para protegê-la? Àquela altura, ele já não conseguia mais desviar os olhos. Isobel devia saber que não podia se expor daquele jeito. As pessoas tinham consciência de quem ela era. Certamente estariam se perguntando por que a nova condessa não estava na tribuna da família. Mas ali estava ela, com aquele olhar determinado, que Lucien já conhecia, totalmente indiferente à impressão que poderia causar.

Ela parece o brinquedinho de um príncipe. Lucien blasfemou baixinho. Não podia fazer nada para ajudá-la, porque no momento, estava cumprindo sua obrigação.

Do outro lado da liça, o juiz falava com um dos cavaleiros do grupo Vermelho e ainda não tinha dado a ordem de fazer o teste naquele solo. A raiva que remoía em Lucien deu lugar à ansiedade.

O vestido e o corpo de Isobel podiam incitar ao pecado, porém, no mais, ela era pura inocência. Estava apoiada nas cordas com a mesma expressão honesta de sempre, olhando para a multidão. Lucien mexeu a cabeça para conseguir vê-la através da viseira de seu elmo. Era evidente que ela procurava alguém.

— Ela está procurando o ladrão do relicário — murmurou. — Meu Deus, como é teimosa!

Teimosa, desobediente, linda e vulnerável demais.

— Você disse alguma coisa? — perguntou Raoul.

Lucien apontou para as cordas do outro lado da liça, onde estava Isobel. Elise estava pálida, provavelmente por ter consciência do perigo que corriam. Se bem que ela parecia estar sempre assustada.

— Olhe ali. Está vendo?

O riso de Raoul ecoou dentro do elmo.

— Não sabia que *lady* Isobel planejava vir.

Lucien blasfemou. A expressão *cordeiros à matança* lhe veio à mente. Aqueles torneios fora da cidade não eram lugar para mulheres de berço. Elas deveriam ter trazido um escudeiro. Onde estavam os homens do pai dela?

Cada vez mais preocupado, Lucien pensou se Isobel estaria com uma bolsa, além daquela capa digna de uma rainha, o que atrairia a atenção de todos os ladrões presentes.

E ainda assim ela pensava em caçar um ladrão...

Do outro lado da liça, Elise se virou para Isobel, e Lucien a viu mexer os lábios.

— *Milady*, devemos ir embora — aconselhou Elise pela décima vez.

— Não consigo encontrá-lo. Será que ele mudou de ideia e não virá?

— Ladrões não são confiáveis, *milady*.

Isobel olhou para Elise em desespero.

— Sei que ele está aqui, só preciso encontrá-lo. Dei ao garoto do Black Boar um punhado de moedas de prata e ele jurou que o ladrão estaria aqui. Acho que ele trairia a mãe por menos que isso. — Isobel suspirou. — Talvez tenhamos mais sorte se formos para o outro lado da liça. O ladrão deve estar desesperado para se livrar da relíquia, e qual é o melhor lugar para encontrar um comprador? Metade da nobreza de Champagne está aqui. Vamos procurar perto dos pavilhões.

Elise segurou o braço de Isobel como se pudesse prendê-la no lugar.

— Não é seguro. *Milady*, desobedecer ao conde Lucien já não foi muito bom, mas perseguir um ladrão... Sei que *milady* estava entediada e ansiosa no mosteiro, mas... ir até lá é loucura. — Ela fez uma pausa, com a preocupação evidente no rosto. — Devemos voltar ao palácio. Se o conde Lucien a vir...

— O conde Lucien não tem poder sobre meus movimentos — teimou Isobel.

— Ah, não? Ele pode bater...

— Bater em mim? — Isobel olhou incrédula para Elise. — Como você pode pensar uma coisa dessas?

— *Milady* não o conhece bem — disse Elise de um jeito estranho. — O conde Lucien é um guerreiro, treinado para conseguir o que quer com a força de uma arma. Agora que estão casados, ele tem todo o direito de puni-la. Muitos homens batem nas esposas.

— Isso é bobagem. Tenho certeza de que o conde não me machucaria.

— Será mesmo?

— Tenho sim — respondeu Isobel, irritada. Em seguida, puxou a mão da criada e as duas se infiltraram na multidão. Havia muita gente bloqueando sua visão, mas ela estava determinada a dar a volta e ir até os pavilhões vermelhos. — Você viu o lorde?

— Ainda não.

Como o símbolo de Lucien era um corvo preto em um campo azul, Isobel presumiu que os pavilhões azuis seriam dele. Olhou para o grupo de cavaleiros com as cores de Lucien. Como o vento soprava na direção contrária, o corvo do estandarte de Lucien estava escondido pelas dobraduras da flâmula. Mesmo assim, ela o localizou no meio do campo, perto de *sir* Raoul.

— Ali está ele. — apontou Isobel.

— Olhe para o outro lado, *milady*. Assim ele nos verá!

— Elise, por favor, acalme-se. Ficamos perto das cordas por apenas alguns minutos, ninguém nos viu. — Isobel amenizou o tom de voz. — Pense como as freiras ficarão felizes quando recuperarem o relicário.

— As orações da irmã Úrsula o trarão de volta.

Isobel estalou a língua num gesto de impaciência.

— As orações têm sua valia, Elise, mas precisamos agir para recuperar a relíquia. — Isobel sorriu. — Passei a maior parte da vida na companhia de freiras. Elas são bondosas, mas passam demais com os anjos. Preciso de mais meia hora e, se não encontrarmos nosso homem, prometo que voltaremos ao castelo.

— Isobel está indo para o meio da multidão. Que mulher impossível! Eu disse que estaria ocupado hoje para dar atenção a ela. Tudo leva a crer que é tão indomável quanto Morwenna. — Lucien olhou pela abertura da viseira do elmo.

— Mas ela é adorável, não acha? — indagou Raoul, ajeitando o elmo e apertando a fita de couro no queixo, falando mais alguma coisa que Lucien não compreendeu.

Mesmo do outro lado da liça, Lucien viu o instante em que Isobel segurou-se na criada com força. Ao olhar na mesma direção... *Santo Deus, ela o encontrou!* Ou talvez tivesse sido o ladrão que a encontrara.

Parecia que o bandido havia dormido ao relento nas últimas noites, pois estava com a barba por fazer, o cabelo oleoso preso num rabo comprido como o de um rato, e usava roupas que pareciam ter saído do lixo. O homem inteiro estava deplorável. E tinha visto Isobel.

Pela reação dele, ficou claro que a tinha reconhecido mesmo. Ele baixou o capuz e começou a abrir caminho entre as pessoas para chegar até sua esposa. Lucien contraiu o cenho ao perceber o brilho de uma lâmina e ficou paralisado.

Ele sabe que Isobel pode pô-lo na cadeia.

Elise gritou.

Isobel! Lucien se esqueceu do dever, esporeou Demon e saiu naquela direção como um raio. As pessoas corriam para os lados para deixá-lo passar.

— Uma adaga! Cuidado! — gritou alguém.

Percebendo a proximidade do ladrão, as duas saíram correndo, mas Isobel tropeçou e caiu.

— *Milady!* — gritou Elise.

Lucien sentiu o coração na boca. Ainda faltavam quatro metros para alcançá-la... Três... Demon pulou a corda e Lucien puxou as rédeas, formando uma nuvem de poeira. O ladrão se esgueirou pela multidão feito uma serpente.

Isobel estava caída numa poça de lama, com a barra do vestido dobrada no meio da perna. O véu dela tinha voado longe e seu rosto e o corpete estavam cheios da lama que Demon havia espalhado ao frear bruscamente.

Lucien tirou o elmo e ela o encarou com enormes olhos verdes, branca como a neve.

— Lucien?

— *Milady*, você está bem? — perguntou Elise, tentando ajudar Isobel.

Isobel e Lucien se entreolharam. Os seios dela subiam e desciam com a respiração ofegante, e o rosto corou no mesmo instante.

— Você se machucou? — perguntou Lucien, que, sem pensar duas vezes, pulou do cavalo e ajoelhou-se ao lado dela com o coração batendo em total descompasso, ciente de que estava tão tenso como no meio de uma luta.

— Eu... — Ela parecia ofendida e puxou as saias para baixo. — Ele tinha uma adaga!

Lucien respirou aliviado. Se Isobel estava bem o suficiente para reagir, então não estava ferida. Mas a vontade que tinha era de sacudi-la pelos ombros, pois, desobedecendo às suas ordens, ela havia se colocado em perigo.

— Eu vi. Se você tivesse esperado um pouco, eu a teria ajudado a recuperar o relicário.

— Mas eu tinha que vir — disse ela, procurando o ladrão entre a multidão. — Soube que o ladrão estaria aqui e...

— Você se colocou em perigo. Creio que lhe avisei que hoje eu não poderia ajudá-la.

— Você está ocupado, eu entendo.

Isobel estava aflita demais, e a relíquia nem pertencia a ela. O que mais teria em mente? Ou seria apenas um capricho de uma menina mimada, contrariada por receber ordens de não ir ao torneio?

Lucien cerrou os dentes. Para que o casamento desse certo, Isobel precisava aprender quem era o mestre. Pelo menos assim ela não se machucaria. Mesmo decidido, seu coração dizia que talvez nada tivesse acontecido se tivesse explicado melhor por que não poderia ajudá-la.

— Tive que abandonar meu posto por causa da sua insensatez.

Isobel o fitou e não disse nada.

— Isobel, vou ajudá-la a recuperar o relicário, mas *não hoje*. Estou muito ocupado.

— Entendo, o torneio...

— Acabei assumindo a posição de patrono de um time, sem planejar. — Virando-se para trás, ele mostrou o pavilhão azul. — Vários cavaleiros estão hospedados em Ravenshold.

Isobel meneou a cabeça e passou a mão no vestido para tirar a lama.

— Com licença... — Lucien tirou um pouquinho de lama do rosto dela.

Com o coração ainda batendo forte, ele percebeu muito a contragosto que não deixaria que ninguém tocasse num fio de cabelo de Isobel. A sensação de querer protegê-la a todo custo o deixou desconfortável.

— Tem certeza de que ele não a tocou? — perguntou, ajudando-a a se levantar.

— Obrigada, milorde, mas não me machuquei. Aliás, eu gostaria de...

Lucien levantou a mão para que ela não dissesse nada. Apesar de ser uma mulher decidida, naquele momento ela se assemelhava mais a uma rosa delicada.

— Só tenho um minuto. Já que está aqui, venha ficar no meu pavilhão. Isto não é uma sugestão, é uma ordem.

— Não sou um dos seus homens — revidou ela, fuzilando-o com o olhar.

O olhar de Lucien passeou pelo corpo curvilíneo e sujo de lama.

— Não, você é minha mulher — disse ele, gentil, mas entredentes. — Então, me deve obediência e respeito pelo seu título. Gostaria que se comportasse de maneira adequada. Meu pavilhão é aquele grande e azul com o corvo na...

— Lorde d'Aveyron — interrompeu-o Isobel, ríspida. — Conheço suas cores há muito tempo.

— Vou pedir que Joris venha buscá-la — prosseguiu Lucien, meneando a cabeça. — Ele providenciará um lugar adequado. Fique com ele até que eu possa escoltá-la de volta ao palácio. Elise?

— Sim, milorde — respondeu Elise, tímida.

— Cuide para que *milady* fique em segurança.

— Sim, conde Lucien. — Elise baixou a cabeça e fez uma vênia.

— *Milady*, devo sugerir que vista algo menos... chamativo quando sair. — Ele tocou a bolsa presa ao cinto de Isobel. — E também use uma bolsa menos cheia. E, principalmente, esteja sempre escoltada.

— Eu trouxe uma escolta.

— E onde raios estão eles?

— Amarrando os cavalos. — Isobel ergueu o queixo, desafiando-o.

— Um deles deveria estar a seu lado. A condessa d'Aveyron deve estar sempre acompanhada.

Isobel respirou fundo.

— Agradeço o aviso, milorde... — disse ela, mais calma.

O som de uma trombeta a interrompeu e Lucien ouviu seu nome ser chamado. O juiz o convocava para testar o campo. *Droga.*

— Espere aqui — pediu ele, preparando-se para montar. — Nem pense em sair antes de Joris chegar.

Capítulo 10

Joris escoltou a condessa d'Aveyron e sua criada até a entrada do pavilhão azul.

O vento brincava com o estandarte do conde d'Aveyron. O corvo preto ora surgia, ora voltava a sumir.

— Um minuto, *milady*. — Joris estava muito ansioso. — Milorde pediu que eu encontrasse lugares na arquibancada, mas *milady* tem que aceitar minha companhia. Só preciso fazer uma coisa para ele antes.

— Está certo, Joris.

— Desculpe-me por perguntar, mas pode me esperar aqui? — perguntou Joris, vermelho até a raiz do cabelo.

— Fique tranquilo, Joris, não vamos nos mexer — assegurou Isobel com um sorriso.

Joris entrou no pavilhão.

Isobel ouviu algo dentro do pavilhão, uma discussão sobre armaduras...

— Não, *sir* Geoffrey — dizia Joris. — Sua cota de malha está muito curta. O conde Lucien disse para usar a dele, assim ficará com as pernas protegidas também.

Outra voz, presumivelmente a de *sir* Geoffrey, respondeu:

— Muito obrigado, Joris, mas vou usar minha própria armadura, pois a do conde é muito pesada e estou mais acostumado com a minha.

— Mas, *sir* Geoffrey...

A discussão continuou, mas Isobel focou a atenção no campo do torneio. Havia discos de palha alinhados no centro da liça e outros dois alvos laterais para que os cavaleiros acertassem com a lança.

Lucien era o único cavaleiro presente na liça principal. Não havia ninguém na frente de Isobel, que reconheceu as cores dele imediatamente. Ele galopava na direção de um cavaleiro perto do palanque do juiz, os paramentos do cavalo ondulando com formosura.

Isobel sentiu um aperto no peito. Seu marido era a imagem perfeita de um nobre cavaleiro. Ele havia chegado rápido em seu socorro, mas também não hesitara em lhe dar ordens. Ela mordiscou o lábio inferior. Não deveria estar surpresa. Os homens eram assim, embora fosse frustrante. *Ele é tão lindo, tão forte... Meu perfeito campeão de torneios. Mas me dá ordens como se eu fosse um de seus cavalariços.*

Suspirando, ela pensou nas canções que tinha ouvido em Turenne no salão nobre do palácio na noite anterior, baladas que os trovadores tocavam ao lado de cada grupo de convidados. Eram melodias harmoniosas e românticas. Muitos homens eram cavalheiros e tratavam suas esposas com respeito. *Lucien representava bem esse papel, mas não demonstrava nenhum sinal de romantismo.*

— Tivemos sorte com o tempo, *milady* — comentou Elise. — Acho que não vai chover.

Isobel olhou para o céu. O vento empurrava as nuvens para o leste, bem devagar. Bandos de pássaros voavam de uma árvore para outra, na floresta. Mesmo com o burburinho do torneio e o relinchar dos cavalos, era possível ouvir o alto chilrear dos pássaros. Mesmo com o dia lindo, havia uma tensão quase palpável no ar.

De repente, Isobel viu algo marrom se movimentando não muito longe. Não viu nada mais do que isso, mas foi o suficiente para sentir um calafrio percorrer-lhe a espinha. Talvez fosse um cachorro correndo para trás do pavilhão. Ou seria uma pessoa curvada para parecer menor do que era?

— Você viu aquilo? — perguntou ela, cutucando Elise.

— O quê, *milady*?

O sol de inverno apareceu por trás das nuvens por um breve instante.

— Não sei, mas... alguma coisa, ou alguém. Elise, acho que o ladrão...

Ela balançou a cabeça com veemência.

— O conde o assustou! Ele deve ficar bem longe daqui.

— Espero que sim, mas, por via das dúvidas, é melhor ficarmos perto de Joris. — Isobel pegou a mão de Elise e puxou-a para dentro do pavilhão.

Joris e *sir* Geoffrey ainda discutiam sobre a armadura, mas pararam de falar e olharam para as duas, assim como os outros cavaleiros que ali estavam.

— Está tudo bem, *milady*? — perguntou Joris, deixando a cota de malha sobre um suporte de madeira que se curvou com o peso.

Ao lado do suporte, havia uma caixa com curativos e potes de pomada. *Eles estão preparados para qualquer eventualidade.* Mais uma vez, ela sentiu um arrepio percorrer-lhe a espinha.

— Não tenho certeza, mas acho que vi alguma coisa. Joris, acho melhor você chamar o conde Lucien.

— *Milady*...

Joris saiu correndo, e o cavaleiro com quem falava deu um passo à frente, ainda vestindo apenas um jaquetão de couro.

— *Sir* Geoffrey?

— A *milady* deve ser *lady* Isobel — disse ele, fazendo uma reverência.

Ela meneou a cabeça. *Sir* Geoffrey parecia muito novo para ter ombros tão largos e uma aparência forte que o favoreceria no torneio.

— É um prazer conhecê-la, *milady*. Sou um dos cavaleiros hospedados no castelo do conde Lucien. A *milady* viu alguma coisa que a preocupou?

— Um ladrão. — Isobel colocou a mão na testa para aplacar a dor de cabeça. — Acho que vi.

— Um *ladrão?* — O sorriso no rosto de *sir* Geoffrey desapareceu.

— Soube que roubaram o relicário de Santa Fé? Foi tirado da igreja do mosteiro.

— Não se fala em outra coisa na cidade.

— Senhor, tem alguém se esgueirando por trás do pavilhão. Se for o ladrão, embora eu não tenha certeza, sei que ele não estaria aqui para se passar por um bom samaritano.

Sir Geoffrey tirou a espada da bainha.

— Vou dar uma olhada — disse, olhando para seu cavalariço. — Harry, fique com as damas.

— Sim, senhor.

O cavalariço de *sir* Geoffrey, um rapazinho com cara de bebê, empertigou-se, colocando a mão sobre a adaga na cintura.

Isobel ficou atenta a qualquer ruído diferente, e Elise segurou-lhe a mão. Ali perto, dois cães rosnaram antes de começarem a brigar. Ouviu-se uma risada e o grasnar dos pássaros nas árvores da floresta. Do lado de dentro, Isobel viu a sombra de *sir* Geoffrey e ouviu o barulho das esporas através da lona. Não, eram *duas* sombras...

Em seguida, ouviu-se o som surdo de uma briga, e alguém gritou:

— *Tolo!*

Alguém foi atingido e blasfemava, chamando um nome em seguida:

— *Clare!*

Elise apertou a mão de Isobel com toda a força. Mas Isobel nem percebeu, pois tinha toda a atenção voltada para aquelas sombras. A lona se curvou para dentro do pavilhão como se alguém tivesse caído, e Isobel viu um veio vermelho por baixo da lona. A cor da dor. Da morte? *Deus nos ajude.*

Elise soltou um grito estridente.

Isobel soltou a mão da criada, pegou a caixa de curativos e correu para fora do pavilhão.

Lucien ouviu o grito de uma mulher, olhou na direção de seu pavilhão e pulou do cavalo. O grito tinha feito seu coração dar um salto, pois era sinal de que alguma coisa havia acontecido.

Será que foi Isobel? Será que ela está em segurança?

Quase tropeçando numa corda na pressa de chegar até ela, Lucien seguiu na direção que Joris apontava e correu para trás do pavilhão. Logo se deparou com uma cena terrível.

Jesus!

Havia um corpo estendido no chão. *Geoffrey!* Isobel estava ajoelhada ao lado dele. Seu cabelo estava à mostra, pois havia coberto o ferimento no pescoço de Geoffrey com o véu. Havia sangue na barra de seu vestido, assim como na ponta da trança dourada.

Lucien teve a sensação de o tempo ter parado. Viu a caixa de medicamentos que estava no pavilhão ao lado de Isobel. Ela estava sem a capa... Não, a capa agora servia de almofada para amparar a cabeça de Geoffrey. Apesar de confuso, Lucien se sentiu aliviado. *Não é o sangue de Isobel, ela não está ferida.*

Lucien voltou a atenção para Geoffrey, que estava com os olhos vidrados. *Tarde demais. Chegamos tarde demais. Geoffrey se foi.* O sangue em profusão havia tingido de vermelho parte da lona azul...

Elise ainda gritava. O grito agudo como uma lâmina atraiu muita gente.

— Chega, Elise!

A criada saiu choramingando.

— Joris? — chamou ele.

— Sim, milorde.

— Você e Harry, levem Geoffrey para o pavilhão. Peça ajuda se precisar. Isobel...

Os longos cílios de Isobel brilhavam com as lágrimas. Com o coração apertado, pois Geoffrey era um dos cavaleiros mais promissores, Lucien estendeu a mão e suavizou o tom de voz.

— Podemos ajudar Geoffrey melhor na privacidade do pavilhão.

Isobel se levantou, pálida. Apesar do vestido estar manchado de sangue, ela manteve a dignidade.

— Sim, milorde.

Todas as armaduras e paramentos foram recolhidos da mesa que se tornou o leito de morte de *sir* Geoffrey.

— Ele partiu — murmurou Isobel com tristeza. — Não fui rápida o suficiente.

Lucien segurou a mão dela. Sua esposa estava em choque. Na verdade, ele também, pois gostava de Geoffrey.

— A culpa não foi sua. Olhe o ferimento, a lâmina atingiu uma artéria. Não havia como estancar o sangue, Geoffrey perdeu a vida assim que a adaga perfurou seu pescoço. — Lucien soltou Isobel e seguiu até onde estava o corpo do cavaleiro.

— Ele estava desarmado.

— Não, tinha uma espada — disse Isobel.

— E onde está?

— Aqui, milorde — respondeu Harry, entregando a espada a Lucien, que examinou a lâmina e viu que estava limpa.

— Ele nem chegou a usá-la — comentou Lucien, franzindo o cenho.

— Não, milorde — confirmou Harry, desafinando a voz de tristeza.

Quando Isobel se aproximou do rapaz e passou o braço sobre os ombros dele, Lucien sentiu uma pontada no peito. Isobel e Harry tinham a mesma altura. *Ela tem um bom coração. E agiu com muito mais bravura do que a criada...*

Falando nela...

— Onde está Elise?

— Não sei, milorde.

— Joris, vá procurá-la. Depois vá com outros três homens escoltá-las até o palácio.

— Sim, milorde.

Lucien segurou Isobel pelos ombros e a fitou.

— Vá com Joris, quero tirá-la daqui o mais rápido possível. Não precisa me esperar acordada. Se acabar tarde, devo dormir no acampamento.

Isobel estava desolada, mas tomou um caldo que Elise trouxera diante da lareira do solário. Quando a noite começou a sombrear as cores das damas e unicórnios nas tapeçarias da parede, ela resolveu se recolher. Conforme dissera, Lucien não tinha chegado ainda. Lidar com as consequências da morte de Geoffrey levaria algum tempo.

Elise acendeu velas novas, enquanto Isobel entrava no quarto seguindo direto para a janela. O vidro era acinzentado e combinava com as cores do crepúsculo. A rua principal diante do palácio estava iluminada com tocheiros, que se refletiam nas janelas e portas das casas. As lareiras de todas as casas estavam acesas para aquecer a noite de inverno. No entanto, a fumaça negra de madeira queimada, saindo das chaminés, logo se transformou numa mortalha sobre a cidade aos olhos de Isobel.

Uma pomba solitária atravessou o céu escuro. Isobel observou o pássaro com um nó na garganta e rezou pela alma de *sir* Geoffrey. Pobre rapaz, tão novo!

Que Deus providencie para que ele descanse em paz.

Isobel desamarrou os laços das cortinas que cobriram a janela.

Ouviram-se batidas na porta do quarto. Pelo som abafado, parecia que alguém estava à porta do solário no alto das escadas. Elise, adornada pela luz da vela, olhou para Isobel.

— Elise, por favor, veja quem é. Se for o conde Lucien, pode deixá-lo entrar. Mas, se for alguma outra pessoa, explique que já estou me recolhendo.

— Sim, *milady*.

Elise deixou a vela que segurava sobre uma mesinha e passou pelas cortinas. Isobel estranhou a criada não ter levado a vela, guiando-se apenas pela luz fraca da lareira do solário; provavelmente ela enxergava bem no escuro. Dando de ombros, sentou-se na cama e tirou um sapato.

Ouviu quando alguém com passos duros se aproximou. Não era Elise. Deixando cair o sapato, ela se levantou e viu Lucien entrando no quarto.

Ele fez uma reverência ao vê-la. As roupas do cavaleiro tinham sido trocadas por uma túnica preta, bordada em ouro nos punhos e na gola. O campeão de torneios de antes havia se transformado num homem da corte de expressão severa e uma cicatriz intrigante no rosto. Ele trazia um pergaminho preso com uma fita numa das mãos.

— Eu não a incomodaria tão tarde, mas esta carta chegou de Turenne e achei que gostaria de ler — disse ele, estendendo o pergaminho. — Quer ler, ou precisa de ajuda?

— Prefiro ler eu mesma — respondeu ela, pegando o pergaminho e desfazendo o laço. — Você não abriu...

— A carta vem da sua família, por isso supus que quisesse ser a primeira a ler.

— Obrigada. — Isobel o encarou por um instante, sem entender a razão de ele estar tão distante. Mesmo assim apreciou a gentileza.

Muitos maridos não se importavam se a correspondência das esposas era particular e a abriam mesmo assim. Depois de quebrar o selo, ela desenrolou o pergaminho e olhou direto para o final para saber quem escrevera.

— A carta é do seu pai?

— Não, da minha madrasta, Angelina — disse ela, e começou a ler:

Minha querida Isobel,

Envio-lhe minhas lembranças, bênçãos e espero que esteja em boa saúde. Seu pai pediu que eu lhe escrevesse para compartilhar as boas-novas. Fico feliz em lhe dizer que estou grávida. Se Deus quiser, o bebê nascerá em janeiro...

Isobel não leu mais, parando na palavra "janeiro". *Janeiro.* Angelina ia dar à luz em janeiro!

Era uma novidade agridoce. Durante muito tempo Isobel desejara que sua família fosse maior. Durante sua vida no convento, fizera muitas amizades, mas perdera outras com as chegadas e partidas em Santa Fé, e agora estava casada. Em sua vida inteira desejara ter alguém com quem pudesse ter uma ligação mais íntima, uma relação que durasse a vida inteira.

Se a gravidez de Angelina chegar a termo, terei uma família maior!

Angelina era mais nova e mais forte que a mãe de Isobel, por isso as esperanças que ela desse à luz um bebê em segurança eram maiores. Em janeiro.

De repente, ela se viu com os olhos lacrimejantes.

— Isobel? — Lucien a tocou no braço. — São notícias ruins? Você está pálida.

Um lampejo de alegria aqueceu o coração de Isobel.

Estou prestes a ganhar um irmão ou uma irmã.

— Isobel?

— Dê-me mais um minuto, milorde, não terminei.

Rapidamente ela terminou de ler:

Isobel, saiba que uma nuvem negra permanece sobre Turenne com a situação precária da saúde de seu pai. Ele está muito fraco e com dificuldades para respirar. Pedi ao vilarejo inteiro que reze por ele e lhe peço o mesmo. Tenho esperança de que essa boa notícia o anime e fortaleça. Seu pai sempre fala de você.

Desejamos que você e o conde Lucien sejam felizes. Receba nossas bênçãos...

— E então?

Isobel deixou de ler as saudações finais e enrolou o pergaminho.

— Minha madrasta me escreveu dizendo que meu pai continua muito fraco, mas ela tem esperanças de que ele melhore.

— Fico feliz que ainda haja esperanças — disse ele, hesitante. — Quando a carta chegou, pensei no pior.

Isobel estava prestes a contar que Angelina teria um bebê, chegou até a abrir a boca para dizer, mas foi tomada por uma torrente de dúvidas.

Lucien acredita ter se casado com uma herdeira. Se Angelina tiver uma filha, continuarei herdeira por ser a mais velha. Mas se for um menino, ele herdará tudo. Nesse caso, eu não terei dote algum, nada além de um baú de moedas de prata.

Isobel estava desolada, pois as notícias de Turenne mudavam drasticamente sua vida. Se Angelina tivesse um filho, seu dote seria muito restrito.

Não contarei sobre o bebê para Lucien...

Isobel empertigou-se, lembrando-se de que Lucien a tinha feito sua esposa por ela ser uma herdeira. Sempre sonhara que ele a visse de outra forma, mas, depois de tantos anos esperando no convento, concluíra que seu valor se restringia às terras que trazia como dote. Sempre restaria a dúvida se Lucien teria se casado com ela caso sua mãe tivesse dado à luz um menino, que herdaria as terras de Turenne. *Quando minha mãe morreu e Lucien soube da saúde fraca do meu pai, deve ter achado que minha posição como herdeira era irrefutável e mandou me chamar.*

Por mais sonhos que tivesse, precisava se ater à realidade. O marido a valorizava pelas terras. Sem isso, o que ela significava para ele? Nada.

Concluiu então que precisava agradá-lo a todo custo. *Preciso me valorizar de outra forma e reforçar nossa união.*

Um dia revelaria sobre o bebê, mas, por enquanto, o ensinaria a gostar dela da mesma forma como começava a amá-lo. *Este sentimento que invadiu meu coração será amor? Não!*, pensou segurando o pergaminho e erguendo a cabeça para fitá-lo. Conscientizar-se daquele amor, mesmo que imaturo, a deixara perplexa. *Eu não o amo. Sinto apenas afeição. Afeição e só.*

Sentimentos controversos a dominaram, mas culpa acima de tudo, pois ao mesmo tempo que começava a gostar de Lucien, tinha decidido não contar sobre a gravidez da madrasta. *Não posso contar, ele é capaz de pedir o divórcio. Preciso conquistar o coração dele antes que saiba sobre o bebê...*

— Isobel, você não está se sentindo bem? — perguntou Lucien, tomando a mão dela na sua.

Parecia que a voz dele vinha de longe, mas, quando se virou para o lado, deparou-se com o rosto de Lucien bem próximo ao seu.

— Estou bem, milorde, obrigada.

Na verdade, a mente de Isobel estava um caos, tentando descobrir uma maneira de prendê-lo para sempre. A solução não tardou a lhe ocorrer. *Dê um bebê a ele. Dê um herdeiro a Lucien.* Ela fechou os olhos e viu a imagem da mãe se esforçando para dar à luz.

— Fico feliz em saber. Depois de ver o que aconteceu com Geoffrey... — disse ele, apertando a mão dela sem muita força. — Isobel?

Quando ela abriu os olhos, Lucien estava com um vinco no meio das sobrancelhas.

— Estou bem — repetiu. — Obrigada pela preocupação.

Lucien se levantou de repente e seguiu até a janela. Abriu as cortinas e deu uns tapinhas na janela como se verificasse se estava bem fechada.

Enquanto isso, Isobel se lembrou do sachê de ervas, escondido no porta-joias. *Tenho que parar de tomar essas ervas.* Só de pensar no que a decisão podia acarretar, sentiu um frio na espinha. Por outro lado, se desse um herdeiro a Lucien, o elo entre eles seria eterno. *Tenho que dar um filho a ele! Isto é, se eu conseguir. Oh, Santa Maria, ajude-me...*

— Desculpe-me por não ter vindo antes, mas eu tinha assuntos a tratar com o conde Henry — disse Lucien, fechando as cortinas novamente.

— Eu compreendo...

Iluminado parcialmente pela luz das velas, Lucien parecia muito maior do que quando vestira a armadura na liça do torneio. Ao perceber que ele fitava seus pés nus, Isobel tratou de escondê-los sob a saia.

— Você estava se arrumando para dormir — disse ele com um sorriso maroto.

Isobel sentiu o sangue subir-lhe às faces.

— Sim, é verdade. Elise disse alguma coisa?

— Elise? Cruzamos no solário e ela desceu.

— Elise deixou o quarto?

— Hum... — murmurou ele, entrelaçando os dedos da mão com os dela. — Disse que ia buscar leite quente na cozinha.

— Ela deve estar com fome. Eu não pedi leite. Ela deve voltar logo. Como achei que você fosse dormir no acampamento, pedi a ela que dormisse aqui comigo.

— Não tem importância — disse Lucien, meneando a cabeça. — Vim apenas para trazer a carta. Por mais que me doa, não posso ficar.

— Ainda há assuntos pendentes a resolver?

— Sim.

— Entendo... — disse Isobel, escondendo suas preocupações. *Embora não tenha dito nada, ele deve me culpar pela morte de seu cavaleiro. Será que já está arrependido de ter se casado?*

A luz da vela iluminou o rosto de Lucien, e Isobel reconheceu aquele olhar. Era um olhar terno, igual àquele com o qual ele a encarara na taverna antes de beijá-la e também na noite anterior. *Ele ainda me deseja. Já é alguma coisa...*

Ela se sentou melhor na cama. Ficaria muito sem jeito se Elise os surpreendesse, mas, ao mesmo tempo, deitar-se com Lucien era a única maneira de fortalecer os laços entre ambos. As ervas que tomara talvez evitassem que ela engravidasse por enquanto, mas Lucien parecia impaciente para possuí-la.

As ervas deixarão de fazer efeito. Se eu parar de tomá-las hoje, quanto tempo levarei para ficar grávida?

— Você viu o conde Henry?

Lucien respondeu que sim, meneando a cabeça, sem deixar de brincar com os dedos dela, fazendo-a tremer.

— Hum... — Ele levou os dedos dela à boca e os beijou.

O coração de Isobel deu um salto e ela olhou na direção da cortina.

— Você... Você contou sobre *sir* Geoffrey?

A pergunta surtiu o efeito de água fria sobre a expressão calorosa de Lucien, que soltou a mão dela.

— Claro que sim. Ele ficou chocado.

— Não tão chocado quanto você — disse Isobel. — Você gostava dele.

Ele a encarou por longos minutos com o olhar vago antes de balançar a cabeça.

— É verdade. Geoffrey era um bom rapaz. Ele começou como meu cavalariço.

— Assim como Joris?

Ele respondeu com um gesto de cabeça de novo.

Percebendo que Lucien lutava para não demonstrar uma emoção profunda, Isobel esperou que ele continuasse.

— Eu o conheci no castelo de Troyes há alguns anos. Ele teve um passado humilde, mas sabia lidar bem com cavalos e conseguiu um emprego nos estábulos. Gostei dele, e o conde Henry disse que não se importaria em cedê-lo. Geoffrey treinou muito e acabou ganhando o suficiente nos torneios para sustentar a mãe. — Lucien passou a mão no cabelo. — A mãe dele vive aqui na cidade, mas está doente. Esta tarde, devolvi a armadura de Geoffrey a ela.

Isobel conhecia a triste tradição. Quando um cavaleiro era morto em combate, sua armadura não ia para o espólio, mas era devolvida à família. *Sir* Geoffrey não tinha morrido em combate, mas Lucien fizera questão de manter a tradição. As armaduras eram caras e muitas famílias tinham se endividado com a carreira ambiciosa para obter o título de cavaleiro. Entretanto, naquele momento difícil, a mãe dele talvez nem pensasse nisso. Mais tarde, se estivesse sem dinheiro, poderia vendê-la.

— Deve ter sido muito difícil.

O pesar refletido pelos vincos no rosto de Lucien respondeu à pergunta.

— Você contou para a mãe dele como *sir* Geoffrey morreu?

— Mudei um pouco a história para que pensasse que ele morreu como um herói.

Isobel sentiu um vazio imenso no coração. *Foi culpa minha. Se eu não tivesse dito a sir Geoffrey que tinha visto o ladrão, ele estaria vivo agora.*

— Há uma menina também — acrescentou Lucien.

— *Sir* Geoffrey era casado?

Deus do céu, ele parecia tão novo! Será que já era pai? No mesmo instante, ela imaginou se havia crianças que ficariam órfãs por uma atitude sua.

— Não que eu saiba. Mas ele devia ter alguém, ouvi alguém chorando.

— Uma irmã?

— Sim, ele tinha uma irmã pequena. Mas havia outra pessoa com ela.

— Ah, judiação — lamentou Isobel. — Talvez seja melhor eu ir visitá-las. Ah, milorde, eu me sinto muito mal com o que aconteceu. A culpa foi minha.

— Sei que eu tinha ordenado que você não fosse ao torneio, mas não vejo como pode ser culpada pela morte de Geoffrey.

— Quando estávamos dentro do pavilhão — Isobel suspirou —, eu disse a *sir* Geoffrey que tinha visto o ladrão. Ele saiu para verificar porque eu o instiguei.

— Isobel, a única pessoa culpada pela morte de Geoffrey foi aquele que lhe cortou a garganta.

— Se eu tivesse ficado quieta... — Os olhos dela ficaram marejados. — Por que algo tão horrível tinha que acontecer?

— *Não* é culpa sua — confortou-a Lucien, segurando-lhe o queixo com carinho.

— Mesmo assim, eu gostaria de conhecer a família dele.

— Para se desculpar? Não acho que seja uma boa ideia, Isobel.

— Serei breve e não direi nada que deixe a mãe dele mais triste, mas quero visitá-la. Talvez eu possa... ajudar.

— Ajudar com dinheiro?

— Sim.

— Eu já tomei as providências.

— Fico feliz em saber — disse Isobel, cobrindo-lhe a mão com a sua. — Ainda assim, quero visitá-la. Talvez a pessoa que você ouviu chorar seja uma namorada e pode haver uma criança.

Lucien a fitou, surpreso por não ter pensado nessa possibilidade.

— Está bem. Se tomar cuidado com o que disser para a mãe dele, poderá visitá-la depois do funeral.

— Obrigada.

Lucien olhou com raiva para uma treliça que dividia o quarto do solário.

— Onde raios foi parar essa sua criada? Será que ela está ordenhando a vaca?

Isobel deu de ombros, mas também se perguntava por que Elise estava demorando tanto.

— Tenho certeza de que ela volta logo. Você contou ao conde Henry sobre o roubo do relicário?

— Sim, e ele me prometeu que seus guardiões investigarão o caso — respondeu Lucien.

— Os guardiões? Ah,sim. Acabo de me lembrar dos cavaleiros que patrulham Champagne.

Lucien a puxou para mais perto, e Isobel procurou disfarçar a emoção. Não queria deixar o prazer de ser envolvida por aqueles braços lhe tirar a razão. *Não quero que ele me deixe de lado.*

Apesar de abraçados, Lucien parecia preocupado, focando a atenção na janela atrás dela.

— O conde Henry formou um grupamento de guardiões depois dos ataques aos mercadores nos últimos anos. Alguns perderam mercadorias apenas, mas outros perderam a vida.

— É triste admitir que há ladrões por todos os lados — disse Isobel com um suspiro.

— Sinto vergonha de dizer que muitos deles são cavaleiros, Isobel. Nas épocas boas dos torneios, eles vivem do que ganham, mas também atuam como mercenários. Em épocas ruins...

— Eles saqueiam os mercadores? Meu Deus, que mundo é este?

— É fácil assaltar mercadores — disse Lucien, meneando a cabeça. — Mesmo o mais rico deles não tem o suficiente para pagar uma escolta.

— Além do mais, imagino que os guardiões não consigam patrulhar todas as ruas de Champagne, não é?

— Eles atuam nas ruas principais. O conde Henry quer que os festivais sejam um sucesso, mas, para tanto, os mercadores precisam estar confiantes de que suas mercadorias, bem como suas vidas, estejam em segurança. Depois do que aconteceu hoje, Arthur está pensando em fazer um juramento para entrar neste grupamento.

— Arthur é outro de seus cavaleiros domésticos?

Lucien negou com a cabeça.

— *Sir* Arthur Ferrer. Esqueci que você não o encontrou. Até pouco tempo atrás ele era o capataz em Ravenshold, mas deixou o castelo.

— E o que houve com o torneio de hoje? Foi cancelado?

— Eu saí mais cedo para trazer Geoffrey para casa, mas o torneio continuou. Raoul assumiu o comando do meu grupo.

Isobel se deu conta de que, pelo fato de ser conde de direito, não devia ser fácil para Lucien ter que se reportar ao conde Henry. *Ele é muito orgulhoso,* pensou ao fitá-lo nos olhos.

— Não descansarei enquanto o assassino de Geoffrey não for capturado.

Capítulo 11

Um cacho de cabelo estava caído obre a pele alva do colo de Isobel e Lucien o afastou com carinho. *Um cordão de ouro. Suave como a seda.*

Os olhares de ambos se encontraram, e ele sentiu um aperto no coração. Estava aflito por ela. Um ladrão solto em Troyes já era preocupante, mas o pior era que Isobel podia identificá-lo.

— Obrigado por tentar ajudar Geoffrey — disse Lucien, esperando que ela não deduzisse o que estava pensando.

O assassino tinha visto o rosto de Isobel. E não era só isso; aquele homem sabia que era suspeito de ter roubado o relicário. Àquela altura era bem provável que ele a quisesse morta.

— Qualquer outra pessoa teria feito o mesmo — disse ela com a voz trêmula. — Foi uma pena que não ajudei muito.

— Você fez o que pôde — acalentou ele, brincando com o cacho de cabelo.

Isobel tinha se saído melhor do que o esperado. Agora os olhos estavam lacrimejantes, mas, na hora do acidente, ela mantivera a compostura. *Morwenna teria entrado em pânico.*

Por mais que Morwenna conhecesse as artes da cura, era mais provável que tivesse gritado e corrido para o outro lado em vez de se ajoelhar ao lado de Geoffrey e tentar estancar o sangue.

Ao estudar o rosto de Isobel, Lucien percebeu o quanto estava abatida. Não podia deixá-la naquele estado. Se Elise não voltasse, ele estava decidido a passar a noite ali. Era mais seguro não a deixar sozinha nem um minuto sequer, pois o ladrão poderia descobrir onde ela estava hospedada. Não era fácil entrar no palácio do conde Henry, no entanto, se o bandido estivesse determinado, encontraria uma maneira.

— Não haverá mais torneio no Campo dos Pássaros no ano que vem, caso esteja pensando em me desobedecer de novo — disse ele, tentando aliviar a tensão.

Isobel esboçou um sorriso triste, mas não parecia surpresa. A morte de Geoffrey a havia afetado bastante, mas preocupava-se também com a saúde do pai. A carta vinda de Turenne não podia ter chegado em pior hora...

— O conde Henry e eu temos a mesma opinião — continuou ele, na tentativa de animá-la um pouco. — O patrono atual, lorde Glanville, está fazendo cena contra nossas medidas, mas não nos fará mudar de opinião. Os próximos torneios no Campo dos Pássaros terão regras mais severas, exatamente como era na época de meu pai. Lorde Glanville tem sido muito liberal. No ano que vem, os guardiões se encarregarão da guarda e eu promoverei o torneio.

— É muito custoso promover um torneio?

— Posso pagar — disse Lucien, dando de ombros. — Além disso, o conde Henry prefere que eu seja o patrono. Digamos que lorde Glanville não aceitará muito bem os guardiões.

— Entendo...

— Enquanto isso, se ainda pensar em assistir a um torneio depois de hoje, o conde Henry me lembrou do torneio da Noite de Reis. Você será convidada. Os torneios promovidos pelo conde Henry não são tão desafiadores.

— Quer dizer que as lanças não serão afiadas?

— Isso mesmo. Saiba que o conde Henry pretende coroá-la como a rainha do torneio em honra ao nosso casamento. Você será responsável pela entrega dos prêmios.

— Eu? Meu Deus, isso é uma honra! — A alegria dominou o rosto de Isobel. — Muito obrigada, vai ser muito bom participar. Você vai competir?

— É bem provável — disse Lucien, franzindo o cenho e olhando para a porta de novo. — Por onde anda aquela menina? Não me diga que ela já arrumou um namorado.

— Elise? Nossa, claro que não.

— Espero que ela venha logo. Não pretendo sair daqui enquanto não chegar. — Ele encurtou a distância que os separava a ponto de sentir o calor do corpo de Isobel.

Lucien não tinha presenciado o que acontecera no pavilhão durante o torneio daquela tarde, mas Harry lhe contara. Será que o ladrão a tinha seguido até lá? Será que pretendia matar Isobel e não Geoffrey?

Havia outra possibilidade, embora fosse menos provável. Talvez Geoffrey tivesse alguma ligação com o ladrão. As chances eram remotas, tanto que Lucien não havia comentado com ninguém, nem com Raoul. Mas não era impossível que Geoffrey estivesse atuando como agente do ladrão.

Até o momento, Lucien poderia jurar que *sir* Geoffrey de Troyes era honesto. Tinha certeza de que ele não faria nada ilegal.

A mãe de Geoffrey estava doente e precisando de remédios caros, mas Lucien nunca teria imaginado que ele fosse dissimulado e procurasse ganhar dinheiro de forma ilícita. Não, Geoffrey não. *Nenhum dos meus cavaleiros faria isso.* Entretanto, não era possível ter certeza, mas a chance maior era de que ele houvesse sido morto ao tentar impedir que o ladrão matasse Isobel.

Sua esposa estava em perigo.

Receoso do que poderia acontecer, Lucien observou cada detalhe de Isobel, como se tentasse memorizá-los. Tinha que admitir que, quanto mais tempo passavam juntos, mais bonita ela parecia.

Isobel era bem mais teimosa do que ele esperava, mesmo assim…

Ela possuía o poder de tranquilizá-lo nos momentos tensos, desfazendo barreiras que ele sequer sabia existirem. Aqueles olhos verdes tão puros refletiam a inteligência e o proviam de algo inexplicável e seguro, que jamais procurara em uma esposa. Isobel era parceira de verdade, o que a deixava ainda mais sedutora.

Lucien meneou a cabeça rapidamente. De onde havia tirado tudo aquilo? Não precisava de mais ninguém além de si mesmo. Não podia se esquecer de que um dia também achara Morwenna sedutora, porém, naquela época, era ingênuo e não tinha experiência com mulheres. Morwenna era, na verdade, uma farsa, pois tinha flertado com ele e o levado para a cama para que se apaixonasse. *Morwenna me enganou. Ela usou minha ingenuidade contra mim. Fui um tolo. Já não sou mais inocente.*

Lucien havia se convencido de que não se deixaria envolver de novo, manteria Isobel a uma distância segura de seu coração. Franzindo o cenho, lembrou-se que aquele tinha sido seu plano desde o começo. Sua intenção era se casar e mantê-la em um de seus castelos, enquanto continuava a participar do circuito de torneios. Entre uma competição e outra, ou entre as inspeções das terras, poderia visitá-la e se deixar sucumbir no dever prazeroso de deixá-la grávida de seu herdeiro... A vida prometia ser muito melhor com Isobel em casa. *Minha esposa.* Ela era uma das mulheres mais femininas que já vira. Enquanto sua mente estava cheia de preocupações, Lucien acariciou o rosto dela com a ponta dos dedos, deleitando-se com a beleza sombreada pela luz da vela. A fragrância de rosas o envolveu como um manto. Contanto que mantivesse erguidas as barreiras ao redor do coração, não haveria mal nenhum em desfrutar os prazeres do casamento.

— Sou um homem de sorte — disse ele, beijando-lhe a boca rapidamente.

Só a beleza dela já era um desafio para Lucien. Isobel era irresistível... Ainda mais quando baixava os cílios, como fazia naquele momento, e o rosto corava.

Ele se afastou um pouco, suspirou e...

Irresistível...

— Ah, que seja... — falou ele, abraçando-a com mais força.

Chegou a ouvir um murmúrio abafado quando lhe cobriu os lábios com um beijo sequioso e logo sua língua brincava com a dela. Isobel tinha fechado os olhos e inclinado a cabeça para trás. Pressionou o corpo contra o dele, entregando-se totalmente.

Lucien convenceu-se de que saborearia todo o prazer que seu segundo casamento proporcionasse. Contanto que o coração continuasse encarcerado.

Com a palma da mão, Isobel sentiu os músculos firmes do peito dele e terminou por enlaçá-lo pelo pescoço.

Pela primeira vez em anos, Lucien sentiu as pernas fraquejarem por uma mulher. Sim, tudo aquilo era muito promissor... Se não fosse pelo véu dela, que ainda estava no caminho. Mesmo tendo jurado que não a tocaria naquela noite, não resistiria à vontade de soltar aquele cabelo loiro. Quando Isobel se afastou um pouco, Lucien notou, em pleno júbilo, que ela estava ofegante e que seus seios se espremiam contra o decote do corpete.

— Você mudou de ideia sobre esta noite? — indagou ela, vermelha como uma rosa.

A voz rouca era um convite ao pecado, mas havia sombras escuras sob os olhos dela. Lucien seria muito insensível se exigisse algo mais, sabendo que o dia tinha sido estafante. Por isso, afastou-se e meneou a cabeça.

— Você precisa descansar. Durma bem. Elise deve estar esperando no solário, vou mandá-la entrar quando eu sair.

— Obrigada, milor... Lucien.

Lucien havia deixado a capa sobre uma cadeira no solário. Não havia nenhum sinal de Elise. Suspirando, ele pegou a capa e seguiu na direção da porta. Passou pelas cortinas e dirigiu-se às escadas, blasfemando por não poder passar a noite com Isobel. Sem dúvida, Elise apareceria para retomar seu posto. Que criada mais tola. Isobel merecia alguém melhor.

A ausência de Lucien deixou Isobel com frio, sua pele toda arrepiada. Tratou de desprender o véu e pendurá-lo num gancho. Depois tirou o vestido e soltou a trança do cabelo. O fato de Lucien não ter passado a noite ali deixava claro que ele devia estar bravo e acabara por superar o desejo. Ela sabia que o marido a queria, porém... *É apenas luxúria, nada mais que isso.*

Imaginou se seria possível que um casamento baseado na luxúria e em mais nenhum outro sentimento desse certo.

Oh, Deus, estava exausta. Cansada demais até para pensar. Considerando isso, concluiu que havia sido melhor Lucien ter ido embora, pois dificilmente conseguiria dar prazer a ele naquela noite.

Por um momento, ficou em dúvida se tirava o camisolão, mas acabou por decidir ficar com ele. Era uma noite de inverno e o quarto estava frio. O castelo recebia toda a umidade do canal. Mas havia várias mantas de lã de carneiro para ajudar a se aquecer.

Isobel apagou uma das velas e deixou a outra acesa para Elise, quando voltasse. Então, entrou embaixo das cobertas. Mal havia se deitado quando ouviu passos no solário. Passou as mãos nos braços para se esquentar, pensando que Elise tinha voltado.

Isobel cochilou por algumas horas e Elise ainda não aparecera. Com o corpo dolorido de cansaço, ela se sentou na cama.

— Elise? É você?

Alguém se mexeu do outro lado da treliça de madeira e blasfemou:

— Merda!

Era uma voz masculina. Será que Lucien tinha voltado?

Ainda sonolenta, Isobel levantou-se da cama e pegou um candelabro no caminho até o solário. Era uma peça de ferro e serviria como arma.

— Elise? Lucien? — sussurrou, andando na ponta dos pés.

De repente, a sombra se definiu num corpo masculino, postado entre ela e a lareira. Com o coração na boca, ela se agarrou ao candelabro. Porém, quando seus olhos se ajustaram à escuridão, ela o reconheceu.

— Lucien! — exclamou, aliviada. — Nossa, você me assustou, pensei que tivesse ido embora.

Ele pegou o candelabro da mão dela. À meia-luz da lareira, a cicatriz de Lucien parecia mais sinistra, o cabelo preto e os traços angulares do rosto ficavam mais pronunciados, o maxilar quadrado, o nariz aquilino, além do vinco entre as sobrancelhas enquanto a encarava. Aquela era a imagem de um homem que não era dado a compromissos. Os olhos dele tinham um brilho intenso.

Eu me casei com esse homem. Preciso dar-lhe um herdeiro.

— Eu não pretendia voltar, mas Elise não chegou — disse ele, seco.

Lucien parecia irritado; não devia ser muito confortável dormir num colchão de palha no chão. E como se não bastasse, ela o estava impedindo de cumprir sua obrigação.

— Não preciso de uma dama de companhia. Você não precisa ficar.

— Não? — indagou ele com um sorriso maroto.

Isobel tinha os olhos fixos na cicatriz, que possuía certo mistério que a fascinava.

Na ponta dos pés, ela afastou o cabelo da testa de Lucien e passou o dedo pela cicatriz. Ele ficou imóvel.

— Lucien, o que aconteceu?

— Uma mulher tola tentou me bater com um candelabro.

— Estou falando sério... Você não tinha essa cicatriz na época do nosso noivado. É uma cicatriz de guerra?

— Pode-se dizer que sim. — O sorriso dele se desvaneceu.

Pelo tom da voz de Lucien, Isobel soube que mais perguntas não seriam bem-vindas.

Qualquer que tivesse sido a lembrança, o olhar dele mudou quando a fitou com mais atenção. O cabelo loiro devia estar emaranhado depois de solto e de descansar sob as cobertas. Numa tentativa inútil de ajeitá-los, ela os colocou para trás dos ombros.

— Não precisa se preocupar — disse ele com a voz rouca.

No mesmo instante, Isobel sentiu o corpo aquecer. Apenas uma camisola fina caía sobre as curvas do corpo feminino, como um véu. Lucien sorriu quando percebeu que ela estava descalça.

Apressada, ela voltou para o quarto e parou ao lado da cama com os pés sobre um tapete de palha. Lucien veio logo em seguida. Ainda bem que havia apenas uma vela e ele não a veria tão corada. Afinal, não estava acostumada à vida a dois e, como se não bastasse, o sorriso dele parecia selvagem.

Lucien colocou o candelabro sobre a mesa, tirou a capa e puxou a esposa mais para perto.

— Elise deve estar namorando, por que não fazemos o mesmo?

Isobel sentiu a boca seca e os nervos à flor da pele, temendo umedecer os lábios com a ponta da língua e provocá-lo. Ah, Deus, não... Sua vontade era provocá-lo. *Virgem Maria, não permita que ele perceba o quanto me sinto atraída!* A camisola fina permitia que sentisse a proximidade daquele corpo esbelto, forte e másculo. Não que fosse amedrontador, mas a perturbava bastante. Talvez fossem seus olhos apenas, mas naquela noite tudo nele remetia a um predador.

— Lucien, por favor...

— Relaxe. Eu disse a você que não a procuraria esta noite. Hoje quero apenas confortá-la — disse ele, segurando um dos seios dela delicadamente com a mão em concha.

Confortar? Na verdade, ela desejava pressionar o corpo inteiro contra o dele. A umidade entre suas pernas era prova do tanto que desejava um contato mais intenso com aquelas mãos fortes.

— Confortá-la e talvez lhe dar alguns beijos — continuou ele, roçando a boca no pescoço dela. — Você está gelada, Isobel, deixe-me aquecê-la.

Os lábios de Lucien eram tão gentis e sedutores quanto as mãos. Beijavam-se com uma paixão que só fazia aumentar o desejo de ser tocada. Assim, segurou-o pelos ombros e, em seguida, o enlaçou pelo pescoço, virando-se um pouco para exibir os seios. Era como se Lucien despertasse um lado seu mais ousado, que ela nem sequer sabia existir e a levava ao anseio se entregar naquele instante.

— Isobel... Mostre o quanto confia em mim.

A luz tremeluzente da vela iluminando o rosto de Lucien e a voz rouca poderiam ter contribuído para aumentar o clima romântico, mas o que ele dissera quebrou todo o encanto do momento. Jamais poderia confiar em um homem que tinha uma amante.

— Confiar em você? O que quer dizer com isso?

— Aceite-me em sua cama — sussurrou ele ao ouvido dela. — Essa noite confortaremos um ao outro.

Isobel não respondeu de imediato, imaginando se ele também procurava conforto na cama da amante. Se fosse possível, não pensaria que Lucien tinha outra mulher. O assunto a fazia sofrer. Não resistiria muito tempo antes de questioná-lo sobre a *belle amie*, mas a morte de Geoffrey mudara suas prioridades.

— Lucien, você é meu marido — disse ela, respirando fundo antes de continuar: — Já deveria saber que nunca devo recusá-lo, mas há uma coisa...

— Sim? — indagou ele, erguendo uma das sobrancelhas.

— Gostaria que me contasse sobre sua amante — disse ela por fim.

Apesar da pouca luz, Isobel percebeu que a pergunta o pegara desprevenido.

— Minha amante? — Lucien ficou perplexo com a pergunta. — Que amante?

— Estou me referindo à mulher que você mantém em Ravenshold. Sua *belle amie.*

— Não existe amante nenhuma em Ravenshold.

Isobel virou o rosto sem saber que atitude tomar. Não podia acusá-lo de mentiroso. Não era preciso ter a sabedoria de Salomão para saber que um casamento que começava com a esposa acusando o marido de manter uma amante não seria fácil.

Sou uma tola, muito tola. Devia ter ficado de boca fechada.

O problema era que Isobel não conseguia ficar quieta. Aquele era um defeito seu, que já havia causado problemas com as freiras em Conques e era impossível de ser eliminado. Por causa da língua solta, já ficara muitas vezes de castigo, mas de nada adiantou, pois ela continuava falando o que lhe vinha à cabeça. Jamais conseguiria manter a boca fechada.

— Ora, Lucien, os homens têm amantes. Não sou ingênua. Soube que você possui uma *belle amie.*

— É mesmo? — perguntou ele, segurando o riso. — Isso é muito estranho, já que não tenho ninguém.

Isobel queria muito acreditar nele. Mas a postura arrogante e confiante que Lucien assumira como o campeão de vários torneios que era a desanimou. A verdade lhe doeu como se uma flecha tivesse atingido seu coração. *Ele teve amantes, muitas delas, desde que ficamos noivos.*

— Ouvi algumas mulheres conversando — disse ela, apontando na direção da rua.

— Conversas... — Meneando a cabeça, ele a encarou, sério. — Toda esposa deve saber que não deve aborrecer o marido tocando nesse assunto.

— Conheço bem as convenções. — Ela engoliu em seco. — Damas bem-nascidas devem ignorar que seus maridos tenham casos fora do leito nupcial. Lamento muito se o aborreci, mas devo avisá-lo de que, nesse aspecto, duvido que serei uma boa esposa.

— Ah, é?

Durante longos minutos, o quarto ficou num silêncio quase absoluto, se não fosse pelo som da respiração dos dois. Do lado de fora, uma porta bateu e alguém riu alto.

— Na verdade, acho que serei uma esposa muito ruim — disse ela, erguendo o queixo.

— Por quê?

Isobel juntou as mãos e começou a falar:

— Fiquei muito feliz em me casar com você, apesar de ter demonstrado tão pouco interesse em mim durante esses anos todos.

Lucien contraiu o rosto de forma a salientar a cicatriz, mas ela não se intimidou e continuou:

— Sempre quis me casar com você, mas não me conformo com a ideia de que tenha uma amante. Eu simplesmente...

— Isobel, não sei se ouviu o que eu falei. As conversas que andou ouvindo não são a verdade. Não tenho amantes. Tive alguns amores casuais, não nego. Mas, juro, nunca uma amante. — Aproximando-se dela de novo, Lucien tomou-lhe as mãos nas suas. — Isobel, não há nenhuma *belle amie* em Ravenshold.

Ele mudou de posição, bloqueando a luz da vela, e pareceu ser bem maior do que era de fato. *Meu marido.* Isobel estava com a mente cheia de pensamentos inquietantes.

Lucien poderia não saber, mas, desde crianças, estavam prometidos um para o outro. Para Isobel, ele tinha sido o protagonista de todos os seus sonhos de menina. Assim como um trovador, ela imaginara uma perfeição impossível de existir. Tinha ficado magoada com a demora de ser chamada para se casar, mas isso não a impedira de inventar histórias para justificar o atraso: ele possuía um condado para administrar, esperava-se que ele ganhasse todos os torneios para acumular mais prêmios e troféus que qualquer outro cavaleiro, e assim por diante.

Durante muito tempo, Isobel usara seu orgulho ferido como escudo, pois evitava que percebessem que havia criado em sua imaginação um homem que não correspondia com a realidade. Ela o havia idealizado demais e a raiva que sentira pela demora do casamento a cegara. Era bem possível que Lucien tivesse outra causa para justificar a demora. *Ele teve várias amantes, talvez ainda ame uma delas.*

Pensar nessa possibilidade deixou um gosto amargo na boca de Isobel. O homem que estava ali a seu lado era lindo e forte, porém, era um homem real e provavelmente tinha seus defeitos. No entanto, ainda era cedo para diferenciar o homem dos sonhos e o real. Só o tempo daria a resposta.

Lucien parece ter uma alma honrada, mas será que está mentindo? Não era segredo algum que os homens nobres mantinham amantes. A Igreja não condenava, e também não tinha poderes para proibir. Isobel sabia que o próprio pai, o visconde Gautier, visitava uma mulher em Turenne toda semana.

Eu não devia ter idealizado Lucien demais.

Isobel também tinha consciência de que, ao contrário do caso dos homens, não era comum que mulheres mantivessem amantes. As damas bem-nascidas tinham que ser fiéis a seus maridos simplesmente para garantir uma linhagem pura de descendentes. Não devia existir nenhum estranho no ninho. Se bem que, depois que a família estivesse formada, uma mulher podia ter um amante, mas ela tivera pouca experiência fora do convento para confirmar essa possibilidade.

As freiras costumavam apenas ignorar assuntos desagradáveis. Por essa razão, Isobel sentia-se frustrada por ter tido tanta falhas em sua educação. Mas uma coisa tinha como certa: aos homens não eram impostas tantas restrições quanto às mulheres. O mais importante era preservar a linhagem pura.

Os menestréis costumavam fazer odes ao amor. Isobel se lembrava de ouvir as apresentações no salão nobre da casa de seu pai. E em todas elas cantava-se a igualdade entre os sexos. Nas *chansons* dos *trouvères*, as damas flertavam com os cavaleiros, presenteando-os com mimos para que levassem às justas. Os cavaleiros correspondiam a atenção adorando-as e participando de expedições por elas. O relacionamento permanecia sempre puro e casto. Nas canções...

— Isobel, no que está pensando?

— Estou tentando acreditar em você — respondeu ela, umedecendo os lábios antes de falar.

Lucien diz que não tem amante e, quando fala, a verdade parece iluminar seu rosto. Podia estar se iludindo, mas a vontade de acreditar nele tinha uma força inestimável. Não aceitaria uma amante... Ela mesma nunca nem pensara em outro homem que não fosse ele. Estavam casados há apenas um dia, e Isobel já se sentia nauseada só em pensar que Lucien pudesse buscar prazer com outra pessoa. Ainda não tinha identificado se o que dominava seu coração era medo ou ciúmes.

Quando prestou atenção nele de novo, percebeu que Lucien tinha um pequeno sorriso no rosto, como se tivesse ouvido seus pensamentos.

— Você está rindo de mim?

Ele, então, abriu um daqueles sorrisos de parar corações e, segurando-a pela cintura, puxou-a para mais perto.

— Não estou. Acho que você é encantadora. Isobel, nunca achei que confessaria isso, mas me arrependo muito pelos anos em que passamos separados. Acredite, não existe nenhuma *belle amie* em Ravenshold. — Lucien a segurou pelo queixo, reassumindo a expressão séria. — Nossa, você está gelada. Venha, vamos para a cama.

— Você não vai voltar para o acampamento?

— Não mais, quero me deitar com você. — O sorriso maroto estava de volta aos lábios dele. — Não tema, por maior que seja meu desejo, não vou forçá-la a nada.

Isobel o encarou e, pelo brilho dos olhos de Lucien, viu que dizia a verdade. Ele a carregou no colo até a cama e a cobriu.

— Vou falar com sua criada amanhã de manhã — disse Lucien, dando a volta na cama. — Ela tem que levar as obrigações a sério.

— Elise não teve treinamento para ser uma criada.

— Eu percebi...

Quando Lucien se sentou, a cama rangeu. Em seguida, tirou as botas e jogou-as sobre o tapete. Até um gesto simples assim ele executava como um campeão. Depois de se cobrir também, ele virou de lado, apoiando a cabeça na mão para observá-la.

— Devemos dormir agora, minha esposa... — Ele se aproximou mais. — E confortar um ao outro.

Então Lucien tomou a mão de Isobel e começou a afagá-la, enquanto ela olhava para a entrada do quarto.

— Esqueça Elise. Sua criada inútil deve estar ocupada com outra coisa. Relaxe, vamos dormir e nos aquecer. Não se mexa.

Num movimento rápido, Lucien apagou a vela e o manto da escuridão os cobriu. A cama rangeu de novo e ele se aconchegou a Isobel.

Depois de uma vida dormindo com outras mulheres, Isobel ficou feliz em ser abraçada por um corpo forte e quente. Meio sem jeito, passou o braço pela cintura dele e tentou se tranquilizar. Mas não seria uma tarefa fácil relaxar ao lado de um corpo másculo que tanto atraía e intrigava aquela moça que havia sido criada num convento.

Cuidando para que ele não percebesse, respirou fundo para inalar aquele perfume único. *Este é Lucien, meu marido.* Era um perfume muito masculino com toques de almíscar e ervas, provavelmente de um sabonete muito caro e importado. A fragrância misturava-se com o cheiro de madeira queimada, formando um perfume bem pessoal.

Ela gostou de fazer amor com ele na noite anterior, mas era reconfortante saber que também podiam acalentar um ao outro com aquele companheirismo verdadeiro. Não que um homem como ele precisasse de apoio. Sorriu quando Lucien a beijou. Gostava de estar naquela posição e se sentir segura. *Estou com Lucien.*

A *belle amie*, se é que existia, não estava ali naquele momento.

Estou sozinha com Lucien.

Lucien mal conseguia conter o apelo de seu corpo, que ardia de desejo. Estava pronto para possuí-la, mas Isobel não o receberia bem naquela noite. A morte de Geoffrey não tinha sido a primeira que ela presenciara, pois também vira a mãe morrer. E Lucien sabia que os eventos daquele dia a remeteram à perda de pessoas queridas.

Ele se contentou apenas com a presença dela, e em poder acariciar aquele cabelo sedoso. *Não posso possuí-la, não nesta noite.* Sua esperança era de que um elo tivesse se formado entre eles, apesar de Isobel ter revelado o quanto ficara sentida por ter sido ignorada por tantos anos, algo que era de se esperar. Porém, agora que estavam casados, ele poderia explicar tudo, incluindo o casamento com Morwenna. Tinha intenção de esclarecer por que não se separara da primeira esposa, por mais que seu pai tivesse insistido. O primeiro casamento dele tinha sido um desastre. O segundo, aquele que seu pai havia planejado, seria bem melhor. *Teremos filhos.*

Lucien entrou numa guerra consigo mesmo. Não estava acostumado com a intensidade de seus sentimentos. Desde o primeiro momento em que vira Isobel no convento, sua intuição lhe disse que poderia confiar nela. No entanto, era preciso ter muito cuidado. Não seria muito sábio abrir o coração antes do casamento. Mas e agora?

Havia uma chance de que Isobel o aceitasse naquela noite, mas a confiança entre os dois era muito tênue. Confiança. Ainda era preciso desenvolver aquele sentimento. Por mais intrigante que pudesse parecer, ele estava disposto a cortejá-la. Teria que agir com muita habilidade e esperar para confessar sobre Morwenna, pois Isobel podia reagir mal e se recusar a dar-lhe um herdeiro.

Ele bem sabia que não havia agido de maneira correta. Uma mulher nobre como Isobel ficaria profundamente ofendida se soubesse que seu noivo havia se casado com outra enquanto estava prometido a ela. Sem mencionar que o visconde Gautier se sentiria ultrajado. Se não falecesse com a notícia, teria todo o direito de chamar Isobel de volta a Turenne, terminando o casamento.

Sem dúvida, a melhor atitude seria postergar ao máximo a confissão sobre seu passado dúbio para *depois* que a tivesse conquistado.

Eu a desejo. Ele se mexeu procurando um conforto impossível. Todos os seus músculos estavam rijos e ansiosos por prazer. O desejo que regia seu corpo começara desde que a vira do alto da muralha de Ravenshold. *Isobel é capaz de levar qualquer homem à loucura...* Mas seria apenas desejo? Sentiu o coração dar um pulo, mas ignorou. O que sentia naquele momento era apenas uma forte atração física, pura e simples. Morwenna tinha ensinado que a beleza de alguém vinha do interior. Ao tocar a cicatriz, ele se lembrou de que aquela lição seria difícil de esquecer.

Isobel o tinha conquistado e o convencera de que devia mantê-la a seu lado quando confessou, com naturalidade, que não suportaria se soubesse da existência de uma amante.

Isobel não quer que eu tenha amantes. Só em pensar, seu coração se aquecia, embora ele não soubesse explicar a razão daquela nova emoção. Morwenna não ligava a mínima para os sentimentos dele, já Isobel mostrava-se bem diferente.

Isobel não quer que eu tenha amantes. Pena que ela tinha ouvido fofocas, mas ele era o único culpado. Lucien mantivera seu casamento vergonhoso por trás dos portões do castelo. Não era de se estranhar que os habitantes do vilarejo achassem que ele mantinha uma amante em Ravenshold.

Poucas pessoas sabiam da verdade. Raoul, o pobre Geoffrey, Joris e alguns outros. Isobel suspirou enquanto Lucien continuava a acariciar-lhe o cabelo e se embriagava pelo perfume de rosas. *Mon Dieu*, a noite prometia ser muito longa.

Mas ao menos uma decisão estava tomada: ele a cortejaria e, quando conseguisse, contaria sobre Morwenna. Estava convencido de que valia a pena se empenhar em conquistá-la.

Lucien sorriu no escuro. Afinal, quem poderia prever o que aconteceria se conseguisse conquistá-la? Talves o comportamento dela mudasse e ela se transformasse numa pessoa mais tranquila e obediente.

Isobel obediente? O sorriso sumiu do rosto dele. Não podia apostar naquilo, por outro lado, já não sabia mais se queria uma esposa dócil ou indiferente. Mas cortejá-la não faria mal a ninguém. Porém, uma coisa era certa: jamais abriria o coração uma segunda vez, nem mesmo depois de contar sobre Morwenna.

Capítulo 12

Lucien Vernon ficou atarefado desde a madrugada até o cair da tarde. De manhã, participara de conferências, uma espécie de conselhos de guerra, com os cavaleiros guardiões de conde Henry, organizando patrulhas. Enfatizara a importância de se encontrar o assassino de Geoffrey e levá-lo à justiça. À tarde, visitou Ravenshold com seu novo mordomo, *sir* Gawain. O castelo precisava ser restaurado para retomar a antiga glória o mais rápido possível.

Ele havia planejado voltar a Troyes no meio da tarde, no entanto, quando Joris e ele passaram pelos portões da cidade, os mercadores já baixavam as portas, finalizando o expediente.

Os tocheiros foram acesos ao longo das ruas, a luz amarela se infiltrava através das rachaduras nas janelas e paredes das casas.

Trotando pela cidade, decidiu parar num ourives. As portas já estavam fechadas. Joseph tinha uma excelente reputação por ser honesto, por isso resolveu insistir.

— Esperem aqui com Demon, Joris.

— Sim, milorde.

— Joseph? Joseph ourives? Abra, por favor — pediu ele, batendo na porta.

Pretendia se encontrar com a esposa naquela noite, mas não queria chegar de mãos vazias.

— Quem está aí? — perguntou alguém do lado de dentro.

— Lucien Vernon.

— Conde d'Aveyron?

— Sim, eu mesmo.

Lucien ouviu o barulho da trava da porta sendo erguida.

— Bem-vindo, milorde. — Joseph o cumprimentou com uma reverência e sinalizou para que entrasse. — Soube do seu casamento. Desejo que seja uma união longa e feliz.

Lucien sorriu ao menear a cabeça e entrar na sala escura. O fogo da lareira de outro cômodo atravessava uma porta semiaberta.

Ele havia mantido o sorriso no rosto durante o dia inteiro, mesmo sem perceber. Isobel era a razão de sua alegria, pois o valorizava o suficiente para afirmar que queria um marido fiel.

— Milorde quer comprar alguma coisa para a condessa Isobel?

Lucien respondeu que sim com a cabeça. Joseph tirou um cofre de um armário, colocando uma lamparina ao lado.

— Sua esposa deve fazê-lo feliz, milorde. Imagino que queira um presente especial.

— Sem dúvida. Você tem alguma coisa do gênero?

Joseph tirou do bolso um molho de chaves e abriu o cofre.

— Está com sorte, milorde. Um dos meus melhores comerciantes veio me visitar ontem. Ele tem contatos por todo o leste e me disse que isso pertenceu a uma princesa indiana.

Joseph mostrou um pacotinho embrulhado em seda cor-de-rosa e o colocou na mesa, antes de tirar a joia e aproximar a lamparina.

— Se quiser, pode levar lá fora para examinar melhor, milorde.

Isobel não via o marido há dias. Mas Joris sempre aparecia com recados ou desculpas pela demora de Lucien. As desculpas eram variadas:

A reunião com os cavaleiros guardiões foi até tarde da noite. Ele me pediu que lhe avisasse que vai dormir no acampamento.

Milorde precisa tratar de alguns negócios em Ravenshold. Ele pede que o perdoe, mas chegará tarde demais para jantar.

Milorde precisou se encontrar com o conde Henry...

As mensagens eram diferentes, mas o resultado era sempre o mesmo.

Lucien está me evitando.

Isobel preferia pensar que o relacionamento estava melhorando. Depois da noite de núpcias além das expectativas, ela havia decidido presenteá-lo com um herdeiro para assim estabelecer um vínculo eterno. Mas seria impossível, a não ser que ele a visitasse com mais frequência.

Os dias pareciam mais curtos, as noites mais longas e Lucien continuava ausente. Isobel tinha se arrependido de aceitar participar do Torneio de All Hallows. *Ele acha que sou responsável pela morte de Geoffrey. Será que um dia me perdoará?*

Enquanto esperava que o marido esquivo a honrasse com sua presença, Isobel rezava pela saúde do pai. Incluía em suas orações a madrasta, para que tivesse um bom parto. Ao mesmo tempo, procurava aplacar os próprios medos da maternidade, que no momento eram inúteis, já que Lucien nem se dignava a aparecer.

Isobel já tinha perdido as esperanças de passar o Natal com o marido.

No dia em que ele finalmente apareceu, não houve mensagens.

Era tarde e ela aguardava Elise desamarrar o vestido quando ouviu a porta do solário se abrir, seguido por passos apressados até a treliça de madeira.

Quando Lucien abriu a cortina num rompante, o coração de Isobel deu um salto.

O sobretudo azul exibindo o brasão com o corvo preto era prova de que ele estivera com o conde Henry. Sem dizer nada, ele seguiu até a cama, tomou as mãos dela e beijou-as. Assim que o viu, Elise vestiu a capa e deixou o quarto.

— Peço desculpas por não ter mandado nenhum recado hoje — disse ele, passando a mão no cabelo. — Eu esperava ter chegado mais cedo.

Virando-se de costas, ele começou a tirar a roupa. Cinto, casaco, túnica, camisa, botas...

Isobel se recostou nos travesseiros e se forçou a relaxar. *Não posso esperar milagres. Não será fácil conquistar um homem como Lucien.* Enquanto o observava, tentou adivinhar o humor dele. O corpo másculo era imponente, e ela se distraiu com os músculos bem delineados em movimento. Quando Lucien percebeu que era estudado de um jeito tão meticuloso, ficou visivelmente encabulado. Escondendo um sorriso, Isobel cruzou as mãos sobre as cobertas. Ora, se ele não quisesse ser visto, devia ter apagado as velas, mas achou bom que não tivesse feito isso. Não tivera chances de estudar um corpo masculino quando estava no convento de Santa Fé, mas aquele não era um homem qualquer, e sim Lucien, que a intrigava bastante.

Ele tinha o corpo perfeito para um cavaleiro e, aos olhos dela, perfeito para o amor também. Bastava olhar de relance para ter a certeza de que estava diante de um cavaleiro. A luz tremeluzente ajudou a sombrear os vãos entre os músculos, delineando melhor as costas largas quando Lucien tirou a camisa. Havia duas cicatrizes nos ombros que ela não tinha visto antes. As roupas se acumulavam numa pilha aos pés dele.

Isobel estava encantada com o contraste dos ombros largos com a cintura fina e as pernas longas. Quando a última peça caiu sobre a pilha de roupas, Lucien se virou com um sorriso maroto e Isobel corou. Talvez ele jamais expressasse os sentimentos bonitos dos cavaleiros, cantados nas *chansons,* mas ainda bem que estava ansioso para fazer amor de novo. Um provável ressentimento não atrapalharia seu desempenho como amante.

Abaixando-se, ele tirou alguma coisa do bolso do sobretudo, deu uma tossidela e se sentou ao lado de Isobel na cama. Ao segurar o queixo dela com uma das mãos, a beijou de leve nos lábios e depois salpicou outros beijos rápidos por todo o rosto delicado, levando-a a gemer baixinho. As carícias dele lembraram a noite de núpcias e fizeram-na derreter. Quando Lucien voltou a beijar-lhe os lábios, Isobel abriu a boca, permitindo que as línguas ávidas bailassem juntas no ritmo da paixão. Mesmo que tivesse tentado, ela não teria conseguido evitar os murmúrios de prazer.

De repente, Lucien parou de beijá-la, e ela viu o quanto o tinha descabelado com as mãos apressadas. Embrenhar os dedos naquela cabeleira farta conferia-lhe um prazer diferente. *Amo o cabelo dele.*

— Eu trouxe um presente — disse Lucien, colocando alguma coisa na mão dela. — Faz dias que quero lhe dar, mas... — Ele deu de ombros, deitou-se de lado, apoiando-se sobre o cotovelo. — Não tem importância. Espero que goste.

Encantada com a surpresa, Isobel olhou o saquinho cor-de-rosa e abriu um sorriso que traduzia a emoção que sentia. Era alguma coisa redonda... Não...

Em vez de adivinhar, ela decidiu desamarrar logo a fita. Era um broche!

Isobel examinou a joia sobre a palma da mão, boquiaberta. Era uma lua crescente que brilhava mais do que uma manhã de inverno. Se não estivesse enganada, aquelas pedras reluzentes eram diamantes minúsculos que continham todas as cores do arco-íris.

— Você não gostou? — indagou ele, franzindo o cenho.

Lucien tinha visto a surpresa dela e entendera errado.

— É lindo, Lucien. Eu amei. — Ela pousou a mão no braço dele e o beijou no rosto. — Isto deve ter custado uma pequena fortuna.

— Posso pagar, minha querida — disse ele, abraçando-a.

— Você deve ter ganhado bastante nos torneios desse ano.

— Ganhei o suficiente. — Ele a encarou com aqueles olhos azuis profundos antes de continuar: — Isobel, tenho bastante recursos, caso contrário não estaria considerando hospedar metade dos cavaleiros da Cristandade no próximo torneio de verão. Faremos melhorias no Campo dos Pássaros para torná-lo mais seguro e não sairá barato. O castelo de Ravenshold é apenas uma de minhas propriedades. — Ele não havia entendido a dúvida dela. — Seu pai não lhe disse nada sobre minhas posses? Tenho terras na Normandia e em Auvergne... Não sou pobre.

Isobel levantou os olhos para fitá-lo, enquanto um pensamento ruim lhe passou pela mente. Era lógico que sabia que se casara com um homem rico, mas era difícil encontrar outra explicação, que não a falta de dinheiro, para ter negligenciado tanto Ravenshold. Se bem que ele poderia ter voltado as costas para as responsabilidades.

Será que me casei com um perdulário? Ou um homem que só pensa nos campos de torneios? Será que ele não vê que uma propriedade negligenciada poderia logo ter seus proventos reduzidos? Além de criados descontentes e arrendatários infelizes?

Isobel deixou a preocupação de lado quando ele a beijou na ponta do nariz, embriagando-a com aquele perfume almiscarado. Entretanto, se Lucien fosse mesmo um perdulário, não demoraria a descobrir. Por outro lado, se fosse de fato obcecado por torneios, ela podia usar isso a seu favor. Seria uma esposa perfeita que poderia administrar o dia a dia das propriedades dele. *Se eu não engravidar, posso pelo menos ajudar com as propriedades...*

Enquanto isso, Lucien beijava-lhe o pescoço, acariciando-lhe o seio e brincando com um dos mamilos.

— Se você não gostou do broche, posso trocar por outra coisa.

A primeira reação de Isobel foi fechar a mão, prendendo o broche.

— Eu adorei.

Conforme as carícias ficavam mais sensuais, o corpo de Isobel tornava-se mais lânguido e o calor entorpecente nublava seus pensamentos. *Ele é tão lindo. Eu o desejo tanto... É muito cedo para julgá-lo.*

— O ourives me disse que essa peça pertenceu a uma princesa indiana — comentou Lucien, mordiscando o lóbulo da orelha dela.

— Onde fica a Índia? — perguntou Isobel, colocando a mão sobre o ombro dele.

— À leste, bem além de Bizâncio. Não tenho certeza, mas acho que a Índia fica além da Pérsia.

Afastando-se um pouco, Isobel abriu a mão para admirar o broche.

— Ele brilha tanto — disse ela, colocando a joia no criado-mudo e apagando a vela.

Quando voltou, escorregou pelos braços fortes de Lucien, que pareciam ter o tamanho exato para envolvê-la. Aninhada como estava, foi fácil deixar de pensar que o marido era obcecado por torneios e até parar de se preocupar se seria capaz ou não de provê-lo com um herdeiro...

Talvez essa atração não persista para sempre. Mas vou aproveitar enquanto durar.

Lucien não tinha o hábito de mudar de ideia. Mas costumes não estavam esculpidos em pedra. Na manhã seguinte, quando saiu sorrateiro da cama para não acordar a esposa, parou para contemplá-la e pensou numa mudança de planos.

Ela parece um anjo.

Sentiu uma pontada no coração, pois sabia que Isobel estava longe de ser um anjo. Abaixou-se e esticou a mão para tocar uma mecha daquele cabelo dourado. Isobel era impulsiva, orgulhosa, desobediente e teimosa. Sem mencionar que falava muito. Ela sabia o que queria e superava qualquer obstáculo para conseguir. E como se não bastasse, esperava que o marido fosse fiel.

Seguindo até a janela, ele abriu as cortinas, permitindo que os raios de sol entrassem e iluminassem a cama e o broche na mesa de cabeceira. Quando chegara à joalheria, não sabia o que comprar, mas Joseph conhecia bem seu ofício e lhe mostrara a peça exata. Lucien sorriu ao lembrar que, quando vislumbrara a joia, soube que ela pertenceria a Isobel.

Passou a mão sobre o peito e, em seguida, se abaixou para pegar a roupa. Tinha mudado de ideia e não acordaria Isobel, como também não se oporia mais que ela voltasse a Ravenshold antes que o castelo fosse restaurado.

Vestiu a túnica e colocou o cinto.

— Isobel?

Ela abriu os olhos, piscou, olhou para ele e sorriu. Aquele sorriso devia ser proibido por lei, pois era capaz de deixá-lo ardendo de desejo. Se não tivesse combinado de se encontrar com o conde Henry naquela manhã...

— Bom dia, Lucien — disse ela com a voz rouca. Uma tentação a mais.

— Devemos deixar o palácio. — A frustração por não poder voltar para a cama deixou-o sério. — Peça a sua criada que a ajude a arrumar suas coisas.

— Estamos partindo? — Ela se levantou animada e com os olhos brilhando.

Lucien procurou não olhar para aqueles lindos seios desnudos.

— Vamos para Ravenshold? — indagou Isobel com esperança.

— Sim, nesta tarde. Joris trará uma escolta e alguns animais de carga.

— Tenho meus homens — lembrou-lhe ela com voz suave.

— Providenciarei para que eles a acompanhem.

— Você me permitirá ajudar na reforma do castelo?

— Parece que sim.

Isobel se levantou da cama num segundo, exibindo o corpo alvo e o cabelo solto. Indiferente à própria nudez, jogou-se nos braços de Lucien.

— Obrigada! Você não se arrependerá, eu juro.

Eufórica, Isobel o segurou pelo pescoço, puxando-o para baixo para beijá-lo até quase deixá-lo sem ar. Lucien se envolveu pelo beijo, pelo toque da pele dela, que parecia seda deslizando sobre seu corpo rígido, e pelo perfume de rosas tão sedutor.

Ela devia ser presa por tamanha sensualidade.

Lucien estava prestes a se atrasar para a reunião com o conde Henry e a voltar com Isobel para a cama, quando percebeu alguém se movendo perto da treliça. Era Elise, escondida pelas sombras das cortinas.

— Cubra-se, Isobel, não estamos sozinhos — disse ele, empurrando-a com muita relutância.

Isobel se enrolou num lençol. Seus lábios estavam rosados de tantos beijos, e a maneira como ela olhou para ele… Oh, Céus.

— Joris chegará em quatro horas — informou ele, disfarçando o desejo. — O tempo é conveniente?

— Ah, sim. — Ela esticou a mão e tocou a dele. — Obrigada, Lucien.

Foi difícil, mas ele soltou aquela mão delicada e saiu do quarto. Atravessou o solário e desceu as escadas em caracol. A distância até o salão nobre parecia ter duplicado.

A princípio, Isobel estava feliz por Lucien ter mudado de ideia. Sentiu o corpo leve enquanto se lavava e se vestia. *Ele confia em mim!* Lucien estava pronto para permitir que ela se mudasse para o castelo. Essa era a chance de mostrar que podia ajudar e que não se resumia a apenas um obstáculo. Contanto que não interferisse nos assuntos militares, estava confiante que ganharia a aprovação de Lucien no que fizesse. Pretendia que sua cozinha se equiparasse à da condessa Marie. E os quartos... Bem, podiam não se comparar àquele onde estava hospedada, mas deixaria todos os aposentos de Ravenshold aconchegantes.

A manhã passou rápido como uma brisa.

— Elise, primeiro guardaremos meus vestidos e véus no baú colorido.

— Sim, *milady*.

— Depois disso, pretendo descobrir onde está a condessa Marie. Quero agradecer a hospitalidade.

— Sim, *milady*.

Enquanto Elise apertava as roupas no baú para caber mais alguns vestidos, Isobel guardava o broche no porta-joias. Era elegante demais para ser usado naquele dia. Ao se deparar com o saquinho de ervas no porta-joias, sentiu-se envolvida por uma nuvem escura.

Tinha enganado Lucien, mesmo que tivesse parado de tomar as ervas, sua consciência ainda pesava. O erro em comprá-las sem que ele soubesse tinha sido muito grave. Lucien havia se casado para gerar um herdeiro. Ele queria também seu dote, naturalmente, porém, acima de tudo, ter um herdeiro.

Os nobres precisam de filhos. E eu não estava pronta para gerar um.

Mas me empenharei daqui para frente, farei o possível...

Ao pensar na concepção, seu coração pesou, pois sua impressão era de que Lucien compartilhava da mesma cama por causa da necessidade de um herdeiro. Não podia negar o esforço para que ela tivesse tanto prazer quanto ele, o que não significava que a amava. E por mais que quisesse engravidar, sabia que não estava pronta para o parto. Nada afastava de sua mente a possibilidade de morrer ao dar à luz, como sua mãe.

Lucien tem uma amante. O pensamento surgiu do nada, mas foi suficiente para lembrar-lhe que desde o casamento relutava em aceitar o fato. Lucien a deslumbrava com tanto charme e com a perfeição de seu corpo másculo. Não podia se esquecer que o broche também a tinha encantado, mas talvez ele quisesse apenas compensar pelo sofrimento de tantos anos de espera.

Um pensamento horrível a imobilizou. O presente podia ter sido dado para desviar-lhe a atenção de uma possível amante. *Como alguém pode esquecer uma coisa dessas?*

— Conde Lucien tem uma amante — murmurou, fechando o porta-joias.

Não tinha a intenção de falar sobre o assunto com Elise, entretanto, as palavras tinham-lhe escapado da boca.

— Como, *milady*? — indagou Elise, fitando-a.

— Meu marido tem uma *belle amie* em Ravenshold — revelou ela, com os olhos lacrimejantes.

Elise pegou os vestidos que estavam pendurados nos ganchos de parede e os levou até a cama.

— A *milady* se aborrece com a mudança? — indagou, preocupada, enquanto dobrava os vestidos, dando atenção a Isobel. — Muitas esposas consideram um alívio o fato de os maridos terem amantes. Se o conde Lucien tiver uma mulher, ele não a incomodará com tanta frequência, diminuindo a chance da *milady* engravidar.

Eu ficaria muito mais preocupada se Lucien não me incomodasse!

Isobel comprimiu os lábios. Não havia contado a Elise que havia mudado de ideia sobre ter um filho. Para não demonstrar o que sentia, dobrou um véu num quadrado perfeito. Elise sabia de seu medo de engravidar. Se dissesse que havia mudado de ideia, a criada podia achar que havia enlouquecido. Era mais seguro trocar de assunto.

— Elise, devemos visitar o mosteiro antes de deixarmos Troyes. Gostaria de saber se Girande está melhor.

— E se ela estiver? — perguntou Elise, aflita.

— Ela irá conosco para Ravenshold.

— A *milady* não precisará mais de mim — disse Elise, baixando a cabeça. — Serei dispensada?

— Não farei nada disso.

— A *milady* não precisa de duas criadas.

— Isso é verdade, mas, pelo que sei, há muitos lugares em Ravenshold para alguém com suas habilidades. Além disso, o castelo foi habitado só por homens durante muito tempo. — *Sem contar a amante de Lucien.* Com receio de demonstrar preocupação, Isobel suavizou o tom de voz: — Encontraremos tarefas adequadas aos seus talentos. Quando fomos ao boticário, notei seu conhecimento apurado em ervas. Gostaria muito que você me ajudasse a planejar meu canteiro de ervas.

— Se não se importar em me manter longe do mosteiro... Eu detestaria depender da caridade das freiras.

— Não se preocupe, Elise — disse Isobel, sorrindo. — Se deseja continuar a me servir, garanto que terá trabalho.

— Deus a abençoe, *milady*. — Os olhos de Elise se encheram de lágrimas.

Capítulo 13

O SOL SE PUNHA NO horizonte, colorindo o céu em tons de vermelho, quando o cortejo chegou aos portões de Ravenshold. A criada de Isobel, Girande, tinha se recuperado o suficiente para acompanhá-las. As três — Elise também viajava ao lado de Isobel — estavam acompanhadas por uma escolta digna de uma rainha. Metade dos homens pertencia ao visconde Gautier, e a outra metade respondia a Lucien.

Isobel não sabia o que encontraria em Ravenshold, além de muita desordem. Lucien fora sincero sobre o estado do castelo. Mas desordem não a amedrontava, pois ficaria feliz de ter a oportunidade de mostrar do que era capaz. *Posso colocar esse castelo em ordem.* No entanto, temia ter que enfrentar a amante de Lucien. *Se bem que ele me garantiu que não havia nenhuma mulher...*

Folhas secas de vários tons pairavam no ar do alto das árvores até o chão, como se fossem borboletas. O vento se encarregava de varrê-las de um lado para o outro do pátio. As fortificações ao longo das muralhas não pareciam muito castigadas pelo tempo. Havia apenas uma construção mais baixa, que ostentava grandes buracos no telhado de palha. Uma torre de fumaça se erguia da chaminé do pavilhão da cozinha. Mas eram duas torres redondas e altas que se destacavam.

Isobel estava distraída estudando os arredores quando viu a porta do estábulo se abrir.

O rosto de Lucien se iluminou ao vê-la. Suas roupas estavam repletas de feno, que ele tentava tirar batendo as mãos nas calças.

— Isobel, você precisa ver isso — disse ele, ajudando-a a descer da carruagem.

Ela colocou as mãos nos ombros dele. Estranhou vê-lo com a roupa suja e rasgada em algumas partes. Era a primeira vez que não o via vestido como um cavaleiro.

— Seu cabelo está repleto de feno.

Ele não se importou com o comentário, pois estava feliz demais.

— Não resisti e ajudei um potrinho a nascer. Venha ver.

A alegria dele era contagiante. Ele parecia mais um cavalariço do que um conde. Mas isso não a impediu de segui-lo até o estábulo.

O potro era castanho e ainda estava sentado na palha na última baia com a mãe ao lado.

— Que encanto — disse ela, suspirando. — Foi um parto fácil?

— Foi sim.

As mulheres podiam dar à luz com a mesma facilidade dos animais.

Lucien sorria ao olhar para o potro e, inconscientemente, entrelaçou os dedos nos dela. Isobel sentiu o coração palpitar, mesmo reconhecendo o hábito dele em tomar-lhe a mão daquela forma. Embora enternecida, procurou ser realista, pois o gesto podia ser tão ambíguo quanto o broche que ganhara. Precisava ter em mente que ela não significava nada além de um caminho fácil para as terras de Turenne, ou mais um prêmio para acrescentar à coleção. Por um breve momento, olhou para as mãos entrelaçadas e sentiu uma pontada no peito. Para muitos, aquele gesto significava afeição, mas, no caso deles, era apenas um sinal de posse.

Ele acredita que eu seja herdeira das terras do meu pai, e continuarei sendo, a menos que Angelina tenha um menino. Devo revelar isso, avisá-lo da possibilidade de nascer outro herdeiro...

No entanto, as palavras não vieram com a facilidade que ela esperava, ainda mais naquele momento, em que Lucien estava tão encantado. Olhando-o de lado, ela estudou o perfil dele, confirmando a transformação que acontecia quando sorria. Ele parecia mais jovem, despreocupado e ainda mais atraente. Será que era esse lado desprentensioso que exibia para a amante?

Mesmo com o assunto perturbando-lhe a mente, ela se forçou a sorrir também. Tinha esperanças de que um homem que se extasiava com o nascimento de um potro não a obrigasse a suportar a presença de uma amante em Ravenshold. Será que Lucien a havia dispensado? Ou, quem sabe, arranjado para que ela vivesse num chalé no vilarejo pelo qual haviam passado a caminho do castelo?

Mais uma vez, o sorriso dele foi capaz de enternecê-la.

— Venha, chegou a hora de conhecer seu novo lar — Mas voltou a ser seco ao acrescentar: — Como verá, trabalharemos muito até depois do Natal.

À mesa do jantar, enquanto aguardava a refeição, Isobel pensava na triste verdade do que Lucien havia dito. No estado em que se encontrava, Ravenshold não podia ser comparado ao salão nobre do palácio do conde Henry. Durante toda a tarde, havia procurado não fazer comparações, mas foi inevitável. Por todo canto, havia evidências de descuido e negligência por falta de administração.

Acima da cadeira de Lucien, o estandarte de seu brasão estava coberto de poeira. Tanto que mal dava para saber que o tecido era azul, e o corvo havia perdido todo o brilho.

O fogo da lareira chiava como se ali houvesse milhares de cobras, além de espalhar fumaça pelo saguão. Ainda bem que não cheirava mal. Mas era tudo muito decadente. Era evidente que o piso de junco não tinha sido trocado havia muito tempo, tanto que estava cheio de falhas que a levaram a tropeçar no caminho até a mesa. *Que lugar imundo,* pensou ela, franzindo o nariz.

— Isobel, o que há de errado?

Ao perceber que seu desconforto havia sido notado, ela corou, pois até então achava que estava disfarçando bem.

— O piso está cheio de falhas.

— Parece que está mesmo. — Lucien deu de ombros.

Isobel não sabia como resolver o mistério que era seu marido. Ele não parecia se importar com o fato de o castelo estar caindo aos pedaços. Lucien era um homem de posses, o que a levava a crer que não cuidara de Ravenshold por pura negligência. O grande cavaleiro, campeão de tantos torneios, era, na verdade um soberano indiferente. Ao que parecia, era um amante dos cavalos. Então, falar sobre os estábulos seria um bom início de conversa.

— Eu já sabia que Ravenshold precisava de reparos, mas confesso que estou chocada com o que vi — disse ela, suspirando.

— Eu avisei — rebateu ele, encarando-a com aqueles olhos azuis indecifráveis.

— É verdade. Mas você deve ter percebido que estão faltando algumas tábuas no teto do estábulo. Acho que precisa ser todo reconstruído.

— Estou ciente disso, mas não temos madeira seca. Algum desavisado a estava usando como combustível. Já estou tomando providências.

— Ah...

— O conde Henry ofereceu um pouco de madeira, deve chegar amanhã. — Lucien olhou para a porta da cozinha com raiva. — Onde será que está nossa carne? O sargento sabia que você viria jantar.

Ele mal havia terminado de falar quando a porta da cozinha se abriu e Isobel ouviu o sargento gritar. Ela trocou olhares com Lucien, e a porta voltou a se fechar, sem ninguém entrar.

Isobel empurrou a travessa com pão para Lucien. Não tinha visto a ala da cozinha direito durante a rápida excursão com o marido. Mas fora apresentada ao cozinheiro, que, na verdade, era um dos sargentos de Lucien. Aquele não seria alguém fácil de dominar. Mas antes de proceder a qualquer mudança, tinha que esperar que Lucien a autorizasse.

A fumaça continuava a se avolumar na sala, enquanto Lucien comia três pedaços de pão. Depois tamborilou os dedos sobre a mesa, praguejando baixinho.

Isobel estava prestes a se levantar para ir até a cozinha quando a porta se abriu de novo e um menino, que achou ser o mesmo que havia visto nos estábulos, apareceu.

— Galinha... — disse ela, animada.

Sem nenhuma cerimônia, o garoto colocou a travessa apenas com a galinha assada diante deles. Pelo cheiro do menino, Isobel concluiu que ele definitivamente trabalhava no estábulo.

— Que bom...

— Até que enfim, estou faminto. — Lucien pegou a faca e cortou vários pedaços do peito de frango e os arrumou sobre a travessa com muita facilidade.

Mais um dos inúmeros mistérios que o rodeavam.

Isobel pensou em Lucien vestido como um cavaleiro, montado em seu cavalo, paramentado de azul. A menos quando fazia as vezes de parteira para uma das éguas, ele era muito meticuloso com a aparência. E, mesmo assim, Ravenshold estava caindo aos pedaços...

Ao contrário do que se esperava, o sabor da galinha estava divino. O cheiro também era ótimo, principalmente depois que o menino tinha se retirado da sala, levando consigo o cheiro de cavalo. Dava para sentir o aroma das cebolas e do tomilho. E foi o suficiente para melhorar o humor de Isobel e deixá-la com água na boca. Afinal, o sargento sabia cozinhar, o que era bom.

Lucien a serviu com o melhor pedaço.

— Ah, muito obrigada. — Ela deu uma tossidela antes de entrar no assunto principal: — Terei seu apoio total na administração doméstica?

Ele levantou o olhar e terminou de comer, dando a impressão de que não iria responder. Quando finalmente falou alguma coisa, foram palavras comedidas.

— Você é a minha condessa. Faça como achar melhor.

Lucien deixou Ravenshold de madrugada. Isobel estava meio sonolenta quando o vira se trocar e ouvira algumas palavras soltas antes de adormecer de novo:

— Conde Henry... Guardiões... Patrulhas...

Quando voltou a abrir os olhos, Isobel continuou na cama, pensando. Tinha sido um alívio descobrir que, no quarto de Lucien, havia uma lareira. A pouca mobília do aposento era bem simples.

Os baús de viagem dos dois estavam lado a lado. O dele, amassado e arranhado de tantas viagens. *Vou mandar repintá-lo.* Os lençóis também eram aproveitáveis, mas havia alguns buracos de traça. *Toda a roupa de cama terá que ser remendada.* Mais alguns instantes e já estava planejando outras melhorias. Um cobertor azul. Lençóis novos...

Havia muito que fazer. Naquele dia, ela decidiu que começaria a varrer o castelo de alto a baixo. Procurou não pensar que podia encontrar vestígios da amante de Lucien, mas estava disposta a apenas cumprir a tarefa. Se conseguisse restaurar Ravenshold a sua antiga glória, talvez Lucien a valorizasse por algo além das terras em Turrene. E se por acaso engravidasse nesse período, seria vangloriada pelo herdeiro que daria a ele.

Isobel não tinha muito tempo, porque, cedo ou tarde, precisaria contar a ele que Angelina estava esperando um bebê.

Girande estava completamente restabelecida e disposta a reassumir o posto de criada pessoal de Isobel. Para que Elise não ficasse sem ter o que fazer, Isobel a levou para fazer uma ronda pelo castelo, a começar pelo pátio externo.

— Para onde vamos, *milady*? — indagou Elise.

Do lado de fora do castelo, o céu estava claro. Elise estava feliz e sorrindo, não se parecia com a moça amedrontada do dia anterior. Isobel mal acreditava na mudança.

— Você parece tão feliz.

— Ah, *milady*, estou sim. Eu não queria voltar para o convento.

Isobel ficou contente em tê-la ajudado. Apesar de a vida no convento não ter sido fácil, até Lucien chamá-la, ela sempre gozara de uma boa posição. As freiras jamais a deixariam passar fome. Isobel suspeitava que houvesse épocas em que Elise não sabia quando comeria a próxima migalha.

— Espero que nos tornemos amigas — disse Isobel. — Quem sabe um dia você me conta como foi parar no mosteiro.

— Sim, *milady*. — O sorriso de Elise esvaneceu.

— Essa manhã vamos só conhecer melhor o lugar. Enquanto estivermos andando, espero encontrar algo que a interesse. Caso contrário, há muito o que se costurar num castelo deste tamanho. Vamos até as muralhas, acredito que de lá teremos uma ampla visão de tudo.

As duas cruzavam o pátio e a sombra de uma das torres, quando um jovem robusto passou por elas correndo. Isobel o reconheceu como sendo um dos cavaleiros que Lucien havia apresentado na noite anterior. Ele tinha o cabelo da cor do trigo e olhos castanhos expressivos.

— Bom dia, *lady* Isobel.

— Bom dia, *sir*... Gawain, estou certa?

— *Aye*, *milady*, Gawain Steward. — Ele se curvou numa reverência, e Elise corou. — O conde Lucien me incumbiu de responder a qualquer dúvida que possa ter. Mas devo avisá-la de que não faz muito tempo que estou em Ravenshold e a função de mordomo é nova para mim. Infelizmente não tenho respostas para tudo.

— Vamos inspecionar as muralhas e de lá sairemos para explorar o castelo — disse Isobel sorrindo.

— Se me permitir, ficarei honrado em guiá-las.

— Obrigada.

Com um floreio, Gawain apontou para a escadaria que os levaria até a muralha.

— Primeiro as damas.

Do topo, Isobel vislumbrou as várias edificações ao redor do pátio.

— Bem, conheço o saguão e a torre oeste, já que milorde a fez sua moradia. Ali fica o estábulo — disse ela, olhando o telhado de tábuas soltas. — Lucien me mostrou o novo potro ontem. Imagino que aquela ala à esquerda dos estábulos é onde fica a forja.

— *Aye*, *milady*. E a construção menor, perto da torre oeste, de onde está saindo fumaça da chaminé, é a padaria.

— Obrigada, *sir* Gawain.

Isobel lançou um olhar mais crítico ao redor e franziu o cenho. Alguma coisa estava faltando. Nenhum castelo estava completo sem o depósito de armas. Onde estaria? Sua atenção se voltou para a torre a leste.

— E o que há naquela torre? É ali onde se guardam as armas?

— Sim, *milady*. A ala da guarda fica no primeiro piso e o depósito em cima.

— E o que há nos andares superiores?

Gawain deu uma tossidela e, apesar de ainda manter os olhos fixos aos dela, ficou muito sem graça.

— Não tenho certeza, *milady*. Acho que os andares de cima são usados como depósito. Nunca passei de onde as armas são guardadas.

A torre leste, ao contrário da outra, era inteira coberta por heras. As ervas daninhas se alastravam desde a parte mais baixa e, até onde Isobel enxergava, iam até o topo.

— O balestreiro está fechado pelas plantas.

— Eu já tinha percebido. — Gawain corou. — As heras serão podadas, *milady*.

— Quando terminarmos aqui, gostaria de visitar o depósito de armas.

— Será uma honra levá-la até lá.

Isobel continuou olhando para aquela torre mais um pouco e estremeceu. A erva parecia sufocar a torre. Pelo tamanho, algumas delas na certa tinham sido plantadas havia anos.

Não havia nada em Ravenshold que estivesse em boas condições, mas a torre leste tinha uma aparência mais abandonada e demasiadamente triste.

— Ali há arbustos espinhosos?

— Sim, mas também serão podados.

— Sem falar nas folhas. Creio que o pátio não tenha sido varrido na última década.

— Como quiser, *milady* — disse Gawain, entortando a boca.

Depois de uma última olhada para a torre leste, Isobel virou-se na direção do vilarejo. Graças aos deuses, ali, pelo menos, estava tudo em ordem. O campo estava limpo e a terra havia sido arada, pronta para o inverno. Os vinhedos foram cuidadosamente podados. Do outro lado da estrada, havia um pequeno pomar, e a grama debaixo das árvores de frutas tinha sido ceifada. O contraste entre o interior e o exterior do castelo era impressionante.

— *Sir* Gawain, parece que, durante a ausência do meu marido, os vassalos foram mais eficientes do que os criados do castelo.

— Isso é verdade — confirmou Gawain, cauteloso. — Isso me lembra de que milorde pediu que eu lhe dissesse que amanhã mesmo recrutará criados do vilarejo. Ele gostaria de saber se *milady* quer participar da seleção.

— Obrigada, *sir* Gawain. Vou querer sim.

Enquanto Isobel ainda admirava as terras de Lucien, Gawain deu um passo para trás para falar com um dos soldados que estava de guarda.

— Esse lugar parece estar abandonado há muito tempo — murmurou Elise, ainda olhando para a torre leste.

Isobel percebeu e concluiu que Elise se referia às ervas daninhas, aos arbustos espinhosos e às pilhas de folhas. Não podia reprimir a criada, já que era evidente aos olhos de qualquer um ali presente que Ravenshold estava em condições de completo abandono. O mais estranho, porém, era que ela sabia que o castelo não refletia a personalidade de Lucien.

A culpa, provavelmente, foi dos torneios. Era óbvio que ele tinha se concentrado nas competições e ignorado suas obrigações. Será que as outras propriedades estavam no mesmo estado de Ravenshold? Por que não delegar a administração? Tinha ficado surpresa por Gawain ser o responsável pelo castelo, se bem que ele mencionara que havia assumido o cargo de mordomo havia pouco tempo, portanto não podia ser culpado pelo estado da propriedade. Quem teria sido o mordomo anterior? Na certa, um inútil. Era de se estranhar que Lucien não soubesse julgar o caráter de seus empregados.

— *Milady* precisará de mais serviçais — murmurou Elise. — Além dos criados que o conde transformou em meninos de recados, não vejo ninguém que honre o cargo.

Isobel subiu até o parapeito da muralha e da balestreira, de onde, através das ameias, pôde ver a estrada lá embaixo.

— O milorde tem participado de muitos torneios, Elise. Acredito que ele tenha cuidado melhor dos outros castelos. — *Pelo menos, é o que espero. Tomara que os outros não estejam em tão péssimas condições.*

— Lorde d'Aveyron se ausentou de Ravenshold por muito tempo — disse Elise, encarando-a.

— Você está passando dos limites, Elise. Isso não é coisa que se diga.

— Desculpe-me, *milady*, estou falando pelo que vejo. — Os olhos de Elise eram profundos. — Percebi também que a *milady* está se apaixonando por ele. Tome cuidado.

— O que quer dizer com isso? — indagou Isobel, arrepiando-se inteira.

Gawain deu um tapinha no ombro do guarda e se aproximou delas.

— Peço apenas que tome cuidado, *milady* — advertiu Elise, diminuindo o tom de voz. — O conde não é o que parece.

O conde não é o que parece?

Quando Gawain chegou mais perto, Elise corou e se fechou como costumava fazer. Isobel não teve a chance de perguntar o que ela quisera dizer com aquele estranho comentário. Metade de sua atenção estava focada na descrição de Gawain sobre como Lucien havia mudado o turno dos guardas do portão, e a outra metade estava tomada por Lucien.

Será que estou apaixonada? Mas não se sentia assim. Na verdade, não o conhecia o suficiente para amá-lo. Pareciam ter sido feitos um para o outro por baixo dos lençóis, mas no restante...

Mal o conheço. Ele é um campeão de torneios com mais prêmios do que qualquer outro cavaleiro em Champagne. Tinha deixado Ravenshold naquele estado aparentemente por negligência. Lucien também era dono de um charme inigualável, e sabia usar melhor do que ninguém. Foi honesto ao admitir que tivera amantes.

Isobel se lembrou do dia em que chegara e o encontrara feliz e irresistível. Lucien a havia cumprimentado de maneira afetuosa e levado-a para ver o novo potro. Será que tinha agido daquela forma apenas por charme? Ou teria algum interesse além disso? Podia também significar que estavam criando um vínculo, embora a chance fosse remota. Concluiu que não o amava, mas queria que ele nutrisse algum sentimento por ela.

Lucien gosta de mim. Um vínculo está se formando entre nós. Ele estava feliz com o nascimento do potro e tinha sido sincero quando quis compartilhar a alegria.

Por outro lado, Isobel estava ciente de que podia estar errada. O vínculo podia ser apenas fruto de sua imaginação. Com o coração apertado, ela voltou a olhar para a torre coberta de heras. Os galhos pareciam fios pretos fortes e impenetráveis.

Bem, se Lucien não era o homem que esperava, ela se esforçaria para que o casamento desse certo. Era esposa dele e sentia-se abençoada por isso...

Ele é gentil ao fazer amor. Sinto prazer em ser tocada por aquelas mãos grandes. Mas ele deve ter praticado com muitas outras mulheres.

Faria tudo para descobrir sobre a amante e tirar aquele peso de sua vida. Afastando os pensamentos ruins, visualizou em sua mente o broche com a lua de brilhantes. *Lucien é generoso.* Logo em seguida vislumbrou a imagem dele com o estandarte tremulando durante os torneios. *Ele é um grande campeão.*

Uma brisa suave levantou-lhe a ponta do véu e a fez estremecer. *Elise disse que Lucien não é o que parece... O que será que quis dizer com isso?*

Pela balestreira, Isobel viu uma moça com uma capa verde-musgo e um vestido verde se aproximando dos portões. Depois reparou que a moça cumprimentou um dos sentinelas, mas Gawain estava chamando Isobel.

— *Milady*?

— Pois não?

Gawain começou a discursar sobre as fartas colheitas do outro lado da muralha. Isobel meneou a cabeça quando ele apontava as fileiras de videiras, a horta...

— Está vendo aquela fileira de árvores no horizonte, *milady*?

— Sim, estou vendo.

— O Campo dos Pássaros fica logo atrás.

— Eu não sabia que ficava tão próximo de Ravenshold — murmurou ela.

Gawain se encostou à muralha e passou a enumerar os torneios anuais que o pai de Lucien, lorde de Ravenshold, promovia em sua época. Pelo entusiasmo de Gawain, ela percebeu que Lucien não era o único cavaleiro obcecado por torneios, pois mal conseguiu falar alguma coisa. Por sorte, Gawain percebeu que estava falando muito e que talvez seu senhor não aprovasse que alguém forçasse Isobel a ouvir sobre as glórias passadas de Ravenshold.

— Sinto muito, *milady*. Acho que estou me excedendo.

— De jeito algum, *sir* Gawain. Vejo que você e meu marido dividem a mesma paixão. — Ela se virou na direção das escadas. — Gostaria de ver o depósito de armas agora.

Enquanto atravessavam o pátio, Isobel notou uma área cercada atrás da torre leste repleta de árvores e arbustos. Um jardim! Pelo que podia ver de onde estava, o jardim encontrava-se em melhores condições do que as heras que serpenteavam pela torre. Os arbustos estavam podados, prova de que alguém cuidava daquelas plantas.

— Espere um instante, *sir* Gawain, preciso ver aquele jardim.

— Está bem, *milady*. Vou esperá-la aqui. Não entendo nada de jardins, mas Solène pode responder a suas dúvidas.

— Quem é Solène?

— Ela cuida do jardim de ervas.

Havia um caminho que saía da torre leste e seguia até algo que se parecia com um pequeno armazém. Isobel dirigiu-se com passos apressados até lá, seguida por Elise. Havia canteiros de ervas plantados sobre a área gramada atrás da torre, cercadas por árvores de avelãs. Àquela hora do dia, os canteiros estavam à sombra da torre. Havia também um arbusto de alecrim coberto pela geada. Não havia nenhuma erva daninha nos canteiros. As roseiras e os pés de lavanda foram podados e as ervas, ceifadas. Havia alguns passarinhos sobre o feno jogado sobre as plantas para protegê-las do inverno.

— Elise, eu tinha pensado em pedir que você plantasse um canteiro de ervas, mas não será mais necessário. Ainda bem que alguém no castelo entende a importância dessas plantas — disse Isobel. — Onde ela está?

Elise apontou para uma cabana de palha na extremidade do canteiro.

— Ela deve estar ali, *milady*. — Elise se ajoelhou no caminho e colheu um ramo de alecrim. — Isso será útil na cozinha.

— Tem razão — concordou Isobel, a caminho da cabana.

Quando Isobel se aproximou, a porta da cabana se abriu. Solène, certamente era ela, tinha apenas alguns anos a mais que Isobel. Os olhos escuros destacavam-se naquela pele curtida de quem passava horas ao ar livre. A trança mostrava um cabelo acinzentado e fino. As mãos, de unhas sujas de terra e juntas largas, evidenciavam seu ofício de jardineira. Ela usava um vestido marrom simples com a barra gasta.

— Você é Solène?

Os olhos escuros de Solène fitaram Isobel.

— *Aye,* sou eu, sim. E quem é você?

— Sou Isobel de Turenne, a nova esposa do conde Lucien.

— *Esposa?* — indagou Solène, incrédula. — Você é *esposa* dele?

Isobel teve a impressão de que a moça não ouvia muito bem, por isso elevou o tom de voz.

— Sim, sou a condessa d'Aveyron. — Isobel gesticulou na direção dos canteiros de ervas. — Você deve trabalhar muito para manter esse jardim em ordem.

— *Aye.* — Solène olhou de lado para Elise e fitou Isobel de novo. — Posso ajudá-la, *milady*?

— Por enquanto, não. Estou apenas visitando os arredores. Mais tarde gostaria que você levasse algumas ervas para a cozinha. Por acaso sabe se o conde mantém um depósito de medicamentos no castelo?

Solène começou a rir alto.

— Imagine... A outra senhora mantinha, que Deus a tenha, mas as ervas dela perderam a virtude. Imagino que queira plantar novas mudas.

— A *outra* senhora?

Solène ficou lívida e voltou para dentro da cabana.

— Amanhã, *milady*. Podemos conversar amanhã. Sim, providenciarei as ervas para a cozinha.

A porta se fechou em seguida e Isobel, perplexa, ficou com o olhar fixo num nó da maneira.

A outra senhora. Isobel havia encontrado a prova que procurava. A descoberta veio junto com uma forte náusea. Lucien havia mentido. O seu lindo e perfeito cavaleiro tinha mentido.

Capítulo 14

A OUTRA SENHORA? SOLÈNE SÓ podia estar se referindo à amante dele.

A outra senhora de Lucien.

A decepção parecia ter transformado os ossos de Isobel em gelo. Ela teve a sensação de que quebraria a qualquer instante. Havia começado a confiar em Lucien, imaginando que ele não mentiria, principalmente depois de ter jurado não ter uma amante. Mas Solène, alguém que devia morar havia muito tempo em Ravenshold, mencionara a outra senhora.

Os rumores que ouviu em Troyes estavam certos.

Onde ela estará? Será que ele a mandou embora?

As perguntas a assombraram e não lhe saíam da cabeça quando voltou para se encontrar com Gawain perto da torre e persistiram enquanto caminhavam na direção da ala da guarda. Elise não disse uma palavra, enquanto Isobel tinha fixado um sorriso no rosto ao ser apresentada aos guardas. Torcia para que tivesse dito o que era esperado, mas sabia que não lembraria o nome dos guardas mais tarde. A única coisa que registrara foi que eles haviam lhe dado as boas-vindas e que tinha agradecido. Os guardas pareciam ser pessoas honestas.

— E agora, *milady*, quer inspecionar o depósito de armas? — perguntou Gawain, indicando a escada.

— Eu gostaria sim, obrigada — continuou Isobel, e subiu pela escada em espiral como se estivesse num transe.

Lucien mentiu sobre a amante. Não devo ficar triste. Preciso lembrar que nosso casamento é político. Ela repetiu aquelas palavras como se fosse uma oração. *Nosso casamento é um arranjo político.*

Quando chegou ao topo da escada, já havia recuperado a compostura. Dois meninos estavam sentados em banquinhos de três pés à luz da janela, emplumando flechas, várias ainda estavam sem plumas na mesa diante dos dois. O cheiro da cola era tão forte que Isobel precisou piscar algumas vezes.

— Está tudo bem, Renan — disse Gawain. — Continue com seu trabalho. Estou acompanhando a condessa.

Os meninos baixaram a cabeça e continuaram o que faziam.

A ordem do depósito era impecável. As paredes curvas eram brancas e ostentavam os escudos. Sobre uma mesa havia um sortimento de espadas e adagas de todos os tamanhos. Havia muitos arcos num suporte, bem como uma coleção de lanças de pontas brilhantes e afiadas. Ao que parecia, o jardim de ervas não era a única parte do castelo que era bem cuidada.

— Isso é muito significativo — murmurou Isobel.

— O que disse, *milady*?

— Esse depósito diz onde está o coração do meu marido. — Ela empinou o queixo. — É uma pena que ele não tenha encontrado alguém responsável para confiar as tarefas domésticas.

— Sim, *milady* — disse Gawain pouco à vontade.

Isobel observou os meninos trabalhando com afinco, estava evidente que tinham sido muito bem treinados. Suspirou achando que devia ficar aliviada por Lucien estar em pleno comando dos assuntos militares. Porém, o mal-estar tinha voltado.

— Obrigada por ter me trazido aqui. Devemos ir para o alto da torre agora — disse a Gawain.

Gawain ficou visivelmente abalado.

— As salas estão em desuso. Não recomendo visitá-las. Devem estar muito sujas. Venha, *milady* — insistiu ele, abrindo o braço na direção da escada. — Vou lhe mostrar a cozinha.

— Estive na ala da cozinha ontem.

— A *milady* já viu o depósito de madeira? Ou a cripta? — Gawain tentava dissuadi-la a subir nos andares de cima da torre.

Isobel o encarou desconfiada. O que quer que ele estivesse escondendo só fez aumentar sua curiosidade.

— Está falando sério em me levar para conhecer o *depósito de madeira*?

— O que disse, *milady*?

Isobel o fuzilou com o olhar.

— Conde Lucien já me disse que o depósito de madeira está vazio, pois ele mesmo encomendou suprimentos. Não preciso ir até lá para comprovar.

— *Milady*...

O desespero de Gawain seria divertido se não fosse tão preocupante. Havia alguma coisa nos andares superiores que não pretendia mostrar a ela. No mesmo instante, Isobel imaginou que seriam provas da existência de uma amante. Talvez fosse um quarto. Quanto mais o cavaleiro de Lucien insistia para que não subisse, mais aguçava a curiosidade dela.

— *Milady*, faz muito tempo que ninguém sobe na torre. Deve estar imundo. Ninguém varre aquelas salas há muito tempo. Seu adorável vestido...

— *Sir* Gawain, deixe que eu me preocupe com meu vestido — disse Isobel com um sorriso angelical, levantando um pouco as saias e subindo o primeiro degrau de uma escada escura. — Acredito que lá de cima seja possível ver todas as terras do meu marido. Elise, pode ficar aqui, se quiser.

— Prefiro acompanhá-la, *milady*.

As duas começaram a subir e Gawain gritou:

— A torre *oeste* tem uma vista melhor! *Milady*, o conde Lucien vai ficar muito preocupado se souber que está se arriscando desse jeito. Não tenho certeza se os andares de cima são seguros. Condessa, isso não é prudente...

A primeira ala que Isobel encontrou, como Gawain havia dito, era um depósito.

Havia suportes e caixotes encostados à parede cheios de teias de aranha. Um estandarte azul estava apoiado logo ao lado. As traças tinham comido parte do tecido e o corvo de Lucien parecia ter sido depenado. Em outro canto, havia duas cadeiras quebradas, um jarro de barro rachado, um machado enferrujado e várias flechas partidas que serviriam como lenha.

— *Sir* Gawain avisou... — disse Elise ao mexer no estandarte, levantando uma nuvem de poeira. — É um depósito mesmo. Vamos continuar?

Isobel concordou meneando a cabeça e seguiu Elise por mais um lance de escada. Estava feliz por Gawain não as ter acompanhado. O andar de baixo era de fato um depósito, mas ela estava certa que encontraria alguns segredos nos pisos acima.

As escadas terminavam numa porta de ferro que levava ao parapeito. Em outra sala redonda, havia uma porta de madeira. Não era um quarto como esperava, mas uma espécie de local de trabalho.

— Nossa, que tipo de lugar é esse?

Na extremidade oposta à porta, havia uma mesa com um jarro de vidro contendo alguma raridade repulsiva, que prendeu a atenção de Isobel.

— Será que é um animal morto? — Ela parou num repente.

Elise se encostou à parede de pedra com a mão sobre a boca e branca como a neve. Isobel nunca tinha visto alguém tão horrorizada, mas não foi difícil adivinhar a razão. Ao lado do jarro de vidro, havia um pássaro morto, um punhado de pequenos ossos e várias folhas secas e mofadas. Havia também algumas plantas murchas, raízes secas...

— Não precisa ficar aqui se não quiser — disse Isobel, afastando a mão de Elise da boca. — Se quiser, pode me esperar no pátio.

— Isso parece o refúgio de uma bruxa — comentou Elise com os olhos marejados.

— Não acho que nada aqui poderá machucá-la, Elise.

— Será? — perguntou a criada num sussurro.

— Esse lugar é um tanto desagradável. Tenho certeza de que há uma explicação inocente para tudo isso. Não creio que alguma bruxa trabalhasse aqui. Talvez Solène use esse cômodo para secar ervas ou...

— Esse cômodo não pertence à Solène.

Isobel piscou, assustada com a certeza de Elise.

— Como pode estar tão certa?

Balançando a cabeça com veemência e com os olhos cheios de lágrimas, Elise se aproximou da porta.

— Eu... sinto muito, *milady*. Não posso ficar aqui.

Isobel consentiu com um sinal de cabeça, e Elise saiu correndo.

Voltando a atenção para a mesa, Isobel deu uma olhada em tudo e cerrou os dentes. Se não fosse pela determinação em desvendar aquele lugar, teria saído dali junto com Elise. *Tenho que descobrir para que esse cômodo era usado e, mais importante de tudo, saber de quem era. Talvez fosse a amante de Lucien. Ou talvez Solène.*

Mais tarde teria tempo para confortar Elise. De repente, ouviu uma porta bater na base da torre e levantou a cabeça.

O cômodo era iluminado por uma fresta na parede, mas as teias de aranha impediam a luz de entrar totalmente. Isobel tirou uma parte das teias e depois bateu as mãos uma na outra. A pequena janela não tinha vidro. Uma rajada de vento frio bateu no rosto dela. Não havia lareira ali. Ignorando o frio, Isobel olhou pela janela.

Gawain tinha mentido sobre a vista. De onde estava, na torre leste, era possível ver toda a propriedade. Olhando para baixo, avistou os portões, a muralha, os campos e videiras mais além. A floresta no horizonte estava coberta por nuvens escuras. Aves negras pontilhavam o céu. Dali também era possível ver a cruz da igreja do vilarejo. Na estrada, vinham um cavaleiro e seu cavalariço. O cavaleiro estava de preto e trazia um escudo azul no braço esquerdo. O capacete estava pendurado na sela.

Lucien! Ainda era cedo para ele estar de volta de Troyes. Na expectativa de observá-lo sem ser vista, ela ficou imóvel. De onde estava não podia distinguir as feições dele, era apenas um cavaleiro de cabelo escuro passando pelo arco da entrada do castelo ao lado de seu cavalariço e cumprimentando os guardas. O som do trote dos cavalos chegava até o alto da torre.

Uma mulher atravessou o pátio correndo e gritando:

— *Conde Lucien! Milorde!*

Isobel o viu se virar na sela para olhar para trás e percebeu um movimento fora de sua linha de visão, perto da torre dos guardas do portão, alguém vestindo uma capa verde e...

A mulher falou mais uma vez, mas o vento impediu que Isobel ouvisse, por isso manteve a atenção em Lucien. Mais cedo havia visto uma mulher com a mesma capa verde conversando com os sentinelas. Será que estava aguardando Lucien? Isobel sentiu um peso no coração. *Seria a amante dele?*

Lucien desmontou e voltou para a torre dos guardas, deixando a Joris a tarefa de conduzir Demon para o estábulo. Isobel encostou o rosto contra a moldura de pedra da janela para não perder Lucien de vista. Ele estava parado sob um arco perto de um guarda bem mais baixo. Ela viu a capa verde de novo, mas não ouviu o que diziam. Lucien acenou com a mão e saiu dali.

Isobel respirou aliviada, imaginando o que teriam conversado. Viu quando Gawain apareceu no pátio e Lucien mudou de direção para encontrá-lo. Isobel sentiu a pulsação acelerar, pois sabia que Gawain estava contando que ela havia subido até a torre leste. Quando o rapaz apontou para cima, ela saiu da janela. Ao olhar de novo, viu o pátio vazio e o vento fazendo rodopiar as folhas soltas na direção do canal. Ela pressionou as unhas nas palmas das mãos. A continuação da investigação daquele cômodo teria que esperar, pois, a menos que estivesse enganada, Lucien viria a seu encontro.

Não demorou muito para que ela ouvisse alguém subindo as escadas rápido.

Ignorando o peso da cota de malha, Lucien subiu a escada em espiral na esperança de que Gawain estivesse enganado. Ele tinha que estar errado.

Lucien temia que Isobel tivesse achado o cômodo de Morwenna, pois ainda era cedo demais para confessar seus pecados do passado. Ele queria que a esposa o respeitasse, mas não esperava que o amasse. *O vínculo que existe entre nós é muito tênue ainda. Sim, estamos casados, mas ela ainda não está pronta para saber sobre Morwenna.*

Naquela manhã, ele havia instruído Gawain para manter Isobel longe do local de trabalho de Morwenna. Achou que a forte atração física que havia entre eles fosse o suficiente para Isobel ouvir o conselho de Gawain. Tinha sido um tolo. Isobel só obedecia a alguém quando queria, era uma mulher voluntariosa. Uma das razões de tê-la trazido para Ravenshold era porque ela havia zombado de sua autoridade durante o torneio de All Hallows. E pensar que tinha achado que poderia dominá-la em Ravenshold. Doce ilusão...

Enquanto subia mais um lance de escada, culpou-se por ser sentimental demais. Não devia ter permitido que ela passeasse pela propriedade antes de limpar o cômodo onde Morwenna trabalhava.

Lucien não se considerava um grande conhecedor de mulheres, mas tinha certeza de que Isobel ainda não confiava nele totalmente e não o amava. E tudo o que ele queria era exatamente o contrário. Embora não soubesse exatamente o que era o amor, sabia que era esse forte sentimento que almejava receber da esposa. Na verdade, ansiava mais pelo amor de Isobel do que pelo prêmio do último torneio, o que era estranho já que ele próprio não se achava capaz de amar.

Morwenna tinha provado isso. Jamais consideraria uma mulher o conjunto de todos seus desejos. Nunca mais...

Ora, mas o que isso importava? No fundo de sua alma, apesar das odes dos trovadores, Lucien suspeitava de que o amor não existisse. Não entendia por que ansiava tanto pelo amor de Isobel. Este sentimento era como uma ilusão gerada pelo excesso de desejo, de luxúria. O amor era um sentimento inatingível. Não ganharia nada ao desejar o amor de Isobel.

Seria melhor se ganhasse a afeição dela. Este seria o verdadeiro prêmio, pois assim se manteria no controle das atitudes da esposa. O que contava para as mulheres era quem tinha o pulso firme. Se ela gostasse dele, estaria mais propensa a ter filhos. Filhos com olhos verdes e...

Lucien chegou angustiado ao topo da torre. Isobel estava parada à mesa de trabalho de Morwenna. Ela o fuzilou com o olhar.

— Aquela era sua amante?

— Como? — Lucien ainda estava pensando em filhos de olhos verdes quando a pergunta o pegara de sobreaviso. — Do que você está falando?

— A moça com quem você conversava na torre dos guardas, ela é sua amante?

— Isobel, quantas vezes preciso dizer que não tenho amantes?

— Você é um mentiroso — acusou Isobel, abrindo os braços para mostrar o lugar onde estavam. — Quem trabalhava neste cômodo? Por que *sir* Gawain estava tão empenhado em me manter afastada daqui? — indagou, apontando uma casca de ovo. — A quem pertencem esses objetos esquálidos?

A farsa tinha chegado ao fim.

— Pedi a Gawain que não a deixasse vir aqui porque acho que você não está pronta para a verdade — disse ele, encarando-a nos olhos.

— Verdade? Que verdade?

Com um suspiro, Lucien pegou uma conta azul do meio da bagunça sobre a mesa e fitou com tristeza o pedacinho de cristal quebrado, lembrando-se de como Morwenna tinha ficado animada quando o tinha encontrado. Com os olhos flamejando, ela dissera que aquele cristal era muito antigo, da época em que Troyes era ocupada pelos romanos.

— Gostaria que passássemos mais tempo juntos para poder lhe explicar tudo.

— Onde está a dona de todas essas coisas? Você a mandou embora?

Lucien tomou-a pelo braço, levando-a até a janela.

— Está vendo a igreja?

— Vejo a cruz no telhado da igreja — respondeu ela, confusa.

Lucien respirou fundo antes de responder.

— Ela está no cemitério ao lado.

— Eu... não entendi.

— A mulher que trabalhava aqui está morta. Esse cômodo era da minha esposa Morwenna, que agora jaz no cemitério da igreja.

Isobel ficou lívida. As gralhas crocitavam do lado de fora da torre.

— Quer dizer que você já foi casado com uma mulher chamada Morwenna?

— Sim, fui.

Sem tirar os olhos dele, Isobel tateou um banco e se deixou cair.

— Então nunca houve uma amante.

— Não.

— Apenas uma esposa. Uma *esposa.*

— Isobel...

— Quando foi que essa... Morwenna morreu?

Lucien colocou a mão sobre o ombro dela, mas Isobel a tirou de imediato.

— Quando?

— No final do verão.

— Foi no final do último verão?

— Sim.

— Foi na mesma época que minha mãe morreu.

Isobel olhou para a parede com uma expressão impenetrável. Ele tentou colocar a mão no ombro dela e mais uma vez ela a afastou.

— Isobel?

— Sou sua *segunda* esposa.

Ele respondeu com um aceno de cabeça, sentindo a ansiedade corroer-lhe o peito.

Ela não está pronta para ouvir isso.

Por alguns momentos, ele imaginou se valeria a pena se defender das próximas perguntas. *Não. Ela foi enganada por muito tempo.* Pena ter descoberto aquele cômodo tão pouco tempo depois que tinha chegado. Mas já que estavam ali, ele confessaria tudo.

— Quando você se casou com ela?

— Iso... — Lucien apertou a ponte do nariz com os dedos.

Impaciente, ela se levantou e levou a mão à cintura.

— *Quando?*

— Eu tinha 15 anos.

Isobel ficou boquiaberta e, desviando o olhar, voltou a atenção para a mesa bagunçada.

— Você tinha a mesma idade quando ficamos noivos.

Lucien segurou-lhe o queixo e esperou que ela o fitasse.

— Meu primeiro casamento foi um erro, Isobel. Eu era jovem e tolo. Pensei em anulá-lo.

— O seu pai sabia?

Lucien segurou a mão dela e a afastou da mesa.

— Eu contei. Obviamente ele não aprovou e forçou a anulação. A princípio, eu não quis.

Isobel abriu a boca surpresa novamente.

— Ouça-me, Isobel, estou cansado de viver essa mentira. Eu estava apaixonado quando me casei com Morwenna. Ela era alguns anos mais velha do que eu e... muito bonita. Sei que não devia ter me casado e fui contra a vontade do meu pai. — Ele encolheu os ombros. — Mas o que posso dizer? Eu era jovem e Morwenna era encantadora.

— Você se apaixonou.

— Eu *achei* que estivesse amando. Na verdade, eu me encantei com a beleza dela. Não a conhecia direito, mas não demorei muito para descobrir que era uma estrategista. Morwenna se casou comigo por causa das terras que eu herdaria com a morte do meu pai.

Isobel se movimentou impaciente.

— Isso não é nenhum pecado. Afinal, você é o conde d'Aveyron e o propósito do nosso casamento foi o mesmo. Só que, dessa vez, você se casou comigo por Turenne. Nosso casamento foi em prol de uma futura dinastia.

Lucien olhou para baixo e para a pequena mão entrelaçada à sua. Ele a acariciou, e Isobel não correspondeu, mas também não recolheu a mão, o que era um bom sinal.

— Você não entendeu ainda. Antes de nos casarmos, Morwenna tinha dito que me amava. Acreditei quando ela disse que estava grávida. Eu me casei por causa disso.

Isobel arregalou os olhos e o encarou.

— E ela não estava esperando uma criança?

Lucien contraiu o rosto e respondeu que não, meneando a cabeça.

— Ela fingiu a gravidez para forçar o casamento. Eu estava tão fascinado que teria casado de qualquer jeito.

— Quinze anos... E você escondeu esse detalhe e ficamos noivos — murmurou ela, irônica.

— Sinto muito por isso.

— Por quê? Por que ficar noivo se você já estava casado?

Lucien passou os dedos pelo cabelo.

— Foi a vontade do meu pai. Ele quase teve um ataque do coração quando soube como eu tinha sido enganado. As negociações para nosso noivado já estavam em andamento, e meu pai achava que podia anular meu casamento com Morwenna sem que ninguém soubesse. — Lucien soltou um riso amargo. — Ele achou que seria simples.

— Seu pai queria anular seu casamento quando ficamos noivos?

— Ele estava determinado e insistiu no nosso noivado, pois estava confiante de que levaria um mês ou dois para conseguir a anulação. Quando eu e você ficamos noivos, eu estava torcendo para ele estar certo. A máscara dela havia caído, e pude ver quem Morwenna era. Cometi um terrível erro de julgamento. — Com todo carinho, ele tocou o rosto de Isobel. — Tudo o que eu queria era que o casamento terminasse, mas, com o passar dos anos, vi que isso seria impossível.

— Onde ficou sua honra com isso? — perguntou ela com a voz afiada. — Você não teve a sensatez de confessar seu casamento e muito menos esperar a anulação antes de se tornar meu noivo.

— Não nego, você tem todo o direito de se ressentir. Em minha defesa, e isso não é desculpa, repito que meu pai me convenceu que seria fácil conseguir a anulação. Ele não queria arriscar a aliança entre Aveyron e Turenne.

Isobel estava ouvindo, mas Lucien percebeu o quanto ela estava longe e que fugiria dali a qualquer instante, por isso apertou-lhe a mão. Ela contraiu os lábios e olhou para as mãos de ambos. O rosto dela não era o mesmo daquela mulher que parecia feliz nos últimos dias, mas sim de alguém que havia sido ofendida e que talvez jamais o perdoasse.

— Por favor, deixe-me, milorde.

Lucien prendeu a respiração. Por um instante insuportável, pensou que ela estava dizendo que desejava anular o casamento.

— Conde Lucien, meus dedos estão adormecidos. — disse movendo a mão ainda presa.

Conde Lucien. Supreso pela formalidade, ele a soltou no mesmo instante.

— Obrigada. Entendo que você era jovem demais quando ficamos noivos. Nós dois éramos. Mas, mesmo naquela idade, eu acreditei que você era uma pessoa honrada. E agora descubro... — Isobel baixou a cabeça, inconsolável. — Não posso nem imaginar como classificar a decepção que me causou. Você disse que não conhecia Morwenna bem quando se casaram, mas eu também não o conhecia quando ficamos noivos. Não estou mais sábia hoje do que era na época, por isso não saberia classificar que tipo de homem você é. Um honrado cavaleiro? — Ela o encarou com desdém. — Um campeão modelo de cavalheirismo?

— Isobel, sinto profundamente...

— Quando pretendia me contar? Se é que iria me contar um dia.

— Eu estava esperando o momento certo. Esperava conseguir seu respeito primeiro. Tive receio de que, se você soubesse sobre meu casamento antes da hora, acabaria me odiando.

— Lucien, o momento certo teria sido nove anos atrás.

— Desculpe-me.

— Não sei se posso. — A voz de Isobel estava serena e distante.

Com a mesma calma, ela seguiu até a porta. Para Lucien, teria sido melhor se Isobel tivesse gritado e perdido a paciência. Aquele estranho silêncio o atingiu como uma adaga afiada.

— Isobel, espere, a história não terminou. Quero que saiba tudo antes de me condenar.

Ela parou e se virou para trás ligeiramente.

— Não quero ouvir mais nada, não posso. — E fazendo uma vênia, continuou: — Devemos nos encontrar à noite na hora do jantar. Até lá, ficaria muito grata se me desse espaço para respirar um pouco.

A decepção cortou o coração de Isobel, que desceu as escadas apressada e correu para o quarto na torre oeste, sabendo que o marido teria o direito de segui-la.

Elise estava sentada na cama desconsolada, com os olhos inchados e vermelhos. Assim que Isobel entrou, ela se levantou e alisou a cama.

— Peço desculpas, *milady*. Eu não devia ter corrido daquele jeito, mas... — disse ela, parando para passar as costas da mão no nariz.

Isobel percebeu o quanto Elise estava desolada e a abraçou.

— O que houve na torre leste que deixou você neste estado? Posso garantir que, apesar de não ser um lugar agradável, não havia nada lá que pudesse feri-la.

O orgulho não permitiu que Isobel contasse que aquele cômodo tinha sido usado pela primeira esposa de Lucien.

A primeira esposa! Que revelação inesperada! Pelo menos ele ficara envergonhado ao contar.

— É que... — Elise soluçou.

— Não tenha medo. A pessoa que usava aquele cômodo não está mais em Ravenshold.

— Eu soube disso no momento em que entrei ali.

Isobel se surpreendeu com a resposta.

— Sinto muito pela afobação. Não sei o que aconteceu comigo.

Eu soube disso no momento que entrei ali. O que significava aquilo? Preocupada, Isobel a fitou com atenção. Quando tinham subido até a muralha, Elise a tinha prevenido para tomar cuidado. O que mais tinha dito? Era algo sobre Lucien...

— Elise, sei que você sabe mais do que me contou. O que você quis dizer ao me avisar que o conde não era o que parecia?

Isobel imaginou se Elise sabia que Lucien tivesse sido casado. Mas como teria descoberto?

Pelo que tinha entendido, o casamento tinha sido mantido trancado a sete chaves... No entanto, considerando o tempo que durou a união, muita gente devia saber que Morwenna morava no palácio. Quem mais saberia? Gawain tinha feito o possível para que ela não subisse na torre leste, prova de que sabia de alguma coisa. Raoul também devia saber. E quem mais?

— Aquelas mulheres em Troyes falaram sobre uma amante — murmurou Isobel, pensando alto. — Elas sabiam que Lucien mantinha alguém aqui, mas não sabiam que ela era... — Parou de falar subitamente, pois Elise a observava com uma atenção especial. Era preciso pensar bem antes de falar sobre o primeiro casamento de Lucien com alguém que conhecia há tão pouco tempo.

— Elise, preciso de tempo para pensar.

— Vou deixá-la em paz — disse a criada, dirigindo-se para a porta.

— Muito obrigada, mas pode ficar se precisar de companhia.

— Estou bem, obrigada, *milady*. Mas gostaria de poder falar com Solène.

— Sobre o canteiro de ervas? É uma boa ideia. — Isobel sorriu, mas não estava sendo sincera, pois alguma coisa lhe queimava o peito. — Solène vai gostar de sua companhia. Vocês duas são especialistas...

Depois que Elise saiu, Isobel seguiu até a janela. As persianas de madeira estavam abertas, porém, com o céu nublado, o quarto estava triste e sombrio.

Lucien já foi casado. Esperei por ele durante esses anos todos e ele estava casado. Isobel não sabia se ria ou se chorava.

Ele fez pouco caso de mim. E, mesmo assim, não estava surpresa, talvez porque o choque tivesse desordenado seus pensamentos.

Isso explica muita coisa... Lucien demorou a mandar me buscar. Todas as outras moças já tinham deixado o convento para se casar... E havia também a obsessão dele pelos torneios.

Estranho que ele não tivesse mencionado a família de Morwenna. Quem era aquela mulher? Será que ela trouxera dote e prestígio para o casamento?

Mesmo se sentindo nauseada por tudo o que ouvira, tentou pensar com a lógica e ordenar os fatos. *Lucien era jovem quando se casou com Morwenna. Quinze anos. Pouco mais velho do que uma criança.* Ele disse que logo se desiludiu com a personalidade da esposa e que quis anular o casamento. Ela meneou a cabeça.

Que confusão...

Lucien amava Morwenna quando se casaram. Será que ainda a ama? Essa era uma questão crucial. Tinha que ser. *Nosso casamento foi celebrado por razões políticas. O amor é irrelevante, embora eu desejasse o contrário.*

Respirando fundo, ela fitou uma tapeçaria desbotada na parede. Ainda havia muito que analisar. O casamento não tinha sido anulado, o que confirmava que Lucien ainda a amava. No entanto, ele havia sido sincero ao confessar que seu primeiro casamento foi uma tolice juvenil.

Isobel mal conhecera o conde d'Aveyron anterior, pai de Lucien. Tinham se encontrado uma só vez, na cerimônia do noivado. Mas se lembrava de ele ser um homem corpulento, que parecia rosnar em vez de falar e, aos 11 anos de idade, ela tinha ficado amedrontada. Se ainda pudesse acreditar em Lucien, ele afirmou que o pai queria anular o casamento com Morwenna. Mesmo assim, isso não aconteceu. Por quê? Se o pai dele tivesse insistido na anulação, teria sido difícil, se não impossível, que o filho de 15 anos não o questionasse.

Lucien deve tê-la amado. Apesar de ele ter afirmado o contrário, a falta da anulação provava o contrário. Se fosse o caso, por que tamanha devoção aos torneios? Por que ele havia deixado de visitar Ravenshold? Mistério. Aliás, a história inteira era um mistério atrás do outro. Fincando as unhas nas palmas da mão, Isobel se arrependeu de ter saído tão rápido daquele cômodo, devia ter ficado e ouvido o restante da história. Se não estivesse tão chocada, teria ficado. *Estou me preocupando demais. Isso prova que gosto dele, caso contrário não estaria tão angustiada.*

Conscientizar-se de um sentimento impossível como aquele não era bom. Não devia sequer gostar de um homem que a tinha traído tão desavergonhadamente. Segurando as saias, ela saiu do quarto e foi procurá-lo.

Capítulo 15

Lucien não estava nem no saguão principal nem no pátio. Não faria diferença, pois estava disposta a seguir direto para a torre leste, para a escada em caracol que levava ao cômodo de Morwenna. Tivera a impressão de que alguém a impediria de voltar, mas ninguém cruzou seu caminho. Passou pela ala da guarda, pelo depósito de armas, o outro depósito, e chegou ao local de trabalho de Morwenna. Lucien também não estava lá, o que era bom, assim ficaria mais à vontade para procurar respostas sem ninguém vigiando.

Quem teria sido Morwenna? Por que tanto mistério sobre o casamento deles? Por que continuar com o segredo depois que Lucien desistira da anulação?

Um raio de sol passou pela janela e iluminou uma espada sobre uma mesa empoeirada. Uma conta azul reluziu com a luz. Lucien tinha pegado aquele pedacinho de cristal e demonstrara dor e arrependimento.

— Este é o local do trabalho de Morwenna — murmurou Isobel, correndo os olhos pela mesa, passando pelo pilão de cerâmica, pelo pergaminho amarelado, pelo pedaço de tecido vermelho, as ervas secas e os ossinhos... Era uma coleção de coisas estranhas. Bateu sem querer num pequeno esqueleto, provavelmente de um rato, e deu de ombros. O que Morwenna fazia com o esqueleto de rato?

Esse cômodo pertencia à esposa de Lucien. Esposa dele. Era impossível continuar ali e permanecer impassível. Elise tinha razão, aquele podia ser o refúgio de uma bruxa. Levaria tempo para assimilar tudo, por isso tinha de ser metódica e calma. Respirando fundo, puxou as mangas e começou a vasculhar.

A pesquisa não demorou mais do que ela imaginava. Em meia hora, já havia visto todos os objetos. Seus dedos estavam cinza de poeira, o nariz coçando, mas não tinha achado nada que esclarecesse o casamento de Morwenna e Lucien. Coçando o nariz para segurar um espirro, afastou-se da mesa. Estava na hora de procurar pelo marido. Era preciso convencê-lo a se esquecer do passado. O sentimento que porventura ainda nutria por Morwenna não faria diferença.

Morwenna está morta. Não haverá fantasmas no nosso casamento. Lucien está casado comigo e pretendo que continue assim.

Talvez dali para frente fosse um casamento sem amor, mas isso não afetaria a habilidade dela em administrar o castelo. Tinha sido bem treinada, mas talvez tivesse dificuldades em algumas das tarefas.

O mais importante, porém, era dar um herdeiro varão a ele. A dúvida tinha um gosto amargo, mais do que as ervas que tinha tomado por pouco tempo. Só Deus sabia se seria capaz de dar um filho a ele e se sobreviveria. *Tenho que ter fé em Deus.*

Deixando aquele pensamento de lado, decidiu começar a cuidar do castelo com a limpeza daquele cômodo. Faria uma fogueira com quase tudo. O revestimento das paredes precisava ser refeito, pois a maior parte estava descascada. Depois providenciaria para que tudo fosse caiado, e então...

De repente, uma parte descascada da parede chamou sua atenção. A estrutura por baixo da pintura era de pedras, e uma delas parecia solta, fora do lugar... Mesmo temerosa, ela estalou os dedos e alcançou a pedra. Puxou-a, balançou-a de um lado a outro até as unhas doerem, mas não parou enquanto a pedra não saiu do lugar e caiu no chão. Havia uma pequena prateleira. Com o coração pulsando forte, ela inspecionou o lugar e viu algo esmaltado de azul e o brilho do dourado. Então reconheceu o objeto imediatamente. Era uma relíquia Limoges!

Com as mãos trêmulas, ela tirou a peça dali. *O relicário roubado! Aqui? Como é possível? Será que Lucien sabe?* Descartou a próxima dúvida que lhe veio à mente. Lucien tinha mentido sobre Morwenna, mas não tinha ligações com ladrões. Além do mais, estavam juntos quando o relicário tinha sido roubado.

O relicário brilhava como uma joia. Safiras, rubis, esmeraldas...

Quem teria colocado isto aqui? Alguém em Ravenshold estava em conluio com o ladrão. Mas quem seria?

Não podia ter sido Morwenna. Ela já havia morrido quando o roubo aconteceu. Isobel colocou o relicário sobre a mesa. Será que os mistérios não acabariam nunca? Ravenshold era um labirinto inexplorado.

No andar de baixo, alguém se aproximava a passos rápidos. Lucien. Ótimo. Ela cobriu o relicário com o tecido vermelho que ali estava. Ele dissera que tinha mais o que contar, mas ela se recusara a ouvir. Agora seria toda ouvidos. Mas faria as perguntas. Precisava saber mais sobre Morwenna.

Só então mostraria o relicário.

Lucien parou sob o batente da porta. Não vestia mais a cota de malha, mas uma túnica azul sobre uma camisa cinza. O cabelo ainda úmido indicava que havia tirado a poeira do corpo antes de se apresentar a ela novamente.

Com a mão sobre a bainha da espada, ele deu um sorriso de lado muito charmoso. Um gesto que na certa já havia derretido corações de centenas de donzelas no circuito dos torneios. E, de alguma forma, tinha atingido o dela também. Lucien era atraente demais para passar impune mesmo a ela. Era difícil se manter distante. Ele fora abençoado com um corpo forte, uma boa altura e era bem mais bonito que o pai. Tudo nele contribuía para uma beleza única, até mesmo a cicatriz na têmpora. Era uma vantagem injusta.

Isobel sentiu-se desarrumada diante dele. As mãos estavam sujas e a barra do vestido empoeirada. Ela teve a sensação de estar coberta de teias de aranha, até no véu. Mesmo assim, não deixou de levantar o queixo.

— Milorde...

Ao reverenciar para ela, Lucien deixou claro a formalidade com que se daria o encontro.

— Vai me ouvir agora, *milady*?

Isobel ficou paralisada quando ele se aproximou, limitando-se apenas a acenar com a cabeça, determinada a não se influenciar pelos ombros largos sob a túnica azul, muito menos se encantar pelo tecido da roupa ser da mesma cor que os olhos dele.

— Morwenna era linda — disse ele, direto ao cerne da questão. — Ela era bonita, mais velha, e, apesar de eu não ter percebido na época, mais experiente com homens. Morwenna tinha o poder da sedução. Quando percebeu o quanto fiquei fascinado, não hesitou em me usar.

— Ela o seduziu.

— Foi mais do que isso. Achei que estivesse apaixonado.

— E agora? — perguntou Isobel, segurando a respiração.

Lucien fez um breve gesto de negação com a cabeça.

— O que eu sentia por Morwenna acabou há muito tempo, principalmente quando soube que ela não estava grávida de um filho meu.

Isobel procurou absorver o que acabara de ouvir. Lucien estava sendo sincero, a julgar pelo comportamento, pela expressão do rosto e o tom de voz.

Ele é muito convincente. Gostaria muito de acreditar no que diz. Essa é a minha fraqueza, meu coração quer crer.

— Você me disse que seu pai e você queriam anular o casamento. E por que não o fizeram? — perguntou ela, mantendo a postura rígida.

Lucien baixou o olhar para a mesa suja.

— Não podíamos, porque ficou provado que ela não podia viver sozinha.

Isobel sentiu o coração doer. Era essa a razão do arrependimento dele.

— Conte-me tudo — pediu, colocando a mão sobre o braço dele. — Por que ela não voltou para a família?

— Morwenna não tinha família, pelo menos não encontrei ninguém. — Lucien levantou a cabeça para fitá-la de frente. — Uma das maiores objeções do meu pai ao nosso casamento foi a falta de raízes dela. — Respirou fundo antes de prosseguir. — Pelo que sei, era filha ilegítima de um trovador.

— O pai dela era um trovador? — Isobel ficou de queixo caído, mas tratou logo de se recompor do choque.

Uma coisa era Lucien ter desrespeitado os desejos do pai casando-se sem permissão, mas outra bem diferente era ele ter se unido à filha ilegítima de um trovador. O encantamento deve ter sido de fato muito forte. Não foi à toa que o pai dele havia ficado tão desgostoso. Lucien tinha se casado com alguém bem abaixo do seu nível.

— Imagine o herdeiro do conte d'Aveyron se casando com a filha ilegítima de um trovador — disse ele, entortando a boca. — Meu pai quase me deserdou. E era o que teria feito se eu tivesse um irmão. — E, suavizando a expressão, continuou: — Você bem sabe que ele queria que eu me casasse com uma mulher totalmente diferente, alguém que viesse de uma orgulhosa e tradicional família. — Com a mão forte, ele alisou o véu dela. — Isobel, a vontade dele era que nós nos casássemos, e sinto muito por ele não ter vivido para testemunhar a cerimônia. Acredite quando digo que me arrependo de não termos nos casado antes.

Isobel ainda estava insegura. Quanto mais Lucien falava de seu primeiro casamento, mais dúvidas surgiam na mente dela. O fato de Morwenna não ter família não era suficiente para explicar o motivo por não terem anulado o casamento. Mulheres deixadas pelos maridos tinham chances de recomeçar a vida, embora fossem escassas. Morwenna podia ter entrado para um convento. Lucien podia ter cedido um pedaço de terra, podia também...

— Isobel?

— Estou muito confusa. Não sei o que pensar. Mas a falta de família não explica a razão de ela não... — *Como era mesmo que ele tinha dito?* — Não poder viver sozinha.

Lucien passou a mão na cicatriz e olhou para a mesa entulhada.

— Era por causa de toda essa... bruxaria.

— Bruxaria? — Isobel sentiu o sangue gelar nas veias.

— Não estou dizendo bruxaria no sentido literal. Mas por este cômodo você deve entender como ela era. O interesse pelas ervas beirava a obsessão. Morwenna estava sempre preparando unguentos, poções e elixires. Era praticamente impossível tirá-la daqui. Não era algo normal. Meu pai antipatizou com ela logo de início. Para ser sincero, ele achou que Morwenna era louca.

Lucien passou a mão na cicatriz de novo com os olhos focados em algum lugar do passado.

— Seu pai morreu pouco depois do nosso noivado — disse Isobel, entendendo o que podia ter acontecido. *Lucien se culpa pela morte do pai.*

— Meu pai morreu pouco depois de eu lhe dizer que tinha mudado de ideia sobre a anulação. — Lucien segurou o rosto dela com as duas mãos e a fitou no fundo dos olhos. — Isobel, tudo o que eu queria era fugir de Morwenna, mas eu não podia. Ela era incapaz de viver sozinha. Se num momento estava feliz, no outro parecia que ia se suicidar na primeira oportunidade. Eu estava casado e era responsável por ela. Morwenna nunca soube o que era viver em segurança, por isso eu a trouxe para Ravenshold, na esperança que ela recuperasse a sanidade se passasse um tempo num lugar seguro. — Ele soltou o rosto dela com uma expressão de desolação.

— Você a trouxe para cá porque Ravenshold fica longe de Aveyron.

— Exatamente. Foi difícil manter o casamento em segredo. Apenas alguns amigos mais próximos e alguns criados sabiam. Meu pai lutou muito para manter a aliança com a sua família. Depois da morte dele, jurei que algum dia eu honraria nosso noivado. Fiquei esperando que Morwenna recuperasse a razão para eu poder estabelecê-la em algum lugar. Mas, depois do apedrejamento, foi muito difícil.

— *Apedrejamento?* — indagou Isobel de olhos arregalados.

— Os habitantes do vilarejo tinham medo dela. Não houve como conter os rumores de que eu mantinha uma amante bruxa. Certo dia, Morwenna deixou Ravenshold para colher algumas ervas e uma multidão se reuniu ao redor dela. Primeiro foram os insultos, depois as pedras, mas eu impedi.

— Então foi assim que você conseguiu essa cicatriz. Pensei que tivesse sido numa batalha.

— De certa forma, foi uma cicatriz de guerra, porque lutei muito para trazer Morwenna de volta para dentro do castelo.

— Você a salvou e a manteve aqui. — Isobel abriu os braços, mostrando a mesa empoeirada e as teias de aranha.

Lucien contraiu o cenho.

— Morwenna não era uma prisioneira! Se quisesse, podia circular por Ravenshold. Mas, depois do apedrejamento, ela não quis mais passar dos portões.

— Não se pode culpá-la por isso.

De repente se fez o silêncio. O vento assobiava ao passar pelas teias de aranha, levantando uma pena de cima da mesa, que voou de um lado para o outro até cair no chão.

Lucien fez o que pôde para Morwenna. Diz ele que não a amava mais, e nunca saberei se isso é verdade ou não. De certa forma, chega a ser irrelevante. O que importa é que ele cumpre bem o papel de marido. Foi um homem honrado com ela. Teria sido impossível atender às responsabilidades com Morwenna e comigo ao mesmo tempo. Impossível.

Se ao menos eu soubesse... Todos esses anos me senti negligenciada.

Foram anos perdidos...

— Eu a traí, sei que não pode me perdoar — disse ele, fitando-a nos olhos.

— Não posso responder a isso.

Quando ele tentou diminuir a distância entre eles, Isobel estendeu a mão para mantê-lo afastado.

— É difícil confessar, mas reconheço que você fez o melhor para Morwenna. Foi muito honrado de sua parte cuidar da segurança dela. Nenhum convento a aceitaria com tantos rumores sobre bruxaria.

— Morwenna não conseguiria tomar conta de si mesma.

— Então ela continuou aqui e um de seus cavaleiros foi seu guardião.

— Exatamente. A ajuda de *sir* Arthur Ferrer foi inestimável, você ainda vai conhecê-lo. Solène também ajudou. Eles me mantinham informado sobre o bem-estar de Morwenna. Para mim, era doloroso visitá-la e, mais tarde, quando minha presença passou a agoniá-la, permaneci afastado. Como cortesia, dei a ela a administração de Ravenshold. Eu disse a Arthur para manter a autoridade dela sobre o castelo, mas que evitasse que ela se ferisse.

— E Morwenna deixou Ravenshold em ruínas.

— Sim, como você pode perceber. — Lucien abriu um sorriso triste. — Foi uma bênção ter colocado uma pessoa responsável pelas terras, pois agora estão impecáveis.

As esperanças de Isobel começavam a voltar. Morwenna não tinha mostrado nenhum interesse em cuidar do castelo, e Lucien ficara afastado. O estado do castelo não estava relacionado à possível negligência de Lucien. *Acho que eu o julguei mal.*

— Lucien, desculpe-me pela pergunta, sei que é doloroso, mas como ela morreu?

Ao cerrar os dentes com força, a cicatriz no rosto de Lucien pulsou.

— Ela se afogou no fosso.

— Nossa, ela morreu afogada! Sinto muito, Lucien. — Por impulso, ela afagou o braço dele. O fosso ficava *além* das muralhas.

— Morwenna devia ter alguma razão para ter deixado o castelo.

— Você é muito astuta. Pensei muito sobre isso também. Depois de ter sido atacada, ela raramente passava da torre dos guardas. — Uma pontada no coração o fez colocar a mão no peito. — E, mesmo assim, alguma coisa a levou a passar pelos portões. Solène acha que ela tinha ido colher ervas como costumava fazer antes de ser atacada pelos aldeões.

— Isso aconteceu durante o dia? Alguém deve tê-la visto. Um guarda, ou um aldeão.

— Não encontramos nenhuma testemunha, ninguém admitiu ter visto alguma coisa. Arthur investigou com muito critério, mas não descobriu nada. Gawain e eu também não tivemos muito sucesso. Pessoalmente, acho que a explicação de Solène é a melhor. Morwenna saiu para colher ervas. Acredito que nunca saberemos a verdade.

Isobel olhou para o relicário escondido debaixo do tecido vermelho. Não fazia sentido algum encontrá-lo no cômodo onde Morwenna trabalhava. O roubo tinha acontecido *depois* de ela ter morrido. Ainda bem que não havia nenhum vínculo possível entre Morwenna e o ladrão. Lucien já tinha preocupações suficientes para sobrecarregá-lo com a suspeita de que sua falecida esposa estivesse de conluio com ladrões.

Entretanto, isso não isentava os outros habitantes de Ravenshold. Alguém estava envolvido, mas quem? Raoul estava fora de questão, bem como Gawain. E tivera a impressão de que Solène era uma mulher honesta.

— Onde está *sir* Arthur?

— Ele está em Troyes. A tarefa dele aqui terminou e ele se alistou para ser um dos guardiões do conde Henry.

— Você confia nele?

— Eu colocaria minha vida nas mãos dele tranquilamente.

Sem saber em quem mais pensar, Isobel olhou para ele. Fazia pouco tempo que estava em Ravenshold para desconfiar de mais alguém. Apesar de tudo, sabia que a atitude mais certa a tomar seria deixar de lado suas reservas, a raiva e o orgulho ferido. Afinal, estava casada com Lucien. Se não aprendessem a conviver juntos, não havia mais esperanças.

Chegou a hora de contar a ele sobre o relicário.

Isobel parecia uma princesa, pensou Lucien. Linda e inatingível. Os raios de sol que entravam pela janela a iluminavam, ressaltando-lhe a beleza. Pouco importava que estivesse usando talvez o vestido mais sujo de toda Champagne, bem diferente de uma rainha. A roupa justa ressaltava as belas curvas, os seios fartos, uma cintura que ele poderia segurar com as duas mãos e os quadris arredondados. Alguns cachos de cabelo tinham escapado do véu e agora pareciam filamentos de ouro, uma coroa para uma mulher que tinha a postura de uma rainha. Uma muito sedutora.

Os cantos da boca bem desenhada estavam ligeiramente curvados para baixo. Notara que ela estava cautelosa demais desde que entrara ali. Não era de se espantar, pois, depois de ela ter descoberto sobre Morwenna, formou-se um precipício que os separava. Ele já havia previsto aquele comportamento, só não antecipara o quanto também ficaria abalado. Não queria se distanciar de Isobel. Logo lhe daria o controle do castelo, mas, saber que ele já tinha sido casado, abalou-a bastante. No entanto, ela não gritou, simplesmente se retraiu. Lucien sorriu, reconhecendo que aquele comportamento era esperado de uma freira. Ao fitá-la, concentrou-se na boca, imaginando quando ganharia outro sorriso. Isobel podia ter o comportamento de uma freira, pois tinha sido criada por elas, mas nem de longe era uma.

Isobel tinha voltado para ouvir o restante da história. Em uma situação parecida, Morwenna teria tido um acesso de raiva, chorado um mar de lágrimas e até rasgado as roupas do corpo. As duas mulheres eram bem diferentes uma da outra.

Lucien ainda prestava atenção à boca de Isobel, esperando vislumbrar algum sinal positivo. A vontade dele era cobrir aqueles lábios com os seus. Não apenas beijá-la, mas carregá-la até a cama e fazer amor. Se Isobel permitisse que seu corpo falasse por si, comunicando-se com o dele, a distância se encurtaria no mesmo instante.

Isobel não confia mais em mim. Tenho que ensiná-la a confiar de novo. Isso agora era de suma importância. Na verdade, Lucien não saberia racionalizar a urgência de superar a distância insuportável que os separava. A maneira mais rápida de reassumir a afinidade seria possuí-la completamente. *Eu a desejo.*

A frieza dos olhos dela era prova de que eram ínfimas as chances de fazerem amor antes que ele tomasse alguma atitude. Apesar da expressão educada, sua raiva ainda era visível. Isobel estava chocada, sem dúvida, talvez até magoada. Imaginou no que ela estaria pensando naquele momento, mas não tinha a mais remota ideia do que seria. O que sua esposa estava fazendo quando ele chegara? Tentando descobrir mais sobre Morwenna? Bem, era natural, uma vez que as mulheres eram curiosas.

Isobel mordiscava o lábio inferior, o que não era um bom sinal, principalmente quando ele se esforçava a parar de pensar num beijo devastador. Na verdade, não queria apenas beijá-la...

— Lucien, você precisa ver uma coisa.

— Humm...

Isobel franziu o cenho e corou. Estava tão linda que o deixou paralisado de tanto desejo.

— Lucien, você não está prestando atenção. Isso é importante.

Ele escondeu o sorriso ante a seriedade no tom de voz de Isobel. Lucien não conseguia decifrar-lhe os pensamentos, mas ela sabia muito bem como direcionar a vontade dele para a cama.

Lucien concluiu que o rubor do rosto dela só podia significar que sua esposa não estava totalmente contra ele, por isso se aproximou, mas, quando já se embriagava com o perfume de rosa, Isobel o deteve, espalmando-lhe a mão no peito. Mas, ao reconhecer o brilho naqueles olhos verdes, supôs que ela tivesse baixado a guarda um pouco.

— Quer me mostrar alguma coisa, minha querida?

Isobel ficou ainda mais corada e meneou a cabeça.

— Por favor, Lucien.

Mesmo que ela negasse, não podia esconder os olhos ávidos de desejo. *Isobel ainda me quer!* Triunfante, ele tentou abraçá-la, mas ela escapuliu.

— Olhe, Lucien.

Isobel puxou o tecido vermelho desbotado, revelando um relicário esmaltado e folheado a ouro que guardava uma grande raridade. Bastou olhar uma vez para que soubesse do que se tratava. *O relicário Limoges.* O esmalte azul e o dourado reluziam e as bordas cravejadas de rosas e imagens de santos saltavam aos olhos.

— Mas o que é isso? — indagou ele, pegando a peça. — Este é o relicário que foi roubado da abadia.

Estudando o relicário mais de perto, ele inspecionou as extremidades com as rosas que formavam uma treliça sobre as imagens dos santos. Cada pecinha daquelas tinha sido esculpida com muita arte. Podia-se ver o azul do lápis-lazúli, o vermelho que remetia às papoulas e o dourado lembrava a cor do cabelo de Isobel sob o reflexo do sol...

Os olhares se cruzaram.

— Como isso veio parar em Ravenshold?

Isobel estendeu os braços e as mãos viradas para cima.

— Pensei que você pudesse explicar...

— Onde você o encontrou? Não o vi quando estivemos aqui mais cedo.

— Estava ali... — Isobel apontou para o buraco na parede sob o revestimento descascado. — Esta pedra — ela mexeu na pedra com o pé — estava tampando o vão.

— Não pode ter sido Morwenna, se for isso o que estiver pensando — disse Lucien com uma voz grave.

— Eu sei, ela já estava morta quando o relicário foi roubado. — Isobel tocou o braço dele com os dedos frios. — Lucien, sei que Morwenna não estava envolvida. Mas alguém é culpado, a peça não chegaria até aqui sozinha.

— Se eu não tivesse visto com meus próprios olhos, não acreditaria. Ninguém em Ravenshold teria... — Lucien parou de falar e meneou a cabeça, relembrando. — Pode ter sido Geoffrey — disse, mesmo soando estranho. E recolocando a peça sobre a mesa, passou a mão na testa. — Eu estava começando a suspeitar que ele estivesse envolvido no furto dessa peça. Quando cheguei com Joris de Troyes, uma mulher me interpelou perto da torre dos guardas.

— A moça com a capa verde-musgo?

— Essa mesmo.

— Eu a vi da janela e imaginei que poderia ser... — Isobel interrompeu a frase no meio.

Lucien sentiu um vazio no peito. Agora era certo que Geoffrey estivera envolvido com o roubo. Mas por quê? A resposta veio num lampejo em sua mente. *Por dinheiro. Geoffrey precisava de dinheiro para comprar remédios para a mãe.*

Foi uma descoberta terrível, no entanto, quanto mais pensava, mais sentido fazia. Geoffrey tinha acesso àquele cômodo. Agora ficara claro que ele havia morrido numa briga de ladrões. *Nossa, que vergonha. Como pode um dos cavaleiros que morava no meu castelo ter se envolvido com um ladrão?*

Se estivesse mais presente em Ravenshold, talvez Geoffrey tivesse lhe pedido ajuda. Lucien se sentiu culpado. Se tivesse sido um lorde melhor, teria ajudado sem que fosse preciso pedir. *Eu sabia que a mãe dele estava doente, mas sempre passava correndo por Ravenshold para perceber que Geoffrey passava necessidades.*

— *Mon Dieu,* Isobel — disse ele, segurando-a pela cintura.

No mesmo instante, ela sentiu o corpo se aquecer com o toque daquelas mãos fortes, mas não fez nada para afastá-las.

— Lucien, quem era aquela moça que veio a seu encontro nos portões?

— Ela se chama Clare. Eu suspeitava que fosse a namorada de Geoffrey.

— O que ela queria?

— Ela me pediu que protegesse o nome de Geoffrey, lembrando que ele tinha sido um bom homem... Como se eu precisasse que alguém me relembrasse. Mas, quando ela falou, não fazia nenhum sentido. Agora entendo a razão. Sendo bom ou não, Geoffrey se envolveu com ladrões e acabou morrendo.

— Por quê? Como que um cavaleiro desceria a tão baixo nível? — perguntou Isobel, ansiosa.

— Geoffrey não tinha terras, a mãe estava enferma e ele é... era... um filho devotado. Acredito que ele precisasse de dinheiro para ajudá-la.

— Seria bom se soubéssemos mais detalhes.

— É verdade. Clare me pediu que protegesse a reputação de Geoffrey em nome da mãe dele. Preciso falar com ela novamente e com o conde Henry também.

— Ah?

— Troyes vem sofrendo muitos roubos ultimamente, o roubo do relicário foi apenas mais um.

— Existe um grupo de ladrões agindo nessa área? — indagou Isobel, preocupada.

— Tudo indica que sim. O conde Henry quer descobrir quem é o líder e prendê-lo. Ele não quer macular a reputação dos festivais da cidade. Isso já afetou a entrada de dinheiro para a cidade.

— Se o movimento do Festival do Solstício de Inverno diminuir, o mesmo acontecerá com as finanças do conde Henry.

— Isso mesmo. O ladrão que pegou isso — Lucien inclinou a cabeça na direção do relicário — pode ser o homem que o conde Henry está procurando.

— Deve ser um assassino de sangue frio.

— Ele será preso. Mas, seja lá o que Geoffrey tenha feito, não acho que merecesse morrer. — Lucien relanceou os olhos sobre o relicário na mesa. — Amanhã informarei à madre superiora que a relíquia foi encontrada. Antes de devolver a peça, quero que ela tome algumas medidas de segurança para que o relicário não seja roubado de novo. Depois vou falar com Clare, que ainda mora com a mãe de Geoffrey.

— Lucien, tome cuidado com o que vai dizer à mãe de Geoffrey... — pediu Isobel, segurando-o no braço.

— Serei bem diplomático.

— Se você estiver certo, Geoffrey trouxe o relicário para cá, mas por que foi morto? — indagou Isobel, franzindo o cenho.

— No momento só temos suposições. Todos sabiam que o relicário estaria em Troyes. Alguém podia ter encomendado o roubo. Presumo que, se Geoffrey estava de conluio com o ladrão, ele devia ser o responsável por encontrar um comprador.

— E o torneio era a ocasião ideal para Geoffrey marcar um encontro — disse ela, com o olhar fixo no rosto de Lucien.

— Parece plausível — concordou ele. — Mas nada disso explica a razão de alguém ter matado meu cavaleiro.

— Será que não foi por ganância? Talvez ele quisesse ganhar mais do que havia combinado.

Lucien meneou a cabeça. A hipótese já tinha lhe ocorrido.

— Você acha que o ladrão sabia onde Geoffrey escondia o relicário? — indagou Lucien, olhando para o buraco na parede.

— Não faço ideia. — Isobel mostrou-se ansiosa. — Se souber, terá que ser ousado demais para tentar recuperar a peça. Você devia aumentar a guarda do castelo.

Lucien resmungou. Isobel possuía um nariz aristocrático, fino e reto. Nunca antes dera confiança a pessoas de nariz empinado, mas até que gostava quando ela dava ordens. Se não ficasse a uma distância segura, não resistiria a beijá-la.

— A guarda? Ah, sim, vou dobrar a guarda nos portões e aumentar os sentinelas da noite. Os homens terão ordem de prender qualquer um que tente subir aqui. Menos você, minha pombinha... — disse Lucien, curvando-se para beijá-la no nariz. Ficou feliz quando Isobel não se afastou. Em seguida, pegou o relicário. — Enquanto isso, essa relíquia vai direto para o meu cofre.

Capítulo 16

NAS SEMANAS SEGUINTES, ISOBEL POUCO viu o marido. Pela maneira como Lucien vinha se comportando, concluiu que tinha se casado com um cavaleiro da noite. Ele deixava Ravenshold antes de amanhecer e era raro voltar antes de o sol se pôr.

Mas ela sabia o que Lucien estava fazendo. O Festival de St. Rémi, o Festival do Solstício de Inverno, tinha começado e os guardiões do conde Henry precisavam da ajuda de seu marido. Além disso, ele estava colaborando com as investigações sobre a morte de Geoffrey.

Lucien tinha tornado a busca pelos responsáveis uma questão pessoal, embora fosse muito estranha e vergonhosa. Ele não aceitava que um de seus cavaleiros internos tivesse se envolvido com foras da lei, por isso queria reparar os danos, sendo o responsável pela prisão do ladrão. Além disso, também queria fazer justiça por Geoffrey.

Ainda estava escuro quando Lucien e Isobel acordaram certa manhã perto do Natal. O fogo da lareira tinha se apagado e fazia frio. Os dois se abraçaram ainda sonolentos para se esquentarem, mas o desejo também tinha despertado e acabaram se amando. Depois Isobel se aninhou nos braços de Lucien, quando ouviram barulho do lado de fora da janela, sinal de que os empregados já tinham levantado.

— Preciso ir — murmurou ele, suspirando. — O conde Henry recrutou mais cavaleiros e eu me ofereci para treiná-los. Vou sair em patrulha com eles.

— Você precisa ir mesmo? — Isobel se sentia plena, mas sempre ficava com a impressão de que estava faltando algo.

Apesar de se entenderem muito bem fisicamente, ela sabia que jamais o impressionaria de fato. O coração de Lucien estava trancado.

O mês de dezembro passava rápido e o vínculo entre eles não estava mais forte. Ao mesmo tempo que Lucien era o amante que ela sonhara, também era um estranho. Isobel sabia poucas coisas a respeito do marido: era um cavaleiro que saía em patrulha toda manhã e voltava para a cama somente à noite. Ambos desfrutavam de uma imensa paixão, mas...

Quero que Lucien me ame. Ele só se deita comigo porque quer um herdeiro. O prazer que dividimos foi colocado em segundo plano. Se algo não mudar, e logo, corremos o risco de nos perdermos para sempre. É provável que nos acostumemos com essa distância que estabelecemos.

— *Sir* Arthur não pode levar os novos cavaleiros na patrulha? — perguntou ela, pousando um beijo no tórax largo do marido.

— Pensei que você tivesse compreendido, Isobel.

— Eu entendo, Lucien, bem demais até.

— O que quer dizer com isso? — indagou ele, levantando a cabeça para fitá-la com aqueles belos olhos azuis.

— Você não é responsável pelas falhas de Geoffrey.

— Quero encontrar quem o matou. — A cicatriz na têmpora dele começou a pulsar.

— Você descobriu alguma coisa?

— Apenas rumores. Cada dia sabemos de uma novidade, mas... — Lucien passou a mão no rosto. — Aliás, cheguei a contar que a irmã Úrsula conseguiu que o conde Henry dispusesse de dois de seus cavaleiros guardiões para vigiar o mosteiro?

— É mesmo?

— Eles estão vigiando o relicário. Acho que é uma perda de tempo. Eu disse à madre superiora que o ladrão deve escolher outro alvo quando atacar de novo. Quando o festival terminar e os guardiões levarem o relicário para Santa Fé, eles voltarão a servir o conde Henry.

— Fico muito feliz em saber que o relicário vai voltar a Conques.

Lucien virou-se de lado e, enfiando a mão por baixo do cobertor, acariciou um dos seios de Isobel.

— Achei que você ficaria mesmo. — Ele olhou para a porta. — Onde está Joris? Já é hora de irmos embora.

— Não vá, Lucien. Fique comigo. Precisamos fazer planos... sobre o castelo — disse Isobel, puxando-o para mais perto. Mas ele já estava longe dali, patrulhando as estradas de Champagne.

— Você não quer que aquele fora da lei seja preso? — perguntou Lucien, beijando-a no rosto com pressa para em seguida jogar as cobertas para o lado. — Tenho certeza de que ele tentou matá-la. Estou liderando a patrulha por você.

Isobel o observou se arrumar e depois sair atrás de Joris. *Ele disse que está fazendo isso por mim. Claro que é uma desculpa. O envolvimento de Geoffrey doeu na consciência dele, por isso se sente na obrigação de fazer o que é certo.* E apesar dos erros de seu cavaleiro, ele quer que o assassino seja levado à justiça.

Na verdade, parecia que Lucien ficava mais a vontade na companhia de homens, pois ele sempre estava tenso quando ficava perto de outras mulheres. Pensativa, ela enrolou um cacho de cabelo no dedo. *Ele é muito másculo.* Lucien gostava de sair em patrulha. Parte de sua natureza era muito obstinada, algo que ela acreditava que nunca seria domado. Não que quisesse isso, mas gostaria que ele apreciasse mais sua companhia.

Não podemos continuar assim. Não vamos continuar assim. A mente dela estava num transe desagradável. O casamento se tornava um desastre. Mas em se tratando de cuidar do castelo, estava se saindo muito bem.

Pensando nisso, se sentou e abaixou as cobertas até os tornozelos. Tinha trabalhado bastante com Elise e, quando Lucien vira o progresso, esboçara um sorriso. E foi o suficiente para que ela soubesse que tinha obtido aprovação pelos seus esforços. O primeiro elogio viera com a arrumação do saguão. Aos poucos, o castelo negligenciado recuperava a vida. Entretanto, Isobel não estava satisfeita apenas com a aprovação na esfera doméstica.

Não estou esperando um bebê. Será que falharei na tarefa mais importante da minha vida com Lucien? Só em pensar, sentiu o coração apertar. Dar à luz a um herdeiro varão era sua tarefa principal dentro do casamento, mas, de alguma forma, a importância daquilo tinha aumentado. Isobel queria agradá-lo. Ao que parecia, o medo de dar à luz uma criança tinha sido derrotado por uma grande afeição pelo marido.

O mundo dela tinha virado de cabeça para baixo quando soubera que Lucien estivera casado durante os nove anos em que ela o aguardava sem saber de nada. Entretanto, conforme os dias foram se passando, Isobel começou a aceitar e até a entender. Um ponto forte a favor de Lucien tinha sido o fato de ter preservado o casamento com Morwenna. Ele havia mantido Isobel no escuro por causa de uma tolice juvenil que o prendera a uma mulher atormentada, uma esposa torturada por demônios internos. Lucien não agira com malícia, avareza ou fraqueza. Lucien não era um homem cruel. A maioria dos homens, em circunstâncias similares, não teria tido remorso em jogar Morwenna para os lobos, ou a abandonado.

Mas não Lucien.

Mesmo que o casamento não tivesse sido verdadeiro em todos os sentidos, ele dera a Morwenna o direito de administrar Ravenshold. O campeão de torneios tranquilo estava longe de ser despreocupado, como imaginara a princípio. O maior paradoxo era que ele enganara Isobel por motivos nobres.

Lucien havia honrado o compromisso com Morwenna, mesmo contra seus interesses. Essa tinha sido uma atitude que merecia respeito. E era também a raiz do paradoxo. O cavaleiro que zombava das canções dos trovadores, aquele que declarava que o amor não passava de uma decisão fria, era na verdade um grande cavalheiro.

Isobel observou o porta-joias, onde guardava o sachê que comprara no boticário. Tinha dúvidas se voltaria a tomar aquilo. Na viagem de Turenne a Ravenshold, a ideia de dar à luz já não a apavorava tanto. O medo maior passou a ser de Lucien nunca permitir que ela ganhasse espaço em seu coração.

No salão nobre, Elise e outras duas criadas penduravam ramos de azevinho para a festa de Natal, dali a cinco dias. Galhos de pinheiros tinham sido amarrados com fitas vermelhas e presos nas vigas. Velas de cera de abelha queimavam nas mesas e nos candeeiros das paredes.

Quando as criadas desencostaram as escadas da parede, Isobel inspecionou o salão. No geral, estava satisfeita, pois o ambiente não rescendia mais a mofo. O salão, bem como o restante do castelo, tinha sido transformado. Todo o lixo fora queimado, e o piso, escovado. Os porões foram varridos e limpos. Os estoques dos depósitos tinham sido renovados. Ainda havia muito que fazer, mas, durante a festa de Natal, eles não ceariam no meio da sujeira.

— Lucie, Emily, muito obrigada. A decoração ficou ótima. Podem levar as escadas.

Enquanto as criadas tagarelavam ao terminar as tarefas, Isobel deu uma última examinada ao redor.

Uma camada fresca de pintura escondia a ferrugem de anos. E graças a uma limpeza nas chaminés e um bom estoque de lenha, as lareiras pararam de sibilar como cobras e a fumaça expelida não formava mais uma nuvem espessa nos recintos. Solène tinha providenciado ervas, espalhando-as em pequenos potes pelas salas, que deixaram o ambiente perfumado de tomilho e lavanda.

— Elise, fique... — pediu Isobel, curvando-se para puxar umas toalhas de um baú. O tecido estava amarelado, enrugado e manchado de cera de vela, molho de comida e vinho.

Ela estivera tão ocupada com o restante do castelo que havia deixado as toalhas por último.

— Isso é decepcionante. Veja como foram mal lavadas. E tão gastas. Isso será um desafio à sua habilidade em cerzir.

— As toalhas parecem velhas — concordou Elise.

— O Festival do Solstício de Inverno ainda deve durar um dia ou dois. Quando Lucien chegar, vou perguntar se ele me levaria a Troyes para comprar tecidos novos.

— Vai ficar muito em cima da hora, *milady*. Não teremos tempo de fazer a barra em todos até a festa de Natal.

— Vamos ver como ficam depois de lavados. Em parte, comprar tecido é uma desculpa. Eu gostaria de ir ao festival antes que termine.

Se Lucien concordar, teremos tempo para nós dois. Tempo fora do quarto, quando poderemos conversar sem a intromissão de nossos anseios...

A porta se abriu e as chamas das velas se inclinaram com o vento. Lucien entrou acompanhado por um homem que parecia familiar.

— Ali está a condessa perto do cofre — disse Lucien.

Isobel deixou a toalha surrada cair sobre a mesa quando eles se aproximaram. Ela reconheceu o cavalariço de seu pai e sentiu uma pontada no peito. O rapaz fez uma reverência, buscou nos bolsos e tirou um pergaminho fechado por um laço de fita, estendendo a ela.

Isobel notou que o rapaz estava ansioso. *Ele está tremendo e não me olha de frente.*

— Seu nome é Edouard, não?

— Sim, *milady*.

— Essa carta é do meu pai?

Edouard engoliu em seco.

— Sinto muito...

Deixando o pergaminho sobre a mesa, Isobel serviu uma caneca de cerveja para o mensageiro.

— Você veio de tão longe, deve estar cansado. Tome isso e depois me conte as novidades.

— Obrigado, *milady*. — Edouard virou a caneca e tomou tudo num gole só.

— Mais?

— Não, obrigado, *milady*.

Edouard respirou fundo e, consternado, fitou Isobel, mostrando-se relutante em dar a notícia. Isobel sentiu um frio correr-lhe a espinha. *Meu pai!*

— Sinto informar, *milady*, mas o visconde Gautier morreu.

Como se tivesse saído da realidade, Isobel passou a ver tudo muito distante. *Meu pai está morto.* Ouviu quando Lucien respirou fundo e os passos firmes quando postou-se a seu lado, emprestando-lhe o calor do corpo como conforto. Isobel imaginou-se em outro mundo.

— O visconde Gautier morreu? — A voz grave de Lucien retumbou na sala. — Quando?

— Há uma semana, *mon seigneur.*

— O que aconteceu? — Isobel se forçou a perguntar. Não podia ser verdade. *Meu pai morreu.*

— Ele teve uma morte tranquila, *milady. Lady* Angelina foi a primeira a encontrá-lo. Ele morreu dormindo.

Ainda se sentindo aérea, Isobel meneou a cabeça como se tivesse entendido o que Edouard dissera. *Meu pai está morto.* Ouvira as palavras, mas não faziam nenhum sentido e não tinham valor algum. Não podia ser verdade. Atônita, ela pegou a jarra de cerveja de novo.

— Aceite, por favor, acredito que esteja com sede.

— Obrigado, *milady.* — Edouard inclinou a cabeça na direção do pergaminho sobre a mesa. — A carta de *lady* Angelina deve explicar melhor.

— A carta. Ah, sim. Muito obrigada. — Isobel pegou o pergaminho e seguiu até um candeeiro. Quebrando o selo, acrescentou: — Se estiver com fome e não puder esperar pelo jantar, Elise pode levá-lo até a cozinha. Gawain providenciará um lugar para você dormir.

— Obrigado, *milady.* Por favor, aceite minhas condolências.

Isobel desenrolou a carta de sua madrasta. Sabia que o pai não estava bem de saúde, por isso não devia estar tão chocada. Mas estava... Apesar de ter vivido a maior parte da vida longe de Turenne, ela nutria o sonho de um dia poder conhecer melhor o pai. *Isso jamais acontecerá.*

Desviando do olhar de Lucien, ela começou a ler a carta.

Minha querida Isobel,

Minhas calorosas congratulações e que você seja abençoada por Deus. É com grande pesar que escrevo para dar essa notícia triste. Seu pai, o visconde, foi ao encontro de Deus. Sei que compartilha da minha tristeza, mas ficará aliviada quando souber que ele não sofreu. Um dia ele estava conosco, no outro, Deus o levou. Suplico que reze por sua alma. E que ele descanse em paz. A outra novidade você já sabe. E apesar de estar muito pesarosa por ter perdido seu pai em tão pouco tempo, sei que ficará feliz em saber que continuo em boa saúde. Agradeço todos os dias por seu pai ter tido tempo de saber sobre nosso bebê.

Acredito que essa criança de alguma forma será um bálsamo para a dor causada pela morte de seu pai...

De fato, aquela criança seria um alívio para a dor da perda do pai. Angelina esperava ter o bebê em janeiro e já havia passado o período crítico. Isobel sentiu os olhos arderem.

— Isobel, não quer se sentar? Você está muito pálida.

Meu pai está morto. Ela endireitou o corpo. Lucien teria que saber sobre a gravidez de Angelina logo, não podia guardar segredo para sempre, porém, depois de saber da morte do pai, ela não tinha forças para nada. *Mais tarde conto a ele sobre o bebê.* Enquanto isso, teria que ensiná-lo a deixá-la entrar em seu coração. *Preciso fazer isso porque o amo. O que sinto por ele é muito mais do que simples afeição. Como não percebi antes? Eu amo Lucien.*

— Isobel?

Será que Lucien sabia ler? Muitos nobres não sabiam. Ficou preocupada pensando que ele tivesse visto o que Angelina escrevera sobre o bebê. Piscando os olhos para afastar as lágrimas, ela enrolou o pergaminho e viu que Lucien esperava pelas notícias. Não parecia que ele tivesse lido alguma coisa.

— Se me der licença, gostaria de ir até a capela.

— Imagino que vá rezar pelo seu pai. Deixe-me acompanhá-la.

— Isso é muito gentil da sua parte, mas prefiro rezar sozinha.

Lucien a acompanhou até a escada que levaria à torre.

— Espere um instante, Isobel.

— Sim.

— Você se deu conta que temos que mudar nossos planos para o Natal?

Isobel sentiu um calafrio. Sabia o que ele estava prestes a dizer, mas não queria ouvir.

— Vai mudar alguma coisa?

— Claro que sim — disse ele, impaciente. — Devemos ir a Turenne para tomar posse das suas terras.

Não! Se formos a Turenne, você descobrirá a gravidez da minha madrasta. Saberá que talvez eu seja deserdada... Era preciso retardar a viagem o máximo possível. Lucien permanecera casado com Morwenna porque ela não podia se cuidar sozinha. Mas as condições de Isobel eram completamente diferentes. Se quisesse, ele podia anular o casamento deles com a consciência limpa.

Não importava que o acordo do matrimônio tivesse sido estabelecido entre os pais deles. Lucien poderia se divorciar, se fosse esta sua vontade. Os homens poderosos tinham um modo próprio de agir.

Meu casamento é como um castelo de areia. Ela mesma não se importava com a herança, mas, na certa, faria muita diferença para Lucien. A única maneira de mantê-lo ao lado dela seria ter um herdeiro.

— Isobel, vou mandar Joris levar uma mensagem para o conde Henry. Outra pessoa terá que treinar os cavaleiros guardiões e também organizar o Torneio da Noite de Reis. — Ela ouvia a voz de Lucien bem distante.

Era uma grande ironia pensar que o que mais temia quando se casara, dar à luz, tinha se tornado o objetivo mais importante de sua vida. Se desse um herdeiro varão a Lucien, seu casamento estaria a salvo e não faria diferença se ela fosse uma herdeira ou não. Não podia confiar no amor, pois talvez tivesse que esperar até o final dos dias para que ele a amasse.

Morwenna tinha ensinado a Lucien que o amor não era apenas um sentimento, mas sim uma decisão. *Mas sei que ele sente alguma coisa por mim. Seu desejo é tão forte quanto seus sentimentos. Pena ele não confiar nisso.*

Lucien nunca confessara que sentia alguma coisa além de desejo. O mínimo que ela esperava era afeição, embora soubesse que não seria o suficiente para prendê-lo nem descartar a possibilidade de ser colocada de lado. *Lucien não acredita em emoções.* Durante o casamento, enquanto Bernez cantava, ele tinha murmurado algo sobre a natureza transitória dos sentimentos. Dissera que, se o amor existisse, *um* se muito gande, não era um sentimento, mas uma decisão. *Uma decisão*, quanta frieza. Algo interesseiro e conveniente.

Em outras palavras, Lucien só conseguia entender a luxúria e as alianças estabelecidas num casamento para beneficiar ambas as partes. *A única maneira de prendê-lo é mesmo dando-lhe um herdeiro varão. Ainda é muito cedo para ir a Turenne. Preciso engravidar antes que ele veja Angelina.*

Estreitando a distância que os separava, Isobel colocou a mão sobre o braço masculino. Lucien ficou surpreso, pois ela não costumava fazer qualquer gesto de afeição em público, e ele não sabia como corresponder. Por um momento, Lucien fixou o olhar nos lábios dela. Em seguida, deu uma tossidela e a enlaçou pela cintura.

— Seus arrendatários ficarão muito desapontados se deixarmos Ravenshold antes do Natal.

— Será? — indagou ele.

Mas antes que dissesse mais alguma coisa, ela o interrompeu.

— Preciso de tempo para absorver essa perda, Lucien — disse ela com a voz suave. — Acho melhor discutirmos nossos planos amanhã de manhã.

— Como quiser. — Lucien acariciou-lhe as costas levemente.

Isobel precisava mesmo de tempo, e não apenas para lamentar a morte do pai, mas para provar ao marido que o amor significava muito mais do que uma decisão tomada com propósitos frios e políticos. Teria que mostrar a ele que o amor era um sentimento glorioso, encantador, poderoso e que não morreria jamais. Ela o amava.

Amava no jeito despretensioso de quem gosta de alguém escolhido pela família para ser seu marido. Amava-o também de uma maneira poética e linda como era entoado nas canções. Esse tipo de amor *não* era efêmero e traiçoeiro.

Seria um desafio ensinar Lucien sobre o amor e todas as suas vertentes. Ter descoberto sobre Morwenna explicara muito. A primeira esposa o tinha arruinado.

A tarefa de Isobel já era difícil por si só, por isso trataria de evitar que Lucien soubesse da gravidez de Angelina. *A criança do meu pai nascerá em breve.* Não era bom esconder a verdade, mas seria por pouco tempo, e ela não falharia em sua missão.

Lucien abriu um meio sorriso ao olhar para Isobel e levou os dedos dela aos lábios, um gesto simples que a comoveu.

— Se preferir celebrar o Natal aqui, espero que possamos retardar nossa visita a Turenne. Imagino que seu pai tivesse um bom mordomo.

— Ele é o melhor.

Ele está preocupado com minhas terras. O perdulário que um dia imaginei ser meu marido não se preocuparia. Ele é um homem diligente e responsável.

— Muito bem. Vamos aguardar antes de planejarmos nossa viagem.

— Obrigada.

Isobel ergueu um pouco as saias e subiu a escada em espiral. Lucien tinha sido claro quanto à sua preocupação com as terras, o que foi um golpe duro para ela.

Naquela noite, no salão nobre, Lucien estava sentado em sua cadeira de espaldar alto, comendo pão com Raoul e Gawain.

— Onde está minha esposa?

— Acredito que a condessa esteja na capela — disse Gawain.

— Ela não pode estar na capela *ainda* — reclamou Lucien, deixando o pão sobre a mesa.

Gawain se debruçou sobre a mesa para cortar um pedaço de porco da tigela e informou:

— O frei Thomas está fazendo uma espécie de vigília para o visconde Gautier.

— Creio que *lady* Isobel tenha ficado sentida ter perdido o enterro do pai — opinou Raoul. — O ritual deve fazer bem a ela.

Lucien olhou para o lugar vazio a seu lado e empurrou a cadeira para trás.

— Será que ela comeu alguma coisa hoje?

— Não sei dizer, pois eu estava com você durante a tarde toda — disse Raoul, encolhendo os ombros.

— Ora. — Preocupado com Isobel, Lucien se levantou. — Girande?

— Sim, conde Lucien.

— Arrume uma bandeja com pão, carne e vinho para duas pessoas e leve para o meu quarto, por favor.

— Imediatamente, milorde.

A capela de Ravenshold localizava-se na torre oeste, um andar abaixo do quarto do casal. Lucien estava subindo as escadas quando ouviu o padre recitar os cânticos. Isobel estava parada diante do frei Thomas, com um vestido azul sob uma capa eclesiástica escura. Tinha as duas mãos juntas para a oração e mantinha a cabeça baixa. Lucien observou o quanto estava pálida, mas a pele tão translúcida quanto o mármore branco não perdera sua beleza. A figura da esposa o remeteu à escultura da Virgem Maria. Seu corpo estava trêmulo e os olhos inchados de tanto chorar.

Faz muito tempo que ela está aqui.

— Isobel? — chamou Lucien baixinho.

As luzes das velas refletiam os olhos de Isobel cheios de tristeza.

— Sim?

Ela devia estar com o corpo dolorido por ficar tanto tempo na mesma postura rígida e tensa. Era a primeira vez que Lucien a via naquele estado e sabia que não havia nada que pudesse remediar tamanho pesar. E em uma das poucas vezes na vida, sentiu-se inútil.

— A cerimônia já está terminando? — perguntou ele.

Isobel respondeu que não com um aceno de cabeça. À luz tremeluzente da capela, os lábios dela estavam esbranquiçados.

— Frei Thomas prometeu ficar de vigília comigo durante a noite inteira.

— A noite inteira? — Lucien separou as mãos de Isobel e entrelaçou os dedos de ambos. As mãos dela estavam geladas. — Isobel, você pode adoecer.

— Uma noite sem dormir não deve fazer mal.

Frei Thomas os ignorava, inabalável, continuando a entoar os cânticos. Tratava-se de um dos salmos. *Não confiem em príncipes, nem em meros mortais, incapazes de se salvar.*

Os versos eram ditos com uma voz tão suave que não ecoavam na capela, mas pairavam como um murmúrio triste e se esvaíam como pedras atiradas num poço.

— Isobel, você precisa comer. — Lucien tentou mais uma vez dissuadi-la.

— Tomei café essa manhã.

— *...e todos seus pensamentos devem falecer* — entoou o padre.

— Você não comeu nada desde então?

Isobel fixou o olhar numa cruz do altar, movimentando os lábios e completando o salmo:

— *Louvado seja ele...*

— Isobel? Você almoçou? — insistiu Lucien.

— Não estou com fome...

— Mas você precisa comer. Está aqui há horas. — Lucien levantou a voz. — Frei Thomas?

— *Que o céu e...* Milorde?

— A condessa precisa se retirar. A vigília já está terminando?

— Já rezamos a missa algumas vezes. Posso terminar esta última agora, se quiser.

— Obrigado, padre. Isso é muito gentil de sua parte.

Dito isso, Lucien colocou a mão de Isobel sobre seu braço.

— Venha, Isobel, você precisa comer e depois descansar.

Capítulo 17

No dia mais curto do ano, no Solstício de Inverno, Isobel acordou sozinha sobre o cobertor azul. Querendo aproveitar o pouco de luz que teria, Lucien tinha saído em patrulha.

A tristeza se abateu como uma mortalha sobre ela. Era difícil aceitar que seu pai estava morto e que nunca mais ouviria a voz áspera dele chamar-lhe o nome. Mas tinha que aceitar. Aconchegou-se no cobertor. A culpa não era a melhor companhia. Precisava contar a Lucien que a viúva de seu pai esperava um filho. Não podia enganá-lo.

Na verdade, não devia se sentir tão culpada, uma vez que o próprio Lucien a tinha abandonado durante anos, levando-a a guardar uma imensa mágoa, em parte já curada. Por que se atormentava tanto por não ter contado sobre Angelina? Ora, estava pagando com a mesma moeda e, por isso, não devia se sentir tão mal.

Quando chegara a Champagne, Isobel esperava que o conde d'Aveyron fosse elegante. E não pensou apenas na aparência, embora não negasse que era bem melhor se casar com um cavaleiro alto e forte, de cabelo farto e olhos azuis, além de inteligente. Esperava que ele tivesse cicatrizes de batalhas. Aquela que ele tinha no rosto era grande, mas, se não a tivesse... Bem, seria bonito do mesmo jeito. Aquela cicatriz mostrava um lado mais humano de Lucien, uma vez que a tinha conseguido ao proteger Morwenna. No entanto, foram anos represando ressentimentos. Nove anos que seriam difíceis de esquecer completamente. Mas começara a deixar essa mágoa no passado desde que havia chegado a Troyes, pois a gentileza inesperada dele a havia desarmado.

Lucien demonstrara cuidado com ela desde que exigira que ela saísse do convento e se mudasse para o palácio do conde Henry. Ele havia ficado bravo quando o desobedecera indo ao torneio, mas isso não o impedira de presenteá-la com o broche. Se bem que nada afastava da mente dela que Lucien a presenteara para comovê-la, uma vez que a queria por causa das terras em Turenne. Não obstante...

Na noite anterior, ele havia demonstrado preocupação quando insistira para que saísse da capela e comesse alguma coisa.

Ele cuida bem de mim porque tenho valor para ele. Trago Turenne comigo. Lucien podia ser humano, mas era impossível se esquecer da determinação e da inteligência em seus olhos azuis. Ele tinha o olhar de um homem que tinha lutado e vencido muitas batalhas. Um campeão. Era difícil pensar que, de certa forma, ela era um outro tipo de troféu. E que ele não a amava.

Do lado de fora da janela, uma gralha grasnou e, em seguida, ouviu-se passos e alguém batendo à porta.

— Pode entrar.

Elise entrou, trazendo uma jarra com água quente.

— Bom dia, *milady*. Posso servi-la?

— Claro que sim. Onde está Girande?

— Ela não está se sentindo bem de novo, *milady*.

— Sinto saber. — Isobel seguiu até o jarro de água, enquanto Elise esticava a cama.

— *Milady*, sinto muito pela morte de seu pai. Por favor, aceite minhas condolências.

— Obrigada, Elise. — Os olhos de Isobel ficaram rasos de água, enquanto ela alcançava a toalha.

— O que quer vestir hoje?

— O cinza com os acabamentos vermelhos e dourados — respondeu Isobel.

Cinza e dourado eram as cores do pai dela. E também seriam de Lucien, se Angelina tivesse uma filha. Mas se fosse um menino...

Que os deuses me ajudem a não o perder.

— *Milady*?

Elise falou mais alguma coisa, mas Isobel não tinha percebido.

— Desculpe-me, Elise, não ouvi o que disse.

— *Milady* já sabe, não é? — perguntou Elise, entregando uma toalha seca a Isobel e recolhendo a molhada.

— Sei do quê?

— Sobre Morwenna, a primeira esposa do conde Lucien.

— Você já sabia sobre ela? — exigiu Isobel, tão tensa quanto um fio de um arco.

Mas o casamento não era um segredo?

— Sei disso há algum tempo, *milady* — revelou Elise, mordiscando o lábio. — Ouvi rumores...

— E por que não me disse nada?

Isobel sentiu um frio na espinha. *Elise já sabia sobre Morwenna quando me conheceu no convento.*

Contrariada, Elise torceu a toalha e devolveu a Isobel.

— Eu não podia, nem ousaria dizer nada. *Milady*, menti sobre o estado de Girande. Eu pedi que a atendesse porque queria avisá-la. Com a convivência, passei a gostar... e respeitá-la.

O coração de Isobel deu um salto, antevendo más notícias.

— *Milady*, tome cuidado com o conde Lucien. Não o deixe bravo. Temo por sua segurança.

— Você acha que o conde Lucien pode me machucar? — perguntou Isobel, perplexa.

— Morwenna era prisioneira neste castelo. — Elise falava rápido e seu rosto se tornava cada vez mais vermelho. — Ela não podia sair, ela...

— Você está enganada, Elise. Você entendeu tudo errado.

Elise estava com os olhos marejados.

— Por favor, tome cuidado. *Milady* corre perigo...

— Que bobagem!

Para Isobel não fazia sentido pensar que Lucien poderia feri-la. Na noite anterior, ele tivera o cuidado de tirá-la da capela, fizera-a comer, ajudara-a a se lavar e a colocara na cama. Depois de se deitarem, Lucien permitiu que ela chorasse, com a cabeça apoiada em seu peito, enquanto lhe acariciava o cabelo. Ele não tinha exigido nada. Se fosse qualquer outro homem, seria possível crer que a amava. Lucien seria incapaz de feri-la. Não. Impossível.

Se quisesse realmente feri-la, bastaria anular o casamento, mas certamente Elise não estava se referindo a esse tipo de agressão. *Confio nele.* Lucien tinha trancado Morwenna para o próprio bem dela. Essa era a verdade. A tristeza ainda permeava a sua mente, mas tinha certeza de que Lucien jamais a machucaria. Pelo menos não fisicamente.

— Todos sabem que milorde jamais machucou uma mulher.

— Gostaria muito de acreditar nisso. — Uma lágrima correu pelo rosto de Elise.

— Elise!

Isobel tomou fôlego para continuar falando, mas a criada a atropelou, dizendo:

— Saiba que o conde Lucien tirou a liberdade de Morwenna. Ele a desprezou durante anos. Quando um espião contou que a *milady* tinha crescido e que era linda, ele matou Morwenna. Milady precisa tomar cuidado, ele...

— Chega, Elise! Essa conversa sobre espiões e assassinato é loucura. O milorde... Você não entende. — Isobel não tinha intenção de revelar a Elise o que Lucien tinha confidenciado a ela. Assim, apertou os olhos e continuou. — Agradeço seu interesse, mas não tem o direito de falar comigo assim.

Elise soluçou, derrubou a toalha e saiu correndo do quarto. A porta bateu num estrondo e a trava caiu no lugar.

Lucien... um assassino? Aquilo era um absurdo.

Distraída, Isobel se abaixou para pegar a toalha. Elise tinha se influenciado demais pelo que vira na torre leste. *É preciso limpar aquela torre. Hoje ainda.*

Isobel passou o vestido pela cabeça, sentindo-se bem por Elise ter ido embora correndo. Aquilo a tinha distraído, mas era impensável pensar que

Lucien ferisse uma mulher. Por ter vindo ali e dito o que achava, Elise tinha clareado a mente de Isobel.

Seu marido era um homem bom. Ele era bem diferente dos campeões de torneios displicentes que tinha conjeturado. E tinha de ser grata por isso. Valia a pena lutar pelo verdadeiro Lucien.

E chegara à conclusão de que quanto antes limpasse aquele cômodo infestado no topo da torre leste, melhor para todos.

Aconteceu no final da época de Natal, bem próximo à Noite de Reis. Lucien vinha patrulhando as estradas que circundavam Troyes todo dia em vão. Sua busca parecia ter caído por terra.

Por fim, sua sorte mudou. Ele tinha acabado de passar pelo Portão Madeleine à frente da tropa, quando algo lhe chamou a atenção. O canal que circulava Troyes estava seco, uma vala funda diante dos muros da cidade. Os habitantes faziam aquele lugar um depósito de refugos. Tudo era jogado ali, cascas de vegetais, ossos de animais assados e, às vezes, coisas piores.

Lucien puxou as rédeas do cavalo, com o olhar preso numa trouxa de trapos marrons e algo que parecia uma mecha de cabelo castanho engordurado. Em algum lugar, um galo cacarejava. E Lucien ficou imóvel com o que suspeitara ser aquilo.

— Joris, vasculhe o canal.

— O canal não, milorde. — Joris fez uma careta. — Fiz isso ontem.

— O canal, Joris. Tenho a sensação de que você não procurou direito. Acompanhe-o, sargento.

— Sim, *mon seigneur* — respondeu o sargento, desmontando rápido.

— Esse fosso fede. — Joris lançou um olhar suplicante a Lucien.

— Ainda bem que não estamos no verão. Comece por ali — ordenou Lucien, apontando para a trouxa de trapos. — Você é meu cavalariço, presumo que pretenda se tornar um cavaleiro, não?

— Sim, milorde.

— Um cavaleiro não pode se dar ao direito de recusar uma tarefa, por pior que ela seja. Desça já desse cavalo e vá até o canal.

— Sim, milorde.

Joris obedeceu, enrugando o nariz. Lucien observou de longe o rapaz entrar no canal. Não precisou esperar muito. Alguns minutos depois, Joris olhou para ele, branco como se tivesse visto um fantasma.

— Milorde! Conde Lucien! Há um... corpo... Alguém foi assassinado.

Lucien já sabia de quem se tratava antes mesmo de ver o rosto do homem. Era o homem que ele vinha caçando nos últimos dois meses. O ladrão que tinha roubado a relíquia, matado Geoffrey e que talvez perseguisse Isobel. O corpo estava todo ferido. Ele devia ter morrido durante uma luta. O rosto do ladrão e as mãos estavam roxas, assim como o pescoço, indicando que tinha sido estrangulado. *O assassino de Geoffrey não está mais solto pelas ruas de Champagne. Isobel está a salvo.*

Por ter descoberto o corpo, Lucien deixou Troyes mais tarde do que planejara. Era preciso informar ao conde Henry o que tinha encontrado. Ele aproveitou para recomendar que o canal fosse limpo toda semana, além de recomendar que seu antigo mordomo, Arthur, fosse promovido a capitão dos guardiões.

Saindo do palácio, Lucien foi à casa da família de Geoffrey, como já vinha planejando fazer. O Ano-Novo tinha chegado e ele queria garantir que a mãe e a irmã de Geoffrey estavam sobrevivendo bem. Foi bom contar a Nicola que o assassino de seu filho não tinha enfrentado um julgamento, mas que a justiça tinha sido feita mesmo assim. Ele deu uma boa quantia em dinheiro para a família, dizendo que Geoffrey tinha ganhado prestando serviços em Ravenshold, mas que só descobrira recentemente que estava devendo. Era uma desculpa, pois Lucien queria ajudar de alguma maneira. Era óbvio que Nicola lutava muito para colocar comida na mesa da família.

Lucien tinha esperanças de que Clare, a irmã de Geoffrey, confiasse nele. Era certo que ela sabia sobre o envolvimento do irmão com o assassino. Infelizmente, Clare continuava leal ao irmão e não disse uma palavra sequer.

— A neblina está mais densa, milorde. — O couro da sela de Joris estalou conforme ele se virou para trás. — Podemos perder o caminho.

Os dois voltavam para Ravenshold. Fachos de neblina serpenteavam pelas árvores como se fossem fantasmas se encontrando na escuridão.

— Não tenha medo, não devemos sair da estrada — avisou Lucien, percebendo que Joris estava nervoso, o que era compreensível.

Não é todo dia que se acha um corpo em uma vala.

— Anoitece mais cedo perto do final do ano — acrescentou Joris, encolhendo-se sob a capa.

Lucien resmungou alguma coisa, estava pensando no homem morto.

— Ele deve ter morrido numa rixa na taverna. É uma pena que Clare não estivesse disposta a me revelar sobre o envolvimento de Geoffrey.

— Sim, milorde.

Lucien respirou fundo. O que quer que Geoffrey tenha feito, não justificava sua morte.

Joris batia os dentes e o rosto estava azulado. A noite os envolvia cada vez mais.

— Logo chegaremos em casa, Joris.

Naquela noite, Lucien pretendia contar a Isobel que sua tarefa junto aos cavaleiros guardiões tinha terminado. O conde Henry possuía homens suficientes e, com Arthur como capitão, as ruas e estradas de Champagne estariam seguras. Tomara que Isobel conseguisse esquecer todo aquele incidente.

Isobel espera por mim em Ravenshold.

Sorrindo e ainda incapaz de acreditar em como seu coração batia em descompasso só de pensar nela, ele esporeou Demon para fazê-lo trotar. Joris o encarou sem entender a pressa repentina.

— Não se distraia — disse Lucien. — A neblina está cada vez mais densa.

Lucien saiu dos estábulos para um pátio escuro como se fosse meia-noite, mas não havia estrelas. A neblina formava círculos ao lado dos tocheiros. A névoa galgava os muros. A ala da cozinha estava toda encoberta, mal se podia ver o saguão. Como de hábito, ele contou os tocheiros ao longo do caminho, que se esforçavam para iluminar alguma coisa. Havia dois do lado direito da torre da guarda do portão, outros dois do lado esquerdo, e...

De repente, um flash escarlate chamou sua atenção. Havia uma mulher circulando pelo pátio, vestindo uma capa vermelha, uma luz a mais na escuridão. Uma flâmula vermelha na calada da noite.

Uma capa *escarlate*? O coração de Lucien parou. Morwenna tinha uma capa igual àquela, bordada com um esquilo. Um facho de luz na muralha brilhou, mas logo foi encoberto pela neblina. Pressionando os dentes, Lucien se viu seguindo-a até os degraus, então começou a subir.

As muralhas estavam tão silenciosas quanto a morte. Era como se ele estivesse entrando num mundo à parte. Em algum lugar bem longe dali, estava a cidade. A neblina era tão densa que ele mal enxergava o pátio. Acompanhado apenas pelo silêncio claustrofóbico.

Dali, ele viu a luz pálida dos estábulos e das torres do portão. Outra luz vinha do topo da torre oeste — Isobel e a criada deviam estar no quarto. Instantes depois, a névoa envolveu a torre e a luz se apagou. Em uma fração de segundo, Lucien se viu sozinho em meio à névoa espessa. A escuridão e o frio chegavam até os ossos.

De súbito, um som o fez se arrepiar. Alguém estava *cantando*? A mulher da capa vermelha estava por perto. A umidade do caminho até ali reluzia sobre as pedras. Lucien tirou uma das tochas da parede e seguiu na direção do som como um cão perdigueiro seguindo o cheiro da presa. Era uma canção de amor. Não que ele gostasse de canções daquele gênero, mas conhecia aquela em particular. Morwenna adorava aquela melodia. Ele a tinha ouvido cantar várias vezes quando ainda estavam enamorados. A voz era um eco assustador da voz de Morwenna. Ainda não tinha visto a mulher misteriosa, mas a similaridade das vozes o fez estremecer. A capa, a voz, a canção...

Morwenna! *Mon Dieu*, que bruxaria seria aquela? Morwenna estava morta, não podia ser ela. O medo o deixou inseguro para continuar andando e se encontrar com… *Quem será?* Ao menos o rosto e a mão estavam aquecidos pela tocha que segurava.

De repente, a canção voltou, suave como se fosse verdadeira. Tratava-se de uma canção sulista e entoada do jeito que Morwenna cantava, com as mesmas frases, a mesma cadência, até mesmo a sonoridade era igual. Mas não podia ser Morwenna, ela descansava o sono eterno. Aquela voz, a canção… Era como se estivesse ouvindo seu fantasma.

A neblina se contorcia pela muralha como se estivesse viva. Segurando a tocha com mais força, Lucien subiu até o topo da muralha. A mulher misteriosa não devia estar muito longe. Não era Morwenna, nem um fantasma do passado. Devia haver uma explicação racional para tudo aquilo. Mesmo assim, era como se seu sangue tivesse congelado quando estava prestes a entrar num recôndito, temendo o que encontraria. *Deus me ajude. Não é Morwenna.*

Os pensamentos não eram regulados pelo tempo normal. Dezenas deles podiam passar pela cabeça de um homem entre uma batida do coração e outra. E ali, andando pelas muralhas, embalado pela canção de amor vinda do passado, sentia-se castrado pelos pensamentos. *Não é Morwenna. Não é ela.* Esta era a verdade, tinha que ser, porque se Morwenna estivesse cantando… O casamento com Isobel seria invalidado. Lucien sentiu o coração na boca, duro e frio como as pedras do parapeito da muralha. Morwenna estava morta. *Será que cometera um erro terrível?*

O casamento com Isobel era o que havia de mais verdadeiro. Não era uma mentira. Apertando o cabo da tocha até as juntas ficarem brancas, Lucien se aproximou do vão na parede do castelo.

— Quem está aí?

A mulher misteriosa estava ao lado de um dos postos de sentinela, a capa reluzia como uma mancha de sangue no meio da névoa. Seu rosto era um borrão branco.

A melodia parou abruptamente.

— Milorde?

— Quem é você?

A tocha reluzia forte, a fumaça era engolida pela noite de janeiro. O vento fez a capa ondular como uma chama bruxuleante e sumiu no instante seguinte.

Lucien correu atrás do vulto. Ele era rápido, mas a mulher tinha asas. Quando chegou à próxima curva, ela tinha sumido. Olhando de cima, também não a viu no pátio, ninguém teria descido as escadas com tamanha rapidez.

Debruçando-se sobre a ameia, tentou olhar para a estrada. Não havia nada além da escuridão e da neblina. Nada de capa esvoaçante. *Nem sinal de Morwenna.*

Lucien piscou os olhos, não era um homem supersticioso. Frei Thomas havia declarado Morwenna morta. *Morta.* Então por que, em nome de Deus, a dúvida ainda pairava na mente dele? Por que tanto medo? Era possível ouvir o retumbar do coração dele na escuridão e no silêncio da noite.

Isobel é minha esposa, minha alma gêmea.

Do outro lado do pátio, as janelas do saguão estavam iluminadas pelas velas. Isobel devia estar preocupada com ele, era melhor voltar logo.

Quando chegou ao topo da escada, parou, franzindo o cenho. Ainda estava com medo, mas, embora não entendesse a razão, queria descobrir. *Isobel é minha.* Não tinha fundamento a possibilidade de Morwenna estar ali e com isso anular seu casamento. *Quem estaria por trás disso? Isso é ridículo! Isobel é minha.* Pensar em perdê-la era dolorido demais. Lucien apressou o passo, atravessou o pátio e entrou no castelo a fim de encontrá-la.

Isobel tinha acabado de sair da ala da cozinha quando o viu.

— Aí está você. — Lucien pegou a mão dela e puxou-a para mais perto.

A intenção era um beijo rápido, mas, quando os lábios se tocaram, ele se sentiu envolvido por algo maior que o levou a aprofundar o beijo. O perfume de Isobel e o calor de seu corpo feminino significavam vida.

Uma criada passou por eles soltando um risinho. Lucien ouviu o riso de muito longe, ignorou-o e continuou a beijar a esposa com paixão. As línguas se encontraram e ele sentiu sua ereção ficando rígida. Foi preciso uma força hercúlea para não tocar aqueles seios macios que estavam pressionados contra seu peito.

— Lucien! — exclamou ela, afastando-se e sorrindo, corada como uma rosa. — Alguém pode nos surpreender.

Mesmo relutante, ele a soltou. Por um instante, tinha se esquecido de tudo, como se Isobel fosse a única pessoa em um mundo particular só dos dois. Estava próximo de perder a razão, como se o desejo passasse a reger seus movimentos.

— Vim checar a massa para o pão de amanhã — disse ela, depois de uma tossidela. — Logo iremos jantar. Você está com fome?

— Sim... — Lucien a abraçou de novo. — Mas não é a fome que você está pensando.

Uma criada saiu da cozinha trazendo travessas com o jantar. Lucien ouviu-a rir baixinho e Isobel corou ainda mais.

Lucien a virou na direção das escadas que conduziam ao quarto. Deixaria para contar mais tarde que havia encontrado o assassino de Geoffrey. Naquele momento, seu interesse era bem diferente...

— Venha, minha pombinha, podemos pedir que sirvam o jantar mais tarde.

Depois de fazerem amor, Lucien distraiu-se com um cacho de cabelo dourado ao redor dos dedos, imaginando por que estava num estado de espírito tão diferente. Isobel estava cochilando com um sorriso nos lábios. Depois de ter confessado que sua maior ânsia não era pelo jantar, ela lhe deu a melhor resposta que um homem poderia desejar.

Perdi toda minha honra.

Pensou que devia contar a Isobel o que tinha visto, ou o que *imaginara* ter visto, no alto das muralhas. Aliás, devia ter contado antes de fazerem amor. Imaginar que Morwenna podia estar viva era tão sem fundamento quanto o temor de ser bígamo depois de ter se casado com Isobel. Estava perdendo o juízo. Nem Arthur, nem o frei Thomas teriam mentido. Além de ridículo, a visão daquela mulher nas muralhas tinha abalado suas estruturas.

O cabelo de Isobel era macio como a seda e perfumado. De lado e com a cabeça apoiada na palma da mão, ele estudou os traços daquele rosto tão delicado. *Isobel.* Era a primeira vez que ficava contemplando uma mulher dormindo. Uma pontada no coração o fez sorrir.

Minha.

Isobel abriu os olhos ao sentir que ele mexia em seu cabelo.

— Você vai dormir até a madrugada? — indagou ele, com o corpo sombreado pelas luzes das velas. — Ainda não comemos nada e estou com fome.

— Posso bater chamar Girande. Ela pode nos trazer uma bandeja.

— Não. Quero lhe mostrar uma coisa, depois podemos jantar à mesa. — Lucien se inclinou e beijou-a na testa.

Conforme se vestiam, Lucien a beijava em todas as partes que alcançava. Não havia nenhuma conotação sexual, eram beijos de carinho e afeição. Olhando para ele de esguelha, Isobel se pegou sorrindo. Será que seu corajoso marido estava aprendendo a gostar dela?

— O que quer que eu veja? — perguntou Isobel.

— É algo sobre Morwenna — disse Lucien ao afivelar o cinto com uma expressão sombria.

— Ah... — O sorriso de Isobel desapareceu de seu rosto.

— Achei que... Não importa, você vai me achar louco. Sei que há um baú com as coisas de Morwenna em algum lugar. Preciso encontrá-lo.

— De que cor é?

— É de madeira, sem tinta, mas cravejado.

— Como são os desenhos?

— Acho que são uns círculos.

Isobel tinha uma vaga lembrança de ter visto Elise mexendo em um baú com rodelas esculpidas nas laterais. Naquele momento, presumira se tratar de roupa de cama para ser remendada.

— Acho que está no depósito logo abaixo da capela.

O baú era guardado em um cômodo mais abaixo. Isobel estava preocupada, enquanto Lucien se agachava e abria a tampa do baú. Tirou os vestidos e véus, estendendo-os para que Isobel os segurasse. Havia alguns pares de sapatos, botas, cintos, uma capa preta grossa, que ele colocou no chão. Isobel se imaginou examinando cada uma daquelas peças, dobrando-as e colocando de volta.

O que será que ele quer com as roupas de Morwenna?

— Não está aqui — disse ele, levantando-se.

— Como? O que não está aí?

— A capa vermelha sumiu.

— Elise estava limpando por aqui — informou Isobel, segurando os vestidos contra o peito.

Antes de ter certeza do que estava acontecendo, ela relutou em revelar que Elise tinha feito muito mais do que só limpar, havia revirado o baú inteiro.

— Vou perguntar se ela por acaso viu uma capa vermelha.

— Ah, sim, por favor.

Lucien entremeou os dedos no cabelo, sério, quando a viu segurando os vestidos.

— Isobel, não precisa ficar segurando isso. — Ele tirou os vestidos das mãos dela e os jogou dentro do baú.

— O que está acontecendo, Lucien?

— Nada, eu... — Depois de um longo suspiro, ele se virou para o baú. — Quero que queimem tudo isso.

— Queimar toda a roupa? — Isobel estava chocada. — Entendo que não queira os pertences de Morwenna por aqui, mas queimá-los... é um desperdício. As roupas são boas. Acho que devíamos mandá-las para a caridade. Alguém do vilarejo vai ficar contente em ganhá-las.

Os olhos de Lucien reluziram como contas de vidro.

— Muito bem, faça o que quiser... Contanto que eu não veja nada mais por aqui.

— Lucien, por favor, conte-me o que o está perturbando — pediu ela, preocupada.

Inesperadamente, ele riu, como se estivesse se divertindo.

— Ela anda me assombrando.

— Morwenna?

— Quem mais poderia ser? Quando cheguei, vi uma mulher cantando e andando na muralha. Quem quer que fosse, tinha a voz muito parecida com a dela, aguda como um assobio.

— E...?

— Posso jurar que ela me viu a seguindo — disse Lucien com um sorriso amargo. — Mas depois o vulto sumiu. Tentei encontrá-la, mas... você deve ter percebido que a neblina estava muito densa. Imaginei que tivesse sido sugada. Não vi o rosto dela, apenas a capa vermelha.

— Lucien, Elise estava muito interessada neste baú. Acho que devemos falar com ela. — Isobel o encarou, assustada.

Capítulo 18

Lucien e Isobel tinham perdido o jantar. Os criados tiravam os copos e as travessas quando eles chegaram à sala de refeições. Elise não estava ali. Os dois se sentaram em uma mesa menor e foram servidos de vinho. Um dos criados saiu correndo para buscar comida.

Lucien estava partindo um coelho com uma faca quando Isobel viu Solène do outro lado do saguão e acenou:

— Solène, onde está Elise?

Solène fixou os olhos no bordado da toalha.

— Ah, *milady*, não me pergunte. Não devo dizer nada até o amanhecer.

Lucien levantou a cabeça para intervir, e Isobel pousou a mão na coxa dele.

— Deixe-me resolver isso, milorde. — Ela sorriu e dirigiu-se à moça novamente. — Solène? Estamos esperando...

Solène estava inquieta e fugindo do olhar de Lucien.

— *Milady*, jurei não dizer nada esta noite, mas... Mas... Elise se foi.

— Foi para onde? O que quer dizer com isso?

Solène juntou as mãos calejadas do trabalho honesto que fazia como jardineira do castelo.

— Elise deixou Ravenshold. *Milady*, eu lhe diria amanhã. Ela queria muito que eu a agradecesse pela imensa ajuda e disse que queria o seu bem.

— Elise foi embora?

— Sim, *milady*.

— Mas por quê? Pensei que ela fosse feliz aqui. Achei que vocês duas tinham o interesse pelas ervas em comum e...

Solène meneou a cabeça.

— Elise não veio a Ravenshold por acaso, *milady*. Ela veio descobrir o que aconteceu com a irmã.

— *Irmã*? — Lucien deixou a faca cair sobre a mesa.

Por fim, Solène o fitou, tremendo dos pés à cabeça.

— Sim, milorde, a irmã. — Antes de continuar, Solène ergueu a cabeça. — Elise veio a Ravenshold para descobrir se a irmã, sua primeira condessa, tinha sido morta.

Isobel prendeu a respiração por um instante. Branco como a toalha, Lucien se levantou devagar.

— Contei a ela o que tinha acontecido, milorde — disse Solène, atropelando as palavras. — Disse como... a condessa Morwenna era perturbada. Em princípio, ela se recusou a acreditar.

Depois de um breve silêncio, Lucien olhou para Isobel.

— Você se lembra como ela evitou em nos dizer seu nome completo. Agora sei a razão. Ela se chama Elise Chantier.

— É isso mesmo, milorde. — Solène enfiou as mãos nos bolsos da saia. — Milorde, juro que nunca disse nada de errado. Tudo o que fiz foi levá-la a descobrir a verdade.

— Antes de nos casarmos, o sobrenome de Morwenna era Chantier — disse Lucien. — Pense bem, Isobel, ela costumava me evitar ao máximo. Sempre a via escondida nas sombras. Elise era de uma timidez exacerbada. Não queria ser notada. Na certa, com medo que eu visse alguma semelhança.

Elise é irmã de Morwenna. A mente de Isobel estava em turbilhão. *Foi por isso que ela se aproximou de mim no convento, era tudo uma armação para entrar em Ravenshold!*

— Elise ficou tão amedrontada ao entrar no cômodo de trabalho da irmã que saiu correndo. Eu não tinha entendido, mas isso explica tudo. Ela se impressionou demais com as provas da fragilidade da irmã.

— Foi isso mesmo, *milady* — disse Solène. — Elise ficou chocada com o que viu na torre leste. Mas, no início, ela se recusava a aceitar que a condessa Morwenna tinha ficado muito doente.

— Bem, Elise disse que era irmã de Morwenna. — Lucien lançou um olhar penetrante a Solène. — O que mais ela contou?

— Não muito, milorde. Falamos muito sobre o interesse da condessa Morwenna em ervas, mas ela não disse muito sobre si mesma. Sua principal preocupação era que eu agradecesse à condessa Isobel por ela. Ah, sim, ela falou alguma coisa sobre uma capa vermelha. Ela a levou como recordação da irmã. Além disso, pediu que eu garantisse que nada mais seria levado. — Solène fez uma vênia. — Isso é tudo, milorde? Espero que tenha agido certo. Não acho que fosse minha obrigação evitar que ela partisse.

— Entendo, mesmo que quisesse, você não poderia impedi-la. Obrigado, Solène. — Lucien cerrou os lábios.

— Não há de quê, milorde — disse ela e saiu da sala.

Lucien e Isobel trocaram olhares.

— Era Elise que estava cantando na muralha.

— Parece que sim.

— Isso me deixa muito aliviado — confessou Lucien, recostando-se na cadeira.

— Você achou mesmo que Morwenna tinha voltado a viver?

— Não, mas o fato me fez pensar. — Lucien tomou a mão dela, beijando-a. — Você é muito preciosa para mim, Isobel. Eu não suportaria a ideia de perdê-la.

Isobel sentiu uma alegria imensa ao ouvir aquilo. *Lucien me ama. Sou importante para ele.*

— O incidente me fez pensar o que aconteceria se nosso casamento fosse anulado — acrescentou ele.

— Ah…

— Pense bem — ponderou ele com uma voz grave. — Isobel, se ela estivesse viva, nosso casamento seria ilegal e teríamos filhos ilegítimos. Claro que você poderia ficar comigo, mas como minha amante, e não esposa.

A felicidade momentânea de Isobel se esvaiu tão rapidamente quanto havia chegado. Era óbvio. A principal preocupação dele não era com a legalidade do casamento, mas, sim, com prováveis filhos ilegítimos. Aquela era a prioridade de Lucien. A decepção que sentia devia estar transparente em seu rosto, pois ele apertou-lhe a mão.

— Isobel? Você está se sentindo bem?

Ele não me ama. Mesmo triste, Isobel abriu um sorriso tímido.

— Estou bem — disse, procurando palavras para esconder a decepção. — Pelo que aconteceu, acho que não devemos dar os pertences de Morwenna. Elise pode voltar e reivindicar tudo.

Lucien pegou a faca e franziu o cenho.

— Muito bem. O baú pode continuar no depósito, contanto que eu não o veja.

Isobel tinha perdido o apetite.

Durante todo o período do Natal, a culpa tinha pesado nas costas de Isobel. A decoração de Natal estava murchando e a Noite de Reis chegara num piscar de olhos. Logo todos os enfeites de folhagens seriam queimados. Janeiro tinha chegado e trouxera mais aflição para ela.

Angelina deve ter tido o bebê. Eu já devia ter contado a Lucien. Estava ansiosa por notícias de Turenne. Forçou-se a levar uma garfada de carne até a boca. Para manter as aparências, forçou-se a dar mais uma garfada ou duas, ciente de que as notícias não tardariam. *Devo dizer sobre a criança de Angelina ainda esta noite.*

Lucien estava comendo uma torta de creme quando Gawain entrou e foi direto para a mesa.

— Um mensageiro acaba de chegar de Turenne, *lady* Isobel. Tomei a liberdade de convidá-lo para entrar.

— Obrigada, *sir* Gawain — respondeu Isobel.

Com a possibilidade de uma notícia de Angelina, estranhou ter conseguido manter a voz firme.

Angelina deve ter dado à luz um bebê. Se for menina, tudo continuará como antes. Mas, se for menino, Turenne não é mais minha. Meu dote a Lucien se restringirá a um baú de moedas de prata.

— Quero me encontrar com o enviado de minha madrasta em particular — anunciou ela. Se a notícia não fosse boa, não queria se sentir humilhada tendo o castelo inteiro como testemunha.

— Vamos recebê-lo juntos no solário — disse Lucien, afastando o prato de torta.

Ansioso para jantar, o enviado de Angelina falou pouco. Num piscar de olhos, entregou a Isobel o pergaminho, fez uma reverência e saiu do solário.

Isobel se aproximou de uma vela e quebrou o selo do pergaminho. Ao abri-lo, deparou-se com letras bem escritas em marrom…

Minha querida enteada

Espero que esta carta encontre o conde d'Aveyron e você em boa saúde. É com prazer que informo que ontem dei à luz a um menino. Ele está bem e, se Deus quiser, continuará assim. Dei a ele o nome de Gautier para honrar seu pai. Ele…

O restante da missiva era uma homenagem ao futuro herdeiro de Turenne. Isobel deixou o pergaminho se enrolar sozinho, decidindo que leria o restante mais tarde. Estava feliz por ter um irmão, esta sempre fora sua vontade, mas…

Lucien jogou um pedaço de lenha na lareira e o ajeitou com a ponta da bota.

— Isobel?

Ela não conseguiu responder. Evitando encará-lo, limitou-se a entregar a carta a ele.

Lucien olhou para baixo e, com o indicador, foi seguindo as linhas enquanto lia.

— Um filho? Angelina teve um filho?

A voz dele continuava normal, denotando apenas uma leve surpresa. Quem o ouvisse falando era capaz de crer que a carta nada tinha a ver com ele ou com a esposa. Mas o fato era que a herdeira de Turenne não lhe rendera nenhum acre de terra.

O triunfo de Angelina, um herdeiro varão para Turenne, é a minha derrocada. Não sou mais uma herdeira. Lucien não vai me querer mais. Desolada, levantou a cabeça e fitou Lucien, para notar um sorriso enigmático nos lábios dele.

— Bem, quem poderia imaginar, não? Gautier finalmente teve um filho. Tiraram seu lugar, Isobel. — O sorriso de Lucien continuava um mistério, mas ele não parecia nem um pouco perturbado.

Ainda sem conseguir dizer uma só palavra, Isobel continuou estudando as reações do marido e viu quando ele percebeu qual seria a consequência daquilo. Lucien a encarou com aqueles olhos profundos num misto de curiosidade e dúvida.

Foi como se janelas se fechassem entre os dois.

— Você já sabia — falou ele sem emoção alguma. — Você sabia da gravidez de Angelina e não me disse nada.

— Lucien, eu...

— Sabia e não me contou.

A expressão de incredulidade dele a intimidou.

— Sinto muito, Lucien. Eu devia ter contado antes.

— Devia. *Mon Dieu*, o que a levou a esconder um fato desses de mim? Sou seu marido e isso... — Ele balançou o pergaminho diante dela. — Esta carta afeta nós dois.

— Perdoe-me, Lucien. Eu errei. Lamento muito ter escondido de você algo tão importante. Eu tinha esperanças de Angelina ter uma menina, e assim Turenne seria sua.

Lucien entregou a ela o pergaminho, indignado.

— Melhor não dizer mais nada, Isobel. Você me condena com palavras. Espero que tenha o bom senso de dormir com suas criadas essa noite.

Com uma breve reverência, Lucien saiu do solário.

— Lucien, espere... — Mas as palavras se perderam no ar, ele já havia entrado no quarto.

Lucien entrou como um furacão no quarto. O gosto amargo na boca não era nada quando comparado à mágoa que lhe dominava o coração. *Fui enganado. Ela acha que só dou importância para as terras de Turenne. Meu Deus, Isobel deve me odiar.*

Conforme andava pelo quarto, o ar deslocado movimentava as chamas das velas de um lado para o outro. Nas paredes, a sombra do corpo dele dançava. Descobrir que Isobel acreditava que o casamento tinha sido por interesse era um forte golpe no coração. Ela o tomava por um mercenário. Não confiava nele.

Apesar do meu primeiro casamento fracassado, eu estava preparado para confiar em Isobel. E, mesmo assim, não tive a mesma honra.

Num gesto impensado, ele passou a mão no peito. Sentia uma dor estranha, a decepção parecia lhe doer fisicamente. Ou talvez fosse apenas uma indigestão.

Confuso, Lucien se sentou na cama. Pegou o travesseiro e inalou o perfume de rosas. *Isobel.* A dor se intensificou. Que os deuses o ajudassem, mas o mal-estar não era indigestão. Isobel era a razão daquela dor profunda. *Eu a amo.*

Jogando o travesseiro de lado, inclinou-se para a frente, apoiando a cabeça nas mãos. Pela segunda vez na vida, tinha se apaixonado por uma mulher que o enganara. *Ela devia ter me contado sobre a gravidez de Angelina. Devia ter pensado melhor antes de me julgar como um mercenário.*

Um brilho no chão chamou sua atenção. Era o broche, a lua de brilhantes, com que ele a havia presenteado. Lucien se abaixou para pegar a joia e colocá-la de volta no lugar.

Procurando o saquinho cor-de-rosa, acabou encontrando o sachê de ervas e sentiu o estômago revirar no mesmo instante.

Ervas? Por que raios Isobel guarda ervas secas no porta-joias?

Lucien abriu o sachê, tirou algumas folhas e esfregou entre os dedos. Pelo cheiro, devia ser uma mistura de alecrim e salva. *Mon Dieu*, isso é uma poção de bruxaria.

No mesmo instante, ele chegou a pensar que seu segundo casamento espelharia o primeiro. Por que Isobel tomava aquilo? Ela precisava parar.

Alguns dias, durante o seu primeiro casamento, tinha considerado se a mania de Morwenna testar suas várias poções não fora o causador da piora de sua doença. Ou, então, havia ficado doente por causa de tudo aquilo. Era tarde demais para conjecturar sobre a morte de Morwenna, mas não queria arriscar que acontecesse o mesmo com Isobel. Não com Isobel.

Alguém bateu levemente na porta. Quando Lucien a abriu, deparou-se com Isobel. A luz da vela refletia-se naqueles grandes olhos verdes. A expressão de seu rosto era de visível ansiedade.

— Posso entrar?

— Venha, precisamos conversar.

— Vim para me desculpar, eu... — começou a dizer Isobel, colocando o castiçal na mesa de cabeceira.

— Isso pode ficar para depois. — Lucien levantou o sachê de ervas. — O que é isso?

— Ah... — Ela vacilou, dando um passo atrás.

— Isobel?

Ela baixou os olhos, os cílios grandes quase lhe roçando o rosto.

— Sinto muito, Lucien. Acho que passarei a noite me desculpando.

— Você está tomando isso?

— Sim, mas parei quando...

— Meu Deus, Isobel. O que é isto? Para que serve?

— Lucien, por favor, me perdoe. Trata-se... de uma mistura de ervas para evitar a gravidez.

Isobel abraçou-se, esperando um acesso de fúria do marido. Mas ele se virou na direção da lareira, os ombros subindo e descendo a cada respiração.

Alguns longos segundos se passaram. O crepitar da lenha na lareira era o único ruído presente. Naquela noite, não havia vento e Champagne inteira estava envolta pela neblina.

Quando ele se virou de novo, estava com o cenho contraído e balançou o sachê na frente dela, espalhando o cheiro do alecrim pelo quarto.

— Isobel, fico triste em saber que você não quer conceber um filho meu...

— Isso não é verdade...

— Vamos começar pelo princípio. — A cicatriz na têmpora se mexeu quando Lucien contraiu o rosto. — Você está tomando estas ervas? Quero que fique claro que não permito que você continue se automedicando.

— Eu teria que tomar essas ervas todo o dia, mas deixei de usá-las — disse Isobel, fitando-o com esperança.

Lucien parecia mais preocupado com as ervas do que com a falta de confiança da parte dela. Tinha sido um erro grave manter a gravidez de Angelina em segredo, mas estava claro que as ervas lhe preocupavam mais.

— Ainda bem que descobri. — Ele jogou o sachê na lareira. — Você não vai mais tomar isso.

— Está bem.

— Ótimo!

O coração de Isobel batia em total descompasso. Lucien tinha ficado realmente furioso e não queria que ela tomasse as ervas. Dera mais importância a isso do que ao fato de Isobel não querer engravidar. *Lucien se preocupa comigo. Ele não quer admitir, mas sou mais importante do que as terras do meu dote. Sei que gosta de mim.*

— Usamos essas ervas na cozinha também.

— Você não as usará mais de jeito nenhum.

— Não, Lucien. — Isobel pegou a mão dele, e entrelaçou os dedos nos dele, como costumavam fazer. — Desculpe-me por não ter dito que as estava tomando.

— Por quê? Você sabe o quanto quero um herdeiro.

— Eu tinha muito medo porque...

— Pelo que aconteceu com sua mãe?

— Sim. Fui forçada tantas vezes a testemunhar minha mãe ficar de cama por causa do parto. Ela acabou morrendo por causa disso. — Isobel respirou fundo. — Mas não é tudo. Estava muito insegura e não sabia se nosso casamento vingaria.

Com a outra mão, Lucien a acariciou no braço, pensativo.

— Ter descoberto sobre Morwenna não deve ter ajudado muito, não é?

— Você não é o homem que eu esperava.

— Você se desapontou? — perguntou Lucien, contraindo o rosto.

— Longe disso — disse Isobel com ternura, afagando a mão dele. — Eu esperava um campeão de torneios quase desumano, um cavaleiro que vivia apenas para as competições e os troféus. Quando vi o estado em que estava o castelo de Ravenshold, achei que você negligenciava suas responsabilidades.

— O estrago, a torre leste...

— Isso mesmo. — Isobel sorriu e levou a mão ao rosto dele. — Demorei, mas descobri seu verdadeiro valor, Lucien.

— Ravenshold ficou neste estado porque Morwenna era a responsável pela conservação. Visitá-la era o mesmo que cumprir uma pena, que eu evitava sempre que possível.

— Imagino que você tenha começado a participar dos torneios para esquecê-la. Lucien, sinto muito mesmo por tê-lo enganado com as ervas. E sinto mais ainda por ter mantido a gravidez da minha madrasta em segredo. — Ela o fitou dentro dos olhos antes de perguntar: — Pode me perdoar?

Ele inclinou a cabeça para o lado e esboçou um sorriso, antes de puxá-la para mais perto pela cintura.

— Vou pensar a respeito, minha pombinha. Continue. Estou gostando desses pedidos de desculpas.

— Isso não é justo — brincou Isobel, encarando-o.

— Vamos, continue...

Isobel tentou se livrar dos braços dele, mas não conseguiu.

— Fui banida do quarto. Você se esqueceu?

— Ah... Eu estava bravo e desapontado.

Isobel abaixou a cabeça. Apesar de não admitir, sabia que Lucien se preocupava, mas ela era uma decepção.

— Lucien, não sou a herdeira com quem você se casou. Depois do nascimento do meu irmão, meu dote foi apenas um baú de prata. Se você... — A voz dela falhou. — Não farei objeção se decidir anular o casamento.

As chamas da lareira iluminavam o rosto e a cicatriz de Lucien.

— Anulação? É isso que você quer?

— Oh, claro que não. Mas você queria um casamento para formar uma dinastia. Eu teria que ter trazido riquezas para você, e não foi isso o que aconteceu. Não tenho terras, nem dinheiro.

Lucien levantou o queixo dela com a ponta do dedo. Parecia que aqueles olhos azuis lhe sorriam.

— Você é a maior riqueza, Isobel. Para mim é o que basta. Estou muito feliz com minha parte do acordo. Além do mais, estamos casados há pouco tempo, ainda teremos muitos anos para termos filhos.

Isobel percebeu que Lucien olhava para a cama com o canto dos olhos e sentiu o coração derreter.

— Quer dizer que não precisarei dormir em outro lugar?

— Imagine só!

Isso significava que havia sido perdoada, e sua primeira reação foi enlaçá-lo pelo pescoço.

— Ah, Lucien, eu te amo tanto. Desculpe se tomei as ervas. Também me arrependi muito de não ter contado sobre o bebê de Angelina.

— Desculpas aceitas. — Ele abaixou a cabeça e a beijou. Murmurando de prazer, Lucien a abraçou com mais força.

O fogo da lareira aquecia as costas de Isobel e, à frente, o corpo forte de Lucien a protegia. *Essa é a verdadeira felicidade.*

— Isobel?

— Humm.

— Você me ensinou muita coisa. Temos que ser justos, por isso é a minha vez de me desculpar — disse ele, sério, mas deslizando as costas da mão pelo rosto de Isobel com carinho. — Quando nos encontramos no saguão do convento, confesso que estava muito preocupado e cheio de dúvidas, mas determinado a atender o desejo de meu pai.

— Você estava disposto a honrar nosso acordo de noivado.

— Sim, mas pensei nas suas terras também, não nego. — Lucien abriu um sorriso maroto antes de prosseguir: — Fiquei impressionado com sua beleza e só pensei nisso.

Isobel enrubesceu e fixou o olhar na boca masculina.

— Humm, sei onde você quer chegar com essas desculpas. É um tanto... interessante. Muito estimulante, de fato.

Lucien tocou-lhe os lábios num beijo rápido, mas, quando Isobel tentou ir além nos carinhos, ele a impediu.

— Por favor, minha pombinha, espere mais um pouco. Ainda não terminei. Quando nos casamos, eu achava que o amor era sinônimo de posse.

— Lembro-me de alguém me dizer que o amor era uma decisão.

— Eu disse isso, não foi? — Ele meneou a cabeça. — Se fosse assim tão simples... Agora há pouco no solário, você abriu meus olhos e eu me vi sob a perspectiva de alguém que só pensa em terras e posses. Nunca tinha pensado em como uma mulher me enxergaria e fiquei chocado com o que percebi. Não gostei do que vi. Isobel, jamais serei o cavaleiro gentil com quem você sonhou. As canções de Bernez não me afetam, mas acredite quando digo que te amo. Você pode ser minha segunda esposa, mas é a primeira a quem entrego meu coração. Não quero apenas possuí-la fisicamente. Preciso do seu amor.

— Você o tem, Lucien. Eu te amo.

— Eu também te amo, minha pombinha. E não foi uma decisão, pois não posso fazer nada a respeito disso. — Lucien deu de ombros com um sorriso maroto nos lábios. — Eu te amo.

Lucien a beijou e foi empurrando-a na direção da cama. Dessa vez, ele não hesitou em aprofundar o contato. Com dedos hábeis, soltou o véu de Isobel e o deixou cair. Ao pousá-la sobre lençóis azuis, cobriu-a com seu peso, sem deixar de beijá-la no rosto e no pescoço, enquanto acariciava-lhe o corpo e os seios.

Quando Lucien se afastou para alcançar a barra do vestido dela, Isobel suspirou de desejo. O último pensamento coerente que passou pela mente dela foi que, se aquela era a maneira como Lucien a perdoava, teria que provocá-lo para que novas desculpas fossem necessárias. Não que quisesse brigar, mas amava aquele jeito de ele se desculpar...

Publisher
Omar de Souza

Gerente Editorial
Mariana Rolier

Assistente Editorial
Tábata Mendes

Copidesque
Mariana Oliveira

Revisão
Daniele Gullo
Iris Figueiredo

Diagramação
Ilustrarte Design e Produção Editorial

Design de capa
Osmane Garcia Filho

Este livro foi impresso no Rio de Janeiro, em 2018,
pela Edigráfica, para a Harlequin.
A fonte usada no miolo é Adobe Caslon Pro, corpo 11/15,2.
O papel do miolo é Avena 80g/m², e o da capa é cartão 250g/m².